임동석중국사상100

산해경

山海經

2/3

晉, 郭璞 註/淸, 郝懿行 箋疏/袁珂 校註
林東錫 譯註

〈神農 採藥圖〉

"상아, 물소 뿔, 진주, 옥. 진괴한 이런 물건들은 사람의 이목은 즐겁게 하지만 쓰임에는 적절하지 않다. 그런가 하면 금석이나 초목, 실, 삼베, 오곡, 육재는 쓰임에는 적절하나 이를 사용하면 닳아지고 취하면 고갈된다. 그렇다면 사람의 이목을 즐겁게 하면서 이를 사용하기에도 적절하며, 써도 닳지 아니하고 취하여도 고갈되지 않고, 똑똑한 자나 불초한 자라도 그를 통해 얻는 바가 각기 그 자신의 재능에 따라주고, 어진 사람이나 지혜로운 사람이나 그를 통해 보는 바가 각기 그 자신의 분수에 따라주되 무엇이든지 구하여 얻지 못할 것이 없는 것은 오직 책뿐이로다!"

《소동파전집》(34) 〈이씨산방장서기〉에서 구당(丘堂) 여원구(呂元九) 선생의 글씨

책머리에

　도연명陶淵明은 〈독산해경讀山海經〉이라는 시의 첫 구절에서 "맹하(孟夏, 음력 4월 한여름)에 밭 갈기를 대강 마치고 잠시 망중한의 틈을 내어 《주왕전》을 보다가 《산해경》 그림도 훑어보도다. 위아래 온 우주를 두루 구경하는 것이니 즐겁지 않을 수 있겠는가?(汎覽周王傳, 流觀山海圖. 俯仰終宇宙, 不樂復何如)"라 하였다.

　나도 글을 쓰다가 지치거나 혹 그날 목표량을 마치고 잠시 쉴 때면 우리나라 지도를 보다가 다시 세계지도를 펴들고 편안히 누워 온갖 상상을 다하는 재미를 느낄 때가 있다.

　옛사람들도 이러한 책, 더구나 그림까지 곁들인 상상의 책, 거짓말이고 아니고를 떠나 신비한 꿈을 꾸게 하는 책을 버리지 아니하고 가끔은 즐겨보았을 것이다. 그러한 책은 시공時空에 얽매인 현실을 훌쩍 넘어 먼 미지의 세계를 마음놓고 날아다닐 수 있게 해주며, 나아가 그 책을 지은 저자보다 더 거짓다운 허상의 세계를 만들어 내가 창조주가 되어도 된다는 행복감을 줄 수도 있다. 그리고 그러한 삼매경에 빠졌을 때에는 그야말로 물아양망物我兩忘의 편안함을 느낄 수 있을뿐더러 와각蝸角과 같은 이 좁은 세계에서 아옹다옹하는 내 모습이 참다운 '나 자신'이 아닐 수도 있다는 안도감도 맛볼 수 있을 것이다.

　근엄하고 현실주의적이며 실증적인 사람이 이 책을 보면 황당하다는 느낌을 넘어, "이렇게까지 기괴한 내용을 책인 양 꾸며 수천 년을 이어왔단 말인가?"라고 의아해할 것이다. 아니 "이러한 것이 무슨 가치가 있다고,

중국학이나 중문학, 신화, 전설, 무속, 의약, 지리 등 온갖 연구에 영향을 주었으니 어쩌니 하는가?"라고 할 것이다. 실로 그렇다. '백불일진百不一眞' (백 가지 이야기 중 단 하나도 진짜가 없다)이라고 청나라 때 이미 결론은 내려졌다. 그럼에도 이토록 오랜 시간 중국 사유思惟의 내면을 자리잡고 있었던 것은 무슨 까닭에서인가?

중국과 우리 동양의 도안, 문양, 길상문, 벽화, 전화塼畫, 화상석畵像石, 조각, 예술 등에 나타난 그 기괴하면서도 신비한 그림은 어디서 온 것일까? 아니 우리나라 고구려 사신도나 고운 한식 건축 속에 있는 십이지상十二支像, 궁궐 앞의 해치海豸, 그리고 용상, 봉황, 신선도 등을 보라. 어디 사람 몸에 쥐를 포함한 12가지 띠를 형상화한 모습이 실제 있는가? 그럼에도 우리는 거부감 없이 아름다움과 신비함, 그리고 나아가 제액除厄과 초복招福의 원초적 믿음까지 갖게 되지 않는가? 바로 이러한 것이다.

아주 멀고 오랜 옛날, 중국 초창기 사람들은 그러한 상상의 신비한 기록을 공간 위주로 설정하였다. 즉 지리에 그 상상의 그림을 채워 넓혀나간 것이다. 시간은 거기에 설정하지 않았다. 왜? 시간은 그 공간 위에 서로 함께 저절로 편재遍在하고 있기 때문이다. 동심원을 중심으로 동서남북과 중앙의 산이라는 기준점을 마련하여 있을 수 있는, 있어야 하는 온갖 동식물을 그곳에 나서 살고 생육하며 퍼져나가도록 생명을 불어넣었다. 그리고 당시 지구 구조는 사방 바다가 땅을 둘러싸고 있다고 믿었다. 이에 그 바다 너머, 아니면 그 바다 안쪽에도 시간과 공간이 있을 것이므로 반드시 어떠한 구조와 생명이 있을 것으로 여겨 그곳 세계를 설정하였던 것이다.

그리하여 이름을 '산과 바다'라는 두 축을 중심으로 불려왔던 것이다. 그러나 분명 《산해경》이라는 뜻은 '산과 바다에 대한 경전'이라는 뜻은 아니다. 공간의 확대를 위한 경유, 방향으로 보아 그렇게 방위를 경유하여 넓혀가는 경로라는 뜻의 '경經'이다.

이 책은 기술 방법이 아주 정형화되어 있고 단순하다. 즉 "어디로 몇 리에 무슨 산이 있고, 그 산에는 무슨 나무나 풀, 광물이 있다. 그리고 무슨 짐승(동물)이 있다. 그중 어떤 것은 어떤 병의 치료에 약이 된다, 혹은 그것이 나타나면 사람들에게 어떠한 재앙이나 복을 준다"는 따위의 공식이다. 이른바 〈산경山經〉 480여 가지 기록은 모두가 이렇다. 그런가 하면 이른바 〈해경海經〉도 "어디에 어떠한 기괴한 종족의 나라가 있다. 그들은 전혀 상상할 수 없는 이상한 생김이다"의 틀을 이루고 있다. 다만 뒤편에 이르면 고대 중국 인명을 가탁(?)하여 원시 역사의 어떠한 사건을 겪었다는 내용이다. 그러나 그것도 아주 추형雛形의 거친 기록이다. 따라서 다른 기록의 역사적 사실을 방증 자료로 설명해도 맞지도 않는다. 서사성敍事性도 빈약하고 내용도 얼핏 보아 앞뒤가 맞지도 않는다. 기승전결의 긴장감도 없고, 사용된 문자도 일관성이 없이 벽자투성이이다. 그럼에도 겉으로 드러난 본문을 이해하는 데에는 그다지 힘을 들이지 않아도 된다. 공식대로 대입代入하면 되기 때문이다. 그러나 속에 든 내용은 무엇을 뜻하는지 도무지 알기 어렵다. 바벨탑이 무너진 직후 사람들이 제각기 떠들어대는 소리와 같다.

그래서 진晉나라 때 곽박郭璞의 주注와 청淸나라 때 학의행郝懿行의 전소箋疏 등을 바탕으로 그 자질구레한 소문자를 있는 대로 동원하여 보았지만 역시 미진하기는 마찬가지이다. 그래서 본 역주자는 우선 전체를 868개의 문장으로 세분하고 일련번호를 부여함과 동시에 모두 해체하듯 뜯어놓고 다시 맞추어보았더니 역시 작업을 해볼 만한 가치를 느꼈다. 그러나 이 방면이 전공이 아니고 다만 중국고전이라는 고정된 관념을 가지고 정리한 것인 만큼 제대로 기대만큼 완성된 결과는 얻지 못하였음을 자인한다. 그저 이를 교재로 하거나 입문서로 사용하고자 하는 이들에게 초보적 자료를 제공한다는 의미에서 작업을 마무리하고 이쯤에서 손을 떼는 것이 학문에 대한 도리요 면책이라 여긴다. 강호제현의 많은 질책과 편달을 기다린다.

취벽헌醉碧軒 연구실에서 사포莎浦 임동석林東錫이 적음.

일러두기

1. 이 책은 《산해경전소山海經箋疏》(阮氏琅嬛仙館開雕本. 臺灣 藝文印書館 印本, 1974, 臺北)를 저본으로 하고, 〈사고전서四庫全書〉본本 《산해경山海經》과 《산해경광주山海經廣注》, 그리고 〈사부비요四部備要〉본 《산해경전소山海經 箋疏》, 〈사부총간四部叢刊〉본 《산해경山海經》, 〈사고전서회요四庫全書薈要〉본, 〈속수사고전서續修四庫全書〉본, 〈백자전서百子全書〉본, 〈백가총서百家 叢書〉본, 〈환독루還讀樓〉본(巴蜀書社 印本 1985) 등을 일일이 대조하여 정리, 완역한 것이다.

2. 현대 원가袁珂의 《산해경전역山海經全譯》(貴州人民出版社, 1994)은 좋은 참고가 되었으며, 한국에서 출간된 정재서鄭在書 교수의 《산해경山海經》 (1985, 民音社) 역시 큰 도움이 되었다.

3. 그 밖의 현대 중국에서 출간된 도서들, 《신역산해경新譯山海經》(樣錫彭, 臺灣三民書局, 2007), 《산해경역주山海經譯註》(沈薇薇, 黑龍江人民出版社, 2003), 《산해경山海經》(史禮心, 北京華夏出版社, 2007), 《산해경山海經》(李豐楙, 金楓出版社, 홍콩), 《산해경山海經》(倪泰一, 重慶出版社, 2006. 이는 서경호, 김영지에 의해 번역 출간됨. 안티쿠스 2009), 《도해산해경圖解山海經》(徐客, 南海出版社, 2007) 등도 모두 참고하여 도움을 받았다.

4. 원문역주에 충실하고자 하였으며, 신화적 해석이나 학술적 고증 등은 사학의 전문가에게 미루어 기다리고자 하였다.

5. 전체 18권(39 분류)을 총 868개의 장절章節로 나누고, 해당 장절의 대표 제시어를 제목으로 삼았으며 다시 전체 일련번호와 해당 분류의 소속 번호를 괄호 안에 부여하여 찾아보기 편리하도록 하였다. 단 868개의 분류와 제목은 절대적인 것은 아니며 역자가 합리적이라 생각하는 기준과 판단에 의해 정한 것이다.

6. 역문을 제시하고 원문을 실었으며 뒤이어 주석을 자세히 넣어 읽기와
   대조, 연구에 편리하도록 하였다. 주석은 곽박郭璞의 전문(傳文, 注文),
   학의행郝懿行의 전소箋疏, 그리고 원가의 교정을 싣고 아울러 원가의
   현대적 교정에 대한 내용도 충실히 반영하고자 하였다. 그 외 원가가
   언급한 오임신吳任臣, 양신楊愼, 손성연孫星衍, 필원畢沅, 왕불汪紱 등의
   의견도 해당부분에 정리하여 실었다.

7. 그림 자료는 원래 청淸 오임신吳任臣의 《산해경광주山海經廣注》와 청 왕불
   汪紱의 《산해경도본山海經圖本》, 명明 호문환胡文煥의 《산해경도山海經圖》,
   명 장응호蔣應鎬의 《해내경도海內經圖》, 청 학의행郝懿行 《산해경도본山海經
   圖本》, 청 필원畢沅 《산해경도본山海經圖本》 등의 그림이 널리 다른 책에
   전재되어 있어 이를 옮겨 싣거나 혹, 청 《금충전禽蟲典》, 청 《오우여화보
   吳友如畫寶》, 청 《이아음도爾雅音圖》 및 《삼재도회三才圖會》 등을 참고하여
   해당부분에 제시하여 이해에 도움이 되도록 하였다.

8. 부록으로 곽박의 《산해경도찬山海經圖讚》을 싣고 각 문장마다 일련
   번호의 숫자로 원전의 출처를 표시하여 대조할 수 있도록 하였다.
   아울러 《산해경》 서발 등 관련자료와 도연명陶淵明의 〈독산해경讀山海經〉
   13수도 실어 참고로 삼도록 하였다.

9. 본 책의 역주에 참고한 도서와 문헌은 대략 다음과 같다.

❋ 참고문헌

1. 《山海經箋疏》 郝懿行(撰) 阮氏琅嬛僊館開雕 藝文印書館(印本) 1974 臺北
2. 《山海經箋疏》 郝懿行(撰) 還讀樓(校刊本) 巴蜀書社(印本) 1985 四川 成都

3. 《山海經》晉 郭璞(注) 四庫全書 子部(12) 小說家類(2) 異聞之屬 商務印書館(印本) 臺北

4. 《山海經廣注》清, 吳任臣(注) 四庫全書 子部(12) 小說家類(2) 異聞之屬 商務印書館(印本) 臺北

5. 《山海經箋疏》郭璞(傳) 郝懿行(箋疏) 四部備要(47) 中華書局(印本) 1989 北京

6. 《山海經圖讚》郭璞(撰) 四部備要(47) 中華書局(印本) 1989 北京

7. 《山海經訂譌》郝懿行(撰) 四部備要(47) 中華書局(印本) 1989 北京

8. 《山海經敍錄》四部備要(47) 中華書局(印本) 1989 北京

9. 《山海經》晉 郭璞(傳) 四部叢刊 初編 子部 書同文 電子版. 北京

10. 《山海經箋疏》清 郝懿行(撰) 續修四庫全書(印本) 子部 小說家類 上海古籍出版社 上海

11. 《山海經》晉 郭璞(撰) 乾隆御覽四庫全書薈要(印本) 史部 吉林人民出版社 吉林 長春

12. 《山海經》郭璞(注) 畢沅(校) 孫星衍(後序) 諸子百家叢書本 上海古籍出版社 (印本) 1989 上海

13. 《新譯山海經》楊錫彭(注譯) 三民書局 2007 臺北

14. 《山海經》晉 郭璞(傳) 百子全書(本) 岳麓書社 1994 湖南 長沙

15. 《山海經》晉 郭璞(撰) 掃葉山房本 民國8(1919년) 印本

16. 《山海經圖讚》晉 郭璞(纂) 百子全書(本) 岳麓書社 1994 湖南 長沙

17. 《山海經補注》明 楊慎(撰) 百子全書(本) 岳麓書社 1994 湖南 長沙

18. 《山海經全譯》袁珂(譯註) 貴州人民出版社 1994 貴州 貴陽

19. 《山海經譯注》沈薇薇(二十二子詳注全譯) 黑龍江人民出版社 2003 黑龍江 哈爾濱

20. 《山海經》史禮心·李軍(注) 華夏出版社 2007 北京

21. 《山海經》李豐楙, 龔鵬程 金楓出版有限公司 1987 홍콩 九龍

22. 《山海經》倪泰一·錢發平(編譯) 重慶出版社 2006 重慶

23. 《山海經》倪泰一·錢發平(編著) 서경호·김영지(역) 안티쿠스 2009 한국 파주

24. 《圖解山海經》徐客(編著) 南海出版社 2007 南海 海口

25. 《山海經·穆天子傳》張耘(點校) 岳麓書社 2006 湖南 長沙

26. 《山海經·穆天子傳》譚承耕(點校) 岳麓書社 1996 湖南 長沙

27. 《山海經》鄭在書(譯註) 民音社 1985 서울

28. 《華陽國志》晉 常璩(輯撰) 唐春生(等) 譯 重慶出版社 2008 重慶

29. 《穆天子傳·神異經》송정화·김지선(譯註) 살림 1997 서울

30. 《海內十洲記》漢 東方朔(撰) 四庫全書 子部(12) 小說家類(2) 異聞之屬 商務印書館(印本) 臺北

31. 《漢武故事》漢 班固(撰) 四庫全書 子部(12) 小說家類(2) 異聞之屬 商務印書館(印本) 臺北

32. 《漢武帝內傳》漢 班固(撰) 四庫全書 子部(12) 小說家類(2) 異聞之屬 商務印書館(印本) 臺北

33. 《洞冥記》漢 郭憲(撰) 四庫全書 子部(12) 小說家類(2) 異聞之屬 商務印書館(印本) 臺北

34. 《拾遺記》前秦 王嘉(撰) 四庫全書 子部(12) 小說家類(2) 異聞之屬 商務印書館(印本) 臺北

35. 《搜神記》晉 干寶(撰) 林東錫(譯註) 東西文化社 서울

36. 《搜神後記》晉 陶潛(撰) 四庫全書 子部(12) 小說家類(2) 異聞之屬 商務

印書館(印本) 臺北

37. 《異苑》宋 劉敬叔(撰) 四庫全書 子部(12) 小說家類(2) 異聞之屬 商務印書館(印本) 臺北

38. 《續齊諧記》梁 吳均(撰) 四庫全書 子部(12) 小說家類(2) 異聞之屬 商務印書館(印本) 臺北

39. 《集異記》唐 薛用弱(撰) 四庫全書 子部(12) 小說家類(2) 異聞之屬 商務印書館(印本) 臺北

40. 《博異記》唐 谷神子(撰) 四庫全書 子部(12) 小說家類(2) 異聞之屬 商務印書館(印本) 臺北

41. 《杜陽雜編》唐 蘇鶚(撰) 四庫全書 子部(12) 小說家類(2) 異聞之屬 商務印書館(印本) 臺北

42. 《稽信錄》宋 徐鉉(撰) 四庫全書 子部(12) 小說家類(2) 異聞之屬 商務印書館(印本) 臺北

43. 《博物志》晉 張華(撰) 林東錫(譯註) 東西文化社 서울

44. 《西京雜記》漢 劉歆(撰) 林東錫(譯註) 東西文化社 서울

45. 《神仙傳》晉 皇甫謐(撰) 林東錫(譯註) 東西文化社 서울

46. 《山海經神話系統》杜而未(著) 學生書局 1980 臺北

47. 《中國神話研究》玄珠(撰) 출판연도 등 미기재 臺北

48. 《山海經裏的故事》蘇尚耀·陳雄 國語日步社 1979 臺灣 臺北

49. 《古巴蜀與山海經》徐南洲(著) 四川人民出版社 2004 四川 成都

50. 《神異經》漢 東方朔(撰) 晉 張華(注)

51. 《海內十洲記》漢 東方朔(撰)

52. 《別國洞冥記》漢 郭憲(撰)

53. 《穆天子傳》晉 郭璞(注)

54. 《拾遺記》前秦 王嘉(撰) 梁 蕭綺(錄)

55. 《續博物志》宋 李石(撰)

56. 《述異記》梁 任昉(撰)

57. 《玄中記》晉 郭璞(撰)

58. 《獨異志》唐 李冗(撰)

59. 《堅夷志》宋 洪邁(撰)

60. 《錄異記》五代 杜光庭(撰)

61. 《括異志》宋 張師正(撰)

62. 《神異經》漢 東方朔(撰) 晉 張華(注)

기타 《三才圖會》《太平御覽》《初學記》《北堂書鈔》《藝文類聚》《文選》《水經注》《竹書紀年》《淮南子》《楚辭》《爾雅》《說文解字》《廣韻》《集韻》《史記》《漢書》《後漢書》《三國志》《晉書》《四庫全書總目提要》

※ 공구서 등 기타 일부 일반적인 자료는 기재를 생략함.

해 제

1. 《산해경》 개설

《산해경》은 중국 고대 전적 가운데에 가장 기이한 기서奇書이다. 선진先秦
시대에 이미 출현한 책이면서 그 내용은 주로 지리·물산·신화·지질·천문·
기상·동물·식물·의약·무속·종교·민족·역사·이문異聞·이적異跡·금기·민속·
고고·수리水利·인류학·해양학·과학사 등 이루 헤아릴 수 없이 많은 정보를
담고 있어 백과사전과 같다. 그러나 기술이 단편적이고 설명이 지나치게
추형雛形이어서 지금 우리가 원하는 형식을 갖춘 그러한 지식전달의 책은
물론 아니다. 그보다 오히려 '백불일진百不一眞', 즉 백 가지 중 하나도 진짜가
없는 내용으로 상상력의 한계가 어디까지인가를 보여주는 흥미롭고
이상하며, 이해할 수 없는 형상을 천연스럽게 거론하고 있는, 그야말로
불가사의한 몽상으로 가득 차 있는 기록이다. 그래서 사마천司馬遷도
"《우본기》나 《산해경》에 있는 괴물들에 대하여 나는 감히 말할 수 없다
(至《禹本紀》·《山海經》所有怪物, 余不敢言之也.《史記》大宛傳贊)"라 한 것이다.

《산해경》은 모두 18권으로 구성되어 있으며 총 3만 1천여 자에 868장
(이는 역자가 나눈 것이며 확정적인 것은 아님)으로 구성되어 있다. 우선 크게 '산경
山經'과 '해경海經'으로 나눌 수 있다. '산경'은 비교적 순서와 기술이 일관된
형식을 갖추고 있으며 남·서·북·동 네 방위에 다시 중앙을 넣어 이른바
오방五方으로 축을 이루고 있다. 그 때문에 이를 흔히 '오장산경五臧山經,
五藏山經'이라 한다. 그리고 다시 각 '산경'에는 1차, 2차, 3차 등 차수별로
'중산경'의 경우 12차경까지 모두 세부적으로는 26의 소부류로 나눌 수 있다.

이에 우선 알기 쉽게 목록을 표로 보이면 다음과 같다.

〈산해경 목록 표〉

經	卷	經名	番號	小題目	範圍	項數	備考
山經	1	南山經	1−1	南山經	001−010	10	
			1−2	南次二經	011−028	18	
			1−3	南次三經	029−043	15	
	2	西山經	2−1	西山經	044−063	20	
			2−2	西次二經	064−081	18	
			2−3	西次三經	082−104	23	
			2−4	西次四經	105−125	21	
	3	北山經	3−1	北山經	126−151	26	
			3−2	北次二經	152−168	17	
			3−3	北次三經	169−217	49	
	4	東山經	4−1	東山經	218−230	13	
			4−2	東次二經	231−248	18	
			4−3	東次三經	249−258	10	
			4−4	東次四經	259−268	10	
	5	中山經	5−1	中山經	269−284	16	
			5−2	中次二經	285−294	10	
			5−3	中次三經	295−300	6	
			5−4	中次四經	301−310	10	
			5−5	中次五經	311−326	16	
			5−6	中次六經	327−341	15	
			5−7	中次七經	342−361	20	
			5−8	中次八經	362−385	24	
			5−9	中次九經	386−402	17	
			5−9	中次十經	403−412	10	
			5−10	中次十一經	413−461	49	
			5−11	中次十二經	462−481	20	
海經	6	海外南經			482−505	24	
	7	海外西經			506−528	23	
	8	海外北經			529−550	22	
	9	海外東經			551−567	17	
	10	海內南經			568−585	18	
	11	海內西經			586−606	21	
	12	海內北經			607−638	32	
	13	海內東經			639−676	38	
	14	大荒東經			677−713	37	
	15	大荒南經			714−744	31	
	16	大荒西經			745−794	50	
	17	大荒北經			795−828	34	
	18	海內經			829−868	40	868

이 '산경'의 서술 형식은 '어디로부터 몇 리에 무슨 산이 있으며 그 산에는 어떠한 동식물, 또는 광물이 있고, 그곳에서 어떠한 물이 발원하여 어디로 흐른다'는 식의 기본 틀을 바탕으로 일부 다른 내용이 간단히 첨가되는, 거의 일관된 공식을 가지고 있으며 내용은 아주 단순하다.

　다음으로 '해경'의 경우 '해외경'과 '해내경', '대황경' 그리고 다시 '해내경' 등 크게 넷으로 나눌 수 있으며 내용은 기문奇聞, 이전異傳, 원시 역사, 천문, 역법 등 아주 다양하고 잡다한 것으로 이루어져 있다.

　이 《산해경》은 구전에 우禹와 익益이 기록한 것이며 나아가 일설에 〈우정도禹鼎圖〉의 그림에서 나온 것이라 하나 이는 믿을 수 없다. 지금 많은 이들의 연구에 의하면 이 책은 어느 한 시대, 한 사람의 손에 이루어진 것이 아니며 대체로 전국 초기부터 한나라 초기까지 남방 초楚나라와 파촉巴蜀 지역 사람들의 손을 거쳐 전해져 오다가 서한 말 유수(劉秀, 劉歆)에 의해 정리된 것으로 보고 있다. 특히 이 지역은 무속에 관한 활동과 기록이 활발한 곳으로 뒤에 《화양국지華陽國志》도 바로 같은 지역을 중심으로 하고 있으며 따라서 《산해경》의 발원지로써 무관하지 않음을 알 수 있다.

　특히 구체적으로 '산경'과 '해경'은 그 기록시기가 각기 다르다. '산경'은 무축巫祝들이 고대 이래 전해오던 무사巫事를 기록한 일종의 무서巫書로써 그들의 세계관과 무업巫業 수행을 위한 오방위五方位의 명산대천과 동식물, 그곳을 주관하고 있는 신에 대한 제사와 정상禎祥, 동식물과 광물, 약재와 치료, 금기와 축사逐邪 등을 초보적으로 기록한 것이라 보고 있다. 시기는 전국시대 초기, 혹은 중기에 이루어진 것이며 이 시기에 어느 정도 모습을 갖춘 기록물로 존재했을 것으로 보인다는 것이다.

다음으로 '해경'은 방사方士들이 구성한 것이며 해내외의 특수지역, 혹은 나라와 종족에 대한 상상력과 전문傳聞을 바탕으로 이를 고대 신화와 혼합하여 기술한 것이다. 시기는 대체적으로 진대秦代부터 서한西漢 초기에 이루어진 것으로 보고 있다.

그리고 뒷부분 '대황경'(14·15·16·17)과 '해내경'(18) 5권은 원래 '해경'의 일부였으나 서한 말 유수가 정리할 때 산거刪去하여 나라에 바치지 않고 폐기하다시피 한 것이다. 그러나 이것이 없어지지 않고 전해내려 오다가 진晉나라 때 이르러 곽박郭璞이 주를 달면서 다시 본 책과 합쳐져 독립적 편목으로 뒤쪽에 이어져 14권부터 18권까지 자리를 잡게 된 것이다. 그 때문에 《한서漢書》예문지藝文志에는 「《산해경》 13편」으로 기록된 것이다.

그리고 유수(흠)가 이 《산해경》을 정리하고 산정刪定하면서 비로소 매 편마다 '경經'이라는 이름을 넣어 경서經書의 의미처럼 쓰였다는 것이다. 그러나 실제 이는 경서의 의미를 가진 것은 아니었다. '경'은 그저 '경유, 경맥, 경력, 경과'의 가벼운 뜻을 가지고 있었을 뿐인데 이것이 마치 경전經典이나 경전經傳의 의미를 말한 것처럼 오해를 불러일으키게 하였다는 것이다.

앞서 말한 대로 《산해경》이 다루고 있는 범위와 내용은 매우 넓고 다양하다. 유흠의 〈산해경표山海經表〉에 의하면 '안으로는 오방 산을 구분하고, 밖으로는 팔분八分의 바다를 나누어, 진기한 보물, 기이한 물산, 이방의 생물, 조수초목, 곤충, 인봉麟鳳, 수토水土의 차이, 정상禎祥의 은장隱藏, 사해 밖 절역絶域의 나라와 특수한 인종' 등을 모두 포괄하여 기술하고 있다고 하였다. 이는 고대 중국인들의 일상생활에서 실제 상상력을 발휘하기도 하고, 질병으로부터의 구제, 하늘과의 소통을 염원한 내용들로써 그중에는 원시적인 신화, 종교, 미신, 전설, 무속 등을 담고 있다. 따라서 문학연구가들은 이 《산해경》을 중국 신화의 보고寶庫로 여기고 있으며 이에 대해 큰 이의를 제기하지 않고 있다. 이를테면 '과보축일夸父逐日', 천지창조와 보수의 여와女媧 신화, 동해바다를 끝없이 메우고 있는 정위精衛의 안타까운 이야기, 서왕모西王母, 치우蚩尤와 황제黃帝의 전투, 은殷 민족과 주周 민족의 시조 신화, 삼황오제三皇五帝의 이름과 발명품들, 도끼를 들고 춤을 추고 있는 형천(刑天, 形天)의 모습 등과 삼청조三靑鳥, 삼수三首, 기굉奇肱, 우민羽民, 흑치黑齒, 초요焦僥 등 이루 헤아릴 수 없는 기이한 종족과 생김새의 이야기는 풍부한 당시 사람들의 염원과 상상을 엿볼 수 있는 귀중한 자료이다. 더구나 역사적으로도 이미 널리 알려진 대우大禹의 치수, 공공共工과 계啓에 대한 기록 등은 일부 고대사의 실질적 기록임이 분명하다고 보기도 한다.

이러한 원시 기록으로 그들의 산천과 자연신에 대한 숭배와 제사, 풍속과 금기, 고통과 질명 치료, 무격巫覡들의 역할과 기도 등, 인류가 비로소 미개에서 초보적 문명으로 넘어가는 과정의 변화를 증명해 낼 수 있다.

이처럼 《산해경》의 신화는 수적으로 다량일 뿐만 아니라 원시시대의 정서와 상황을 비교적 원형대로 유지하고 있다는 면에서 오히려 그 가치를 두어야 할 것이다. 그 뒤 중국은 유가儒家의 영향으로 '실질적이고 가시적인 것만을 믿는' 전통과 관념에 의해 결국 신화와 전설에 대한 기록이 제대로 발전하지 못하였다. 그 때문에 이 《산해경》은 신화학, 종교학에 있어서 중요한 가치를 인정받고 있는 것이다. 동시에 고대 역사, 지리, 물산, 의학,

광물 등에 상당한 원시자료를 담고 있으며 특히 신화는 초사 천문과의 내용이 연결되어 있고, 《목천자전穆天子傳》과도 상당한 관련이 있는 것으로 보아 문학 발전에도 깊은 영향을 주었다. 그리고 후대 《회남자淮南子》의 내용으로도 증명이 가능하여 도가의 입장에서도 널리 원용되고 있으며 문학적으로는 《초사楚辭》의 〈천문天問〉과 깊은 관련이 있다.

게다가 이웃나라인 우리의 고대 민족 형성과정, 일본, 몽골, 인도를 거쳐 널리 중앙아시아와 남방 이민족의 신기한 원시 습속을 그대로 담고 있어 당시의 우주관과 소문, 전문에 대한 기록이 이토록 다양한가 하고 놀라기도 한다. 이를테면 우리와 관련이 있는 조선朝鮮·숙신肅愼·불함不咸·개국蓋國·군자국君子國·삼한三韓·옥저沃沮 등이 원문과 주석에 언급되어 있고, 일본이 자신들의 신화를 적었다고 여기는 부상국扶桑國 등이 있어 이들이 초기 이웃 미지의 민족에 대한 신비한 관점도 살펴볼 수 있다.

한편 《산해경》에 대한 연구는 당연히 서한 유슈(劉秀, 劉歆)의 정리를 시작으로 진晉나라 때 이르러 곽박郭璞의 주석, 명대 양신楊愼, 왕숭경王崇慶을 거쳐, 청대 오임신吳任臣, 왕불汪紱, 필원畢沅을 필두로 한 고증학자들의 교주의 집대성인 학의행郝懿行의 《산해경전소山海經箋疏》로써 일단 대미를 장식하게 된다. 한편 명청대明淸代에는 이 《산해경》에 대한 주소注疏와 역주 및 그림 재구성 등 14종의 판각이 출현하였으며 그중 명 호문환胡文煥의 《산해경도山海經圖》, 청 왕불汪紱의 《산해경존山海經存》, 청 오임신吳任臣의 《산해경광주山海經廣注》(康熙圖本)의 그림이 비교적 널리 알려져 인용되고 있으며 그 외 〈고금도서집성古今圖書集成〉의 《박물회편博物滙編》, 명 장응호蔣應鎬의 《산해경도본山海經圖本》 등도 널리 알려져 있다.

그리하여 청대 총서류, 이를테면 〈사고전서〉, 〈신수사고전서〉, 〈사고전서회요〉, 〈사부비요〉, 〈사부총간〉 등 어디에나 이를 수록하게 되었으며, 현대에 이르러 원가袁珂의 《산해경교주山海經校注》(上海古籍出版社, 1980)가 출현함으로써 완정 단계에 이르게 된 것이다. 그리하여 《산해경》 학술토론을 거쳐 편집된 《산해경신탐山海經新探》(四川省社會科學出版社, 1986)이 나왔으며 지금은 온갖 도해, 해설, 평역 등 수를 헤아릴 수 없을 정도로 많은 해당서와 관련서, 그리고 논문이 중국과 대만 일본, 한국 등에 쏟아져 나와 있다.

그리고 우리나라에서도 일찍이 이미 현대적 해석과 역주, 논문이 출간, 발표되었다. 즉 1978년에 이미 서경호徐敬浩 교수의 당시 석사학위 논문이 《산해경》에 대한 것이었으며, 뒤이어 정재서鄭在書 교수에 의해 《산해경》(민음사)이 출간되어 당시 '오늘의 책'으로 선정되어, 수상함으로써 학술적 가치를 인정받았다. 그리고 다시 서경호 교수는 《산해경연구》(1995)라는 전문 연구서를 출간하였으며 2009에는 예태일倪泰一·전발평錢發平 편역의 《산해경》(重慶出版社)을 번역하여 이 방면의 연구에 큰 도움을 주고 있다. 그 외에 소논문들이 봇물을 이루어 쏟아지고 있으며 특히 "정재서 교수는 여기에서 그치지 않고 《산해경》을 동북아 특유의 상상력 원천을 보여주는 자료라는 입장에서 연구를 진행하여 많은 성과를 거두고 있으며, 이러한 연구는 중국인 학자들도 아직 시도한 적이 없기 때문에 어찌 보면 정교수의 업적을 통해 국내의 《산해경》에 대한 이해의 수준이 중국보다 한 걸음 더 나아가 있다고 해도 지나친 말은 아닐 것이다"(서경호 평언)라는 단계에 와 있다.

2. 산해경의 몇 가지 문제들

산해경은 내용과 체제, 학문 분류 등에 여러 가지 설을 가지고 있다. 이를 간단히 살펴보기로 하자. 우선 작자 문제이다.

유흠은 〈산해경표〉에서 이렇게 말하였다.

"《山海經》者, 出於唐虞之際. 昔洪水洋溢, 漫衍中國, 民人失據, 崎嶇於丘陵, 巢於樹木. 鯀起無功, 而帝堯使禹繼之. 禹乘四載, 隨山栞木, 定高山大川. 蓋與伯翳主驅禽獸, 命山川, 類草木, 別水土. 四嶽佐之, 以周四方, 逮人跡之所希至, 及舟輿之所罕到. 內別五方之山, 外分八方之海, 紀其珍寶奇物, 異方之所生, 水土草木禽獸昆蟲麟鳳之所止, 禎祥之所隱, 及四海之外, 絶域之國, 殊類之人. 禹別九州, 任土作貢, 而益等類物善惡, 著《山海經》. 皆賢聖之遺事, 古文之著明者也."

이에 따라 우禹가 곤鯀의 치수사업을 이어받아 산천을 두루 돌아다니며 견문으로 얻은 것을 기록한 것이며, 뒤이어 익益이 여기에 선악을 구분하고자 이 책을 지었다는 것이다. 결론적으로 우와 익의 작품이라는 것이다.

왕충王充의 《논형論衡》에도 이를 그대로 적고 있다. 그러나 하우夏禹시대는 실제 역사적 사실을 그대로 믿을 수 없는 부분이 많고 나아가 책 속에 기재된 내용도 우와 익 자신들에 대한 것도 있으며, 그들 보다 후세인 성탕成湯이 걸桀을 정벌한 내용이 있으며, 더구나 은나라 왕자 해亥의 사건, 주周나라 문왕文王의 장지葬地에 대한 기사, 그리고 진한秦漢 때에 이르러 설치된 군현郡縣 이름인 장사長沙, 상군象郡, 여기餘曁, 하휴下嶲 등의 이름이 보이는 것으로 보아 우와 익이 지었다는 것은 전혀 믿을 수가 없게 되었다. 이에 주희朱熹와 호응린胡應麟 등은 "전국 시대 호사가들이 《목천자전》과 《초사》의 〈천문

天間〉을 바탕으로 지은 것"(戰國好奇之士, 本《穆天子傳》·天問而作)이라는 설을 제시하였다. 근세 연구에 의하면 반드시 《목천자전》과 〈천문〉을 한계로 할 것은 아니지만 역시 전국시대에서 진한 시대에 걸쳐 이루어진 책임에는 동의하고 있다. 그러나 책이 이때에 이루어졌다 해도 그 자료와 내용은 당연히 상고시대의 소재임에는 틀림이 없다. 초기에는 구전으로 전해오다가 점차 기록으로 정착되었으며, 유포과정에서 변형을 거치고 증가되어 결국 문자화 되었음은 지금의 《산해경》 내용 속에 얼마든지 찾을 수 있다.

다음으로 이 기이한 책을 어떻게 보았으며 어떤 부류로 분류하였는가 하는 문제이다. 우선 《한서》 예문지에서는 이를 수술략數術略의 형법가形法家로 분류하였다. 《한서》 예문지에 인용된 《칠략七略》에는 "大擧九州之勢, 以立城郭室舍, 形人及骨法之度數, 器物之形容, 以求其聲氣貴賤吉凶"이라 하였고, 그에 저록된 책 이름도 《산해경》 외에 《국조國朝》, 《궁택지형宮宅地形》, 《상인相人》, 《상보검相寶劍》, 《상육축相六畜》 등으로 실제 관상, 골상학, 점복 등이다. 따라서 이에 맞지 않으며 같은 곳 수술가에 대한 해제에도 "數術者, 蓋明堂羲和史卜之職也. 史官之廢久矣, 其書旣不能具, 雖有其書而無其人"이라 하여 《산해경》 내용과 그리 어울리지 않는다. 유수의 표에도 지리박물지서라 하여 수술가에 귀속시키지는 않았다. 그러다가 《수서隋書》 경적지經籍志와 《신구당서新舊唐書》 예문지藝文志에는 모두 이를 사부史部 지리류地理類에 귀속 시켰다. 그러나 호응린은 이의를 제기하여 "《산해경》은 고금의 괴이한 일을 기록한 원조(山海經者, 古今語怪之祖)"라 하여 이를 소설小說에 넣어야 한다고 보았으며, 〈사고전서총목제요四庫全書總目提要〉 등에도 "窮其本旨, 實非黃老

之言. 然道里山川率難考據, 案以耳目所及, 百不一眞, 諸家幷以爲地理書之冠, 亦爲未允. 核實定名, 實乃小說之最古者耳"라 하여 '소설의 가장 오래된 것일 뿐'이라고 강력하게 주장하고 있다. 이에 지금의 〈사고전서〉에는 "자부(子部, 12), 소설가류(小說家類, 2), 이문지속異聞之屬"으로 분류하였고, 다만 〈사고전서 회요〉본에는 사부史部 지리류地理類로 넣어 분류하고 있다.

세 번째로 《산해경》이 「무서巫書」였음을 주장한 내용이 설득력을 얻고 있음에 대한 토론이다.

원시 사회를 이해하고 그 입장에서 보면 이는 〈무서〉일 가능성이 더 높다. 노신魯迅은 《중국소설사략中國小說史略》 〈신화와 전설〉편에서 "記海內外山川神祇異物及祭祀所宜, 以爲禹·益作者固非, 而謂因楚辭而造者亦未是; 所載祠神之物多用糈, 與巫術合, 蓋古之巫書也"라 하였다. 특히 고대 상나라 때까지 중국 원시 사회에서 무축巫祝의 임무와 역할은 상당히 중시되었다. 《국어國語》 초어楚語에도 "古者民神不雜, 民之精爽不携貳者, 而又能齊肅衷正. 其知能上下比義, 其聖能光遠宣朗, 其明能光照之, 其聰能聽徹之. 如是則神明降之, 在男曰覡, 在女曰巫"라 하여 무격巫覡의 절대적 권위에 대한 경외와 믿음을 가지고 있었으며, 신과 소통하는 이들의 기록이 바로 이 산해경이며 그러한 내용을 아주 풍부히 담고 있다. 그런가 하면 《예기禮記》 왕제王制에 "天子祭名山大川, 諸侯祭名山大川之在其地者"라 하여 천자와 제후는 명산대천에 제사를 올리는 것을 아주 중시하였고 이를 담당한 무축들은 자신의 경내 산천에 대한 자세한 정보와 자료를 가지고 있지 않으면 안 되었을 것이다. 이를 위한 기록이 바로 이 《산해경》이라는 것이다.

또한 이들 무축은 사관史官의 임무를 겸하고 있었다. 천자와 수령의 계보를 하늘과 연관지어 정확히 알고 있어야 했기 때문이다. 따라서 본 책의 황제, 여와, 염제, 태호, 소호, 전욱, 제준, 제요, 제곡, 제순, 단주, 제우, 제대 등 일련의 족보는 모두가 무축들이 기본적으로 파악하고 있어야 하는 필수 사항이다. 그 때문에 그들의 출생과 혈통, 나아가 분파된 부족, 그리고 전쟁과 발전, 발명품과 업적 등을 메모 형식으로라도 지니고 있어야 한다. 이를테면 서방西方의 천제天帝는 헌원지구軒轅之丘에 살고 있으며 그 처는 뇌조(雷祖, 纍祖) 등에 대한 내용과, 나아가 그 아들 창의昌意가 한류韓流를 낳고 한류가 전욱顓頊을 낳았으며, 다른 아들 낙명駱明이 백마白馬를 낳았고 이가 곤鯀이며 또 다른 아들 우호禺虢가 우경禺京을, 혹은 묘룡苗龍이 융오融吾를, 융오가 농명弄明을, 농명이 백견白犬을 낳았다는 등의 사실도 기록으로 소지하고 있었던 것이다. 그리고 황제黃帝가 치우蚩尤를 죽이고 기夔를 항복시켰다는 등의 활동 상황도 기록으로 가지고 있을 필요를 느꼈던 것이다.

'의醫'자는 고대 '의毉'로 표기하여 무격이 치료의 임무도 담당하였음을 알 수 있다. 그 때문에 각 지역의 동식물로 어떠한 질환을 치료하거나 예방하며 고칠 수 있는지에 대한 정보나 지식도 이들이 학습하고 있어야 할 과목이었다. 그 때문에 《산해경》 각 산마다 이러한 내용을 곁들여 설명하고 있다.

따라서 결론적으로 《산해경》은 '무서'라 보는 설이 비교적 타당한 힘을 얻고 있다.

3. 《산해경》 주석, 전소, 교정 등에 관련된 인물들

오늘날 《산해경》을 그나마 쉽게 접하고 내용을 알 수 있도록 연구하고 노력한 이들은 서한 유수로부터 진나라 곽박, 명대 오임신, 청대 왕불, 왕념손, 왕숭경, 필원, 학의행을 거쳐 현대의 원가를 들 수 있다. 이들의 약전을 간단히 살펴보면 다음과 같다.

1) 유수(劉秀: ?~23)

본명은 유흠劉歆. 서한 말 패沛 땅 사람으로 자는 자준子駿. 뒤에 이름을 수秀로 고치고 자도 영숙穎叔이라 함. 유향劉向의 아들로 어려서 시서詩書 등에 능통하였고 문장에도 능하였음. 성제成帝 때 황문랑黃門郎이 되어 아버지와 함께 여러 책들을 교정하는 일에 참여하였음. 애제哀帝 때 봉거광록대부奉車光祿大夫에 올랐으며 왕망王莽이 정권을 쥐자 중루교위中壘校尉ㆍ경조윤京兆尹에 올라 홍휴후紅休侯에 봉해짐. 왕망이 결국 한나라를 찬탈하여 제위에 오르자 국사國師가 되어 가신공嘉新公에 봉해짐. 뒤에 모반을 꾀하다가 누설되자 자결함. 유흠은 고문경古文經《모시毛詩》,《고문상서古文尚書》,《일례逸禮》,《좌씨춘추左氏春秋》 등을 학관學官에 세울 것을 강력히 주장하였으나 당시 태상박사太常博士들의 반대에 부딪치기도 함. 아버지의 뒤를 이어 비부秘府의 서적들을 정리하여 《칠략七略》을 지었으며 중국 목록학目錄學의 가장 위대한 업적으로 평가를 받고 있으며 이는 《한서漢書》 예문지藝文志에 전재되어 있음. 그의 저술로는 《삼통력보三統曆譜》가 있으며 중국 처음으로 원주율圓周率을 계산해내기도 하였다 하며 이를 '유흠율劉歆率' 이라 함. 명나라 때 집일된 《유자준집劉子駿集》이 있으며 《한서》(36)에 전이 있음.

2) 곽박(郭璞: 276~324)

동진東晉 하동河東 문희聞喜 사람으로 자는 경순景純. 학문에 밝고 고문기자古文奇字를 좋아하였으며, 천문, 역산曆算, 복서卜筮, 점술占術, 음악, 문장, 시부 등에 다방면에 뛰어났음. 특히 그의 〈유선시遊仙詩〉 14수는 진대晉代문학의 백미로 널리 알려져 있음. 당초 서진西晉이 망하자 강을 건너 남쪽으로 내려와 선성태수宣城太守 은우殷佑의 참군參軍이 되었으며 당시 실력자 왕도王導의 신임을 얻기도 하였음. 동진 원제元帝가 그를 저작좌랑著作佐郎에 임명하자 왕은王隱과 함께 《진사晉史》를 찬수하였으며, 그 뒤 상서랑尙書郎에 올랐다가 다시 왕돈王敦의 기실참군記室參軍이 됨. 그때 자신의 점괘를 믿고 왕돈의 모반을 저지하다가 왕돈에게 죽임을 당하고 말았음. 뒤에 홍농태수 弘農太守로 추증되었음. 그는 《이아爾雅》, 《방언方言》, 《산해경山海經》, 《목천자전穆天子傳》 등에 주를 달아 지금도 매우 뛰어난 업적으로 평가받고 있음. 집일본《곽홍농집郭弘農集》이 전하며 《진서晉書》(72)에 전이 있음.

3) 오임신(吳任臣: ?~1689)

청淸나라 때의 경학자. 절강浙江 인화仁和 사람으로 자는 지이志伊. 혹은 이기爾器. 어릴 때 자는 정명征鳴이었으며 호는 탁원託園. 강희康熙 18년(1679) 박학홍유과博學弘儒科에 2등으로 급제하여 검토檢討의 직위를 얻고 《명사明史》 찬수관纂修官에 충원됨. 그는 당시 뛰어난 학자 이인독李因篤, 모기령毛奇齡 등과 사귀었으며 고염무顧炎武는 그를 '박문강기博聞强記'한 자라 탄복하였다 함. 《십국춘추十國春秋》, 《주례대의보周禮大義補》, 《산해경광주山海經廣注》, 《춘추정삭고변春秋正朔考辨》, 《탁원시문집託園詩文集》 등이 있으며 그의 《산해경광주》는 〈사고전서〉에 수록되어 있음. 《국조선정사략國祖先正事略》(27)에 그의 사적이 전함.

4) 왕불(汪紱: 1692~1759)

청淸나라 안휘安徽 무원婺源 사람으로 어릴 때 이름은 훤烜, 자는 찬인燦人, 호는 쌍지雙池. 집이 가난하여 고학으로 그림을 배워 경덕진景德鎭에서 도자기 그림을 그리는 것으로 생업을 삼기도 하였음. 뒤에 복건福建 포성浦城에 이르러 교육과 독서에 힘써 점차 이름이 알려지기 시작하였음. 이에 절浙, 민閩, 감贛 일대의 학자들이 추종하기 시작하였고, 주돈이周敦頤, 정호程顥, 정이程頤, 장재張載, 주희朱熹의 성리학을 종지로 하였으나 너무 많은 범위에 관심을 가져 깊이가 없다는 혹평을 받기도 함. 《춘추집전春秋集傳》, 《이학봉원理學逢源》, 《시운석詩韻析》, 《산해경존山海經存》 등과 《쌍지문집雙池文集》이 있으며 그 외 30종의 저술과 주석서들이 있음.

5) 왕념손(王念孫: 1744~1832)

청나라 때 유명한 경학가이며 동시에 교감학자. 강소江蘇 고우高郵 사람으로 자는 회조懷祖, 호는 석구石臞. 어려서 대진戴震에게 수업하여 건륭乾隆 40년(1775)에 진사에 올라 공부주사工部主事가 됨. 다시 가경嘉慶 연간에 영정하도永定河道라는 직책에 올라 치수에 관심을 가져 《도하의導河議》 상하편을 저술하기도 함. 평생을 학문에 전념하여 음운학, 문자학, 훈고학, 교수학校讎學에 큰 업적을 남겼으며 10년에 걸쳐 《광아소증廣雅疏證》을 완성하였고, 다시 《독서잡지讀書雜志》를 남김. 아들 왕인지王引之가 그 학문을 이어받아 《경의술문經義述聞》을 지어 고우왕씨학高郵王氏學의 가학을 이루기도 함. 그 외 《왕석구선생유문王石臞先生遺文》, 《정해시초丁亥詩抄》 등이 있으며, 《비전집보碑傳集補》(39)와 《청사고淸史稿》 열전(68)에 그의 전기가 실려 있음.

6) 왕숭경(王崇慶: 1484~1565)

명明나라 때 대명부大名府 개주開州 사람으로 자는 덕징德徵, 호는 해초자海樵子. 정덕正德 3년(1508) 진사進士에 급제하여 남경南京의 이부吏部와 예부禮部의 상서尙書를 역임함. 《주역의괘周易議卦》와 《오경심의五經心義》, 《해초자海樵子》, 《산해경석의山海經釋義》 등을 남김. 《조준곡문집趙浚谷文集》(5)에 사적이 실려 있음.

7) 양신(楊愼: 1488~1559)

명明나라 때 사천四川 신도新都 사람으로 자는 용수用修, 호는 승암升庵. 양정화楊廷和의 아들로 정덕正德 6년(1511) 진사에 올라 한림수찬翰林修撰을 역임함. 가정嘉靖 초에 경연강관經筵講官을 거쳐 한림학사翰林學士에 오름. 상소를 올리다가 죄를 입어 운남雲南 영창위永昌衛로 좌천되었으며 그곳에서 죽음. 30여 년을 학문에 정진하여 많은 저술을 남겼으며 시詩, 사詞, 산곡散曲 등에도 특장을 보임. 잡저 백 여 종이 있으며 《승암문집升庵文集》이 있음. 《열조시집소전列朝詩集小傳》(丙集)에 그의 전기가 실려 있음.

8) 필원(畢沅: 1730~1797)

청대의 유명한 학자. 청나라 강소江蘇 진양鎭洋 사람으로 자는 양형纕蘅, 혹은 추범秋帆. 어릴 때의 자는 조생潮生. 자호는 영암산인靈巖山人. 건륭乾隆 25년(1760) 갑과甲科에 장원으로 진사에 올라 수찬修撰을 제수받음. 관직이 호광총독湖廣總督에 올랐으며 경학, 사학, 소학(문자학)과 금석, 지리 등에 밝아 통하지 않은 것이 없었다 함. 많은 저술을 남겼으며 특히 사마광司馬光의 《자치통감資治通鑑》을 이어 《속자치통감續資治通鑑》을 지음. 그 외에 《전경표傳經表》, 《경전변정經典辨正》, 《영암산인시문집靈巖山人詩文集》 등이 있으며 이들은 《경훈당총서經訓堂叢書》에 수록되어 있음. 《청사고淸史稿》 열전(30)에 전이 있음.

9) 학의행(郝懿行: 1755~1823)

청대淸代 산동山東 서하棲霞 사람으로 자는 순구恂九, 호는 난고蘭皐. 가경 嘉慶 4년(1799) 진사에 올라 호부주사戶部主事를 제수받았으나 21년 동안 낭서郎署의 낮은 직책을 벗어나지 못한 채 학문에 힘써 명물名物, 훈고訓詁, 고거考據 등의 학술에 뛰어난 업적을 남김. 특히 아내 왕조원王照圓 역시 학문에 뛰어난 여성 학자였음. 《이아의소爾雅義疏》와 《산해경전소山海經箋疏》, 《죽서기년교정竹書紀年校正》, 《진송서고晉宋書故》, 《춘추설략春秋說略》 등은 아주 널리 알려져 있으며, 문집으로 《쇄서당집曬書堂集》 등이 있음. 《속비전집續碑傳集》(72)에 그의 전기가 실려 있음.

10) 원가(袁珂: 1916~2001)

사천四川 신도新都 사람으로 1941년 성도화서협화대학成都華西協合大學을 졸업하고 1949년 허수상許壽裳 선생을 따라 대만臺灣으로 이주, 대만성臺灣省 편역관編譯館 편집編輯, 편심위원編審委員 등을 지냄. 중국 신화 연구에 깊이 잠심하여 사천성四川省 사회과학원社會科學院 연구생研究生을 거쳤으며 1984년 중국신화학회中國神話學會를 사천성 아미산峨眉山에서 창립하고 주석主席을 맡기도 하였음. 저술로 《중국고대신화中國古代神話》, 《고신화선석古神話選釋》, 《산해경교주山海經校注》, 《신화논문집神話論文集》, 《중국신화전설사전中國神話 傳說詞典》, 《중국신화사中國神話史》 등이 있음.

山海經箋疏

十八卷圖讚

一卷

阮氏琅嬛僊館開雕

낭현선(琅嬛僊)본《山海經》표지

山海經第一　　　　晉　郭璞傳　　樓霞郝懿行箋疏

南山經

南山經之首曰䧿山。招搖之山臨于西海之上，多桂，多金玉。有草焉，其狀如韭而青華，其名曰祝餘，食之不飢。有木焉，其狀如穀而黑理，其華四照，其名曰迷穀，佩之不迷。有獸焉，其狀如禺而白耳，伏行人走，其名曰狌狌，食之善走。麗麂之水出焉，而西流注于海，其中多育沛，佩之無瘕疾。

又東三百里，禹刻銘其丈五尺，里數地之數也。

《山海經箋疏》완씨(阮氏) 낭현선관(琅嬛僊館) 개조본(開雕本)

山海經卷一

南山經

晉 郭璞 撰

南山經之首曰䧿山其首曰招搖之山臨于西海之上在蜀伏山山南曰南也多桂桂葉似枇杷長二尺餘廣數寸西頭濱西海也多金玉有草焉其狀如韭間無雜木皆云春秋山花草冬夏常青而青花其名曰祝餘或作桂荼食之不飢有木焉其靈山亦有此皆招搖之桂狀如榖而黑理榖楮也皮作紙璨曰榖亦名構榖名穀者以其實如穀也其華四照言有光燄也若木亦類也見離騷經照地亦此類也其名曰迷榖佩之不迷有獸其名曰迷穀佩之不迷有焉其狀如禺而白耳禺似獼猴而大赤目長尾今江南山中多有說者不了此物名伏行人走交行人走其名曰狌狌其狀如獼猴作人字圖亦似狌狀如猨伏行交行人走善走狌狌如豚狀走時頭足皆反今交阯封溪出狌狌土俗人說云狀如獼猴作聲如小兒啼食之善走麗𪊨之水出焉麗音鹿𪊨音几而西流注于海其中多育沛未詳佩之無瘕疾瘕蟲病也

又東三百里曰堂庭之山一作崇庭之山多棪木棪實似柰而赤可食多白猿今猨似獼猴而大臂腳長便捷色有黑黃鳴其聲哀多水玉水精也多黃金

又東三百八十里曰猨翼之山其中多怪獸水多怪魚多白玉多蝮虫蝮虫色如綬文鼻上有針大者百餘斤一名反鼻虫古虺字多怪蛇多怪木不可以上

又東三百七十里曰杻陽之山杻音紐其陽多赤金銅也其陰多白金銀也有獸焉其狀如馬而白首其文如虎而赤尾其音如謠如人歌聲其名曰鹿蜀佩之宜子孫怪水出焉而東流注于憲翼之水其中多玄龜其狀如龜而鳥首虺尾虺它屬也其名曰旋龜其音如判木破木聲也佩之不聾可以為底底猶治也外傳曰疾不可為一作底病愈

又東三百里曰柢山柢音帝多水無草木有魚焉其狀如牛陵居蛇尾有翼其羽在魼下魼亦作脅其音如留牛莊子曰執犁之狗此亦留牛之類其名曰鯥音六冬死而夏生蟄類食之無腫疾

（相如上林賦曰水玉磊砢玉屬也赤松子所服見列仙傳凡言怪者皆謂貌狀倔奇不常也子曰徐偃王好怪沒深水而得怪魚入深山而得怪獸者多列於庭多怪蛇多怪木）

狗謂此牛也稑天子傳曰天子之狗執虎豹也謂死者言其如死耳食之無腫疾

仁和吳任臣注

南山經

南山經之首曰䧂山　其首曰招搖之山臨于西海之上　多桂

多金玉　有草焉其狀如韭而青華其名曰祝餘食之不飢　有木焉

其狀如榖而黑理其華四照其名曰迷穀佩之不迷　有獸焉其狀如禺

而白耳伏行人走其名曰狌狌食之善走　麗麂之水出焉而西流注于海

其中多育沛佩之無瘕疾

又東三百里曰堂庭之山　多棪木　多白猿

晉　郭璞傳

狀蔍郝懿行箋疏

南山經

南山經之首曰䧿山。招搖之山，臨于西海之上，多桂，多金玉。有草焉，其狀如韭而青華，其名曰祝餘，食之不飢。有木焉，其狀如穀而黑理，其華四照，其名曰迷穀，佩之不迷。有獸焉，其狀如禺而白耳，伏行人走，其名曰狌狌，食之善走。麗𪊨之水出焉，而西流注于海，其中多育沛，佩之無瘕疾。

又東三百里，曰堂庭之山，多棪木，多白猿，多水玉，多黃金。

山海經第一

南山經

又東三百八十里，曰猨翼之山，其中多怪獸，水多怪魚，多白玉，多蝮虫，多怪蛇，多怪木，不可以上。

又東三百七十里，曰杻陽之山，其陽多赤金，其陰多白金。有獸焉，其狀如馬而白首，其文如虎而赤尾，其音如謠，其名曰

《山海經》續修四庫全書本

山海經訂譌一卷

棲霞郝懿行撰

南山經

離山臨于西海之上〔在蜀伏山山南之西頭伏當爲汎〕

有草焉其狀如韭〔爾雅云荎豐當爲蘴〕

其名曰祝餘〔桂荂或作桂荃連當爲荏建〕

堂庭之山多棪木〔棪音剡〕

又東三百七十里曰杻陽之山〔杻音紐經細或作細祖上聲〕

基山有獸其名曰㺋訑〔訑音施一作陁〕

有鳥焉名曰鶹鴒〔音流一音離經文鴒當爲鴖〕

英水其中多赤鱬〔鱬音儒經文鱬當爲鯢〕

凡䧿山之首自招搖之山以至箕尾之山凡十山

其中多枇虆

其上多梓柟

其祠多礼毛

糈用稌米

僕勾之山

糈用稌米

其祠多礼毛

二千九百五十里〔今本作九百里〕

凡南次二經之首自柜山至于漆吳之山凡十七

山七千二百里〔今本作二十里〕

糈用稌〔糈字非稂稴字也稴王引之曰讀三千行〕

其禱過之山其下多犀兕〔重三千行〕

多怪鳥〔廣雅曰陽驚鶄鷞鳱鵲之屬也〕

其汗如漆〔汗汗汁也今廣雅作漢〕

有穴焉水出輒入〔出當作咎藏經本作咎〕

凡南次三經之首自天虞之山以至南禺之山凡

一十四山六千五百三十里〔今本作十三山五〕

右南經之山志大小四十山萬六千三百八

十里〔當有作四十一山志六千三百四十里〕

西山經

錢來之山有獸名曰羬羊〔冠當皆謂羬鐵〕

小華之山鳥多赤鷩〔音必當謂爲鷩〕

其木多棫枏〔棫音域〕

食之已瀆〔瀆一作痔八音許無枝條兼大而員校〕

大如斧而黑端〔音莩一百二十里封斝〕

浮山多盼木〔文梗延引此都鄸音盼〕

䗁冢之山漢水出焉而東流注于沔〔紅卽洏水漸〕

有草名曰蓇蓉〔硈音硈又谿言江又别江水引〕

天帝之山有鳥黑文而赤翁〔音翁毛〕

皋塗之山有獸名曰㺤如〔音櫻如本作𤡔如當謂爲㺤如〕

黃山盼水出焉〔盼音盼此都鄸音盼〕

其烏多鸚䳦〔音舉當謂爲鸚䳦〕

翠山其〔音翠見玉篇〕

䮝山是謂帝之平圃〔今本作平地埤〕

凡西經之首自錢來之山至于騩山凡十九山二

千九百五十七里〔今本作二千五百七十一里〕

泰冒之山浴水出焉〔今浴〕

高山其下多青碧〔今碧碧〕

鹿臺之山

宏陽之山

其木多櫟柟豫章〔豫章大木生七年而後可知也注復亏行〕

山海經訂譌一卷　　棲霞郝懿行撰

南山經

誰山臨于西海之上　柱蜀伏山山南之 西頭 伏當為汝

有草焉其狀如韭　廚雅云藿 霍當為藋

其名曰祝餘　柱或作茶疑當為柱

堂庭之山多棪木　棪別名連其 連當為速

又東三百七十里曰杻陽之山　音紐 經杻當為栖注紐當為細

又東三百里柢山　柢上疑脫曰字

基山有獸其名曰猼訑　施一作臨施當為訑

有鳥名曰鵁鶘　鵁鶘急性敝予二音 經文鵁鶘當為 鵁鶘當為憖怠 敝當為欺

山海經圖讚一卷

《隋書經籍志》闕云闕溢二卷郭璞撰中興
書目山海經十八卷郭璞傳凡二十三篇每
卷有讚　案今本頗無讚唯明漢據補
其文字牴誤今畧訂正及藏氏校正並著之疑則闕焉

南山經

桂

桂生南裔枝華岑嶺廣莫熙葩凌霜津類氣王百藥森然靈挺

逑穀

炎有奇樹產自招搖厥華流光上映垂霄佩之不惑潛有靈標

狌狌

狌狌似猴走立行伏懷木挺力少辛明目飛廉泂足旹食斯肉

水玉

山海經圖讚　一　　　　　遝讀廔校刊

水玉沐浴滘映洞淵赤松是服靈蛻乘煙吐納六氣昇降九天

白猿

白猿肆巧由基撫弓應眄而號神有先中數如循環其妙無窮

鹿蜀

鹿蜀之獸馬質虎文騤首吟鳴矯足騰驀佩其皮毛子孫如雲

鱸

魚號曰鱸處不在水厥狀如牛鳥翼蛇尾隨時隱見倚乎生死

類

類之為獸一體兼二近取諸身用不假器曰竆是佩不知妬已

猾褢

《山海經圖讚》遝讀樓本

隋唐書經籍志並云圖讚二卷郭璞中興書每卷有讚案今本並無圖讚唯明藏經本山海經十八卷郭傳凡二十三補其文字畔訛今略訂正及藏氏校正世著之義則闕焉

南山經

桂

桂生南裔　枝葉岑嶺　廣莫熙葩　淩霜津穎　氣王百藥　森然雲挺

迷穀

爰有奇樹　產自招搖　厥華流光　上映垂霄　佩之不惑　潛有靈標

狌狌

狌狌似猴　走立行伏　懷木挺力　少辛明目　飛廉迅　足豈食斯肉

水玉

水玉沐浴　潛映洞淵　赤松是服　靈蛻乘煙　吐納六氣　昇降九天

白猿

白猿肆巧　由基撫弓　應眄而號　神有先中　數如循　環其妙無窮

鹿蜀

鹿蜀之獸　馬質虎文　驤首吟鳴　矯足騰群　佩其皮　毛子孫如雲

鮭

魚號曰鮭　處不在水　厥狀如牛　鳥翼蛇尾　隨時隱　見倚乎生死

類

類之為獸　一體兼二　近取諸身　用不假器　窈窕是

佩不知妒忌

猼訑

猼訑似羊　眼反在背　視之則奇　推之無怪　若欲不恐　厥皮可佩

祝餘草

祝餘嘉草　食之不飢　鳥首三翅並

龜鵸鵂鳥

龜鵸鵂鳥　六足三翅

灌灌烏赤鱬

狀魚身人頭

厥聲如訶　厥形如鳩　佩之辨惑　出自青丘　赤鱬之

鵜鳥

彗星橫天　鯨魚死浪　鵕鳴于邑　賢士見放　厥理至

微言之無況

猾裹

猾裹之獸　見則興役　脣政而出　匪亂不適　天下有

道幽形匿跡

長右夔

長右四耳　厥狀如猴　實為水祥　見則橫流　夔虎其

身厥尾如牛

會稽山

禹徂會稽　爰朝群臣　不虔是討　乃戮長人　王贛

類聚文

表夏斗石勒素

患薧作

患薧

有獸無口　其名曰患　害氣不入　厥體無間　至理之

盡出乎自然

犀

《山海經圖讚》四部備要本

南山經

桂

桂生南裔　拔萃岑嶺　廣莫熙能　凌霜津穎　氣王百藥　森然雲挺

迷穀

爰有奇樹　自招搖產　厥華流光　上映垂霄　佩之不惑　潛有靈標

狌狌

狌狌似猴　走立行伏　櫰木挺力　少辛明目　飛廉迅足　豈食斯肉

水玉

水玉沈浴　潛映洞淵　赤松是服　靈蛇乘煙　吐納六氣　昇降九天

白猿

白猿肆巧　由基撫弓　應眄而號　神有先中　數如循環　其妙無窮

鹿蜀

鹿蜀之獸　馬質虎文　驤首吟鳴　矯足騰羣　佩其皮毛　子孫如雲

鯥

魚號曰鯥　處不在水　厥狀如牛　鳥翼蛇尾　隨時隱見　倚乎生死

類

類之爲獸　一體兼二　近取諸身　用不假器　窈窕是佩　不知妒忌

鴸鴟

《山海經圖讚》琅嬛僊館本

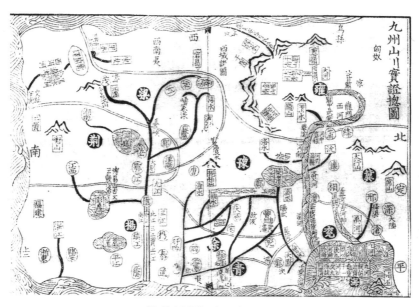

〈九州山川圖〉 宋 彫刻 墨印

차 례

❧ 책머리에
❧ 일러두기
❧ 해제
　1.《산해경》개설
　2. 산해경의 몇 가지 문제들
　3.《산해경》주석, 전소, 교정 등에 관련된 인물들

山海經 등

〈山經〉

卷五 中山經

5-1. 中山經

5-2. 中次二經

5-3. 中次三經

5-4. 中次四經

5-5. 中次五經

5-6. 中次六經

5-7. 中次七經

5-8. 中次八經

5-9. 中次九經

5-12. 中次十二經

〈海經〉

卷六 海外南經

卷七 〈海外西經〉

卷八 〈海外北經〉

卷九 〈海外東經〉

卷十 〈海內南經〉

山海經 上

卷一 南山經

1-1. 南山經

1-2. 南次二經

1-3. 南次三經

卷二 西山經

2-1. 西山經

2-2. 西次二經

2-3. 西次三經

2-4. 西次四經

卷三 北山經

3-1. 北山經

3-2. 北次二經

3-3. 北次三經

卷四 東山經

4-1. 東山經

4-2. 東次二經

4-3. 東次三經

4-4. 東次四經

山海經 들

卷十一 〈海內西經〉

卷十二 〈海內北經〉

卷十三 〈海內東經〉

卷十四 〈大荒東經〉

卷十五 大荒南經

卷十六〈大荒西經〉

卷十七 〈大荒北經〉

卷十八 〈海內經〉

◉ 부록

卷五 中山經

5-1. 中次一經

〈甘棗山周邊山水〉明 蔣應鎬 圖本

269(5-1-1) 감조산甘棗山

중앙의 산계로써 경유하게 되는 박산薄山의 시작은 감조산甘棗山이다.

공수共水가 그 산에서 발원하여 서쪽으로 흘러 하수河水로 들어간다. 그 산 위에는 유목杻木이 많으며 산 아래에는 풀이 있다. 그 풀은 아욱의 줄기에 은행나무 잎으로 노란 꽃이 피고 협과莢果의 열매가 맺힌다. 이름을 탁蘀이라 하며 이로써 눈동자의 어지러움을 치료할 수 있다.

그곳에 짐승이 있으니 그 형상은 마치 훼서䶃鼠와 같으며 이마에 무늬가 있다. 이름을 나䶅라 하며 이를 먹으면 목의 물혹을 없앨 수 있다.

中山經薄山之首, 曰甘棗之山.

共水出焉, 而西流注于河. 其上多
杻木, 其下有草焉, 葵本而杏葉, 黃華
而莢實, 名曰蘀, 可以已瞢.

有獸焉, 其狀如䶃鼠而文題, 其名曰䶅, 食之已癭.

나(䶅)

【杏葉】郭璞은 "或作楮葉"이라 함.
【蘀】郭璞은 "蘀, 音托"이라 함.
【瞢】눈이 어른거려 시력이 명료하지 않은 질환. 郭璞은 "音盲"이라 하여 '맹'으로 읽도록 하였으며, 袁珂는 《說文》(4)云:「瞢, 目不明也.」"라 함.

【鼩鼠】'鼪鼠' 혹 '獨鼠'와 같음. 구체적으로 어떤 동물인지 알 수 없음. 郭璞은 "鼩鼠, 所未詳, 音鼪. 字亦或作鼪"라 하였으며 郝懿行은 "鼩,《玉篇》以爲古文 獨字, 非郭義也.《廣韻》鼩音徒各切, 云獸名, 似鼠, 又與郭音異, 鼩鼠,《爾雅》 (13)中無之, 其字或作鼪, 蓋同聲假借也"라 함. 따라서 '훼서(鼪鼠)', '독서(獨鼠)' 등 두 가지 음으로 읽을 수 있으며 잠정적으로 곽박의 의견을 따라 '훼서'로 읽음.

【鸋】郭璞은 "音那, 或作熊也"라 하였고, 汪紱은 "音耐"라 하여 음이 '나', '내' 두 가지임.

【癭】목에 늘어져 생기는 물혹. 瘤腫, 肉瘤.

270(5-1-2) 역아산歷兒山

다시 동쪽으로 20리에 역아산歷兒山이 있다.

그 위에는 강수欋樹가 많으며 여목欋木이 많다. 이 나무는 네모진 줄기에 둥근 잎이며 노란 꽃이 피며 털이 나 있다. 그 열매는 마치 간揀과 같으며 이를 복용하면 망각증이 없어진다.

又東二十里, 曰歷兒之山.

其上多橿, 多欋木. 是木也, 方莖而員葉, 黃華而毛, 其實如揀, 服之不忘.

【歷兒之山】郝懿行은 "《水經注》云: 「河東郡南有歷山, 舜所耕處也.」《史記》正義引《括地志》云: 「蒲山亦名歷山」 卽此也. 蓋與薄山連麓而異名"이라 하였으니, 袁珂는 "按: 舜所耕歷山, 蓋傳說中地名, 所在多有, 非可實指, 藉使能證成, 亦不過傳說中之一耳"라 함.

【欋木】郭璞은 "音厲"라 하였고, 郝懿行은 "《玉篇》云: 「欋, 木名, 實如栗.」"이라 함.

【其實如揀, 服之不忘】'揀'은 '楝'의 오기. 袁珂는 "經文'揀', 汪紱本·畢沅校本均作'楝', 王念孫·孫星衍·郝懿行亦均校作'楝', 作'楝'是也. 汪紱云: 「楝音煉. 楝木似槐子, 如指頭, 色白而粘, 可搗以浣衣. 服之益腎. 此'服之不忘', 謂令人健記, 蓋亦楝類也. 或作'簡', 非"라 함.

271(5-1-3) 거저산渠豬山

다시 동쪽으로 15리에 거저산渠豬山이 있다.

그 산 위에는 대나무가 많다.

거저수渠豬水가 그 산에서 발원하여 남쪽으로 흘러 하수河水로 들어간다. 그 물에는 호어豪魚가 많으며 그 형상은 유어鮪魚와 같으나 붉은 부리와 붉은 꼬리에 붉은 깃이 달려 있다. 이로써 가히 백선白癬을 치료할 수 있다.

又東十五里, 曰渠豬之山.

其上多竹.

渠豬之水出焉, 而南流注于河. 其中
是多豪魚, 狀如鮪, 而赤喙尾赤羽,
可以已白癬.

호어(豪魚)

【鮪魚】다랑어. 郭璞은 "鮪似鱣也"라 함.

【赤喙尾赤羽, 可以已白癬】袁珂는 "按:《太平御覽》(742)引此經, '尾'上有'赤'字,
'可以'上有'食之'二字. 又同書(939)引此經, '赤喙'上有'而'字"라 함.

【白癬】흰 버짐. 흰색의 乾癬.

272(5-1-4) 총롱산蔥聾山

다시 동쪽으로 35리에 총롱산蔥聾山이 있다.

그 중간에 큰 골짜기가 있으며 이곳에는 백악白堊, 흑악黑堊, 청악靑堊, 황악黃堊 등 각종 악토堊土가 많다.

又東三十五里, 曰蔥聾之山.

其中多大谷, 是多白堊, 黑·青·黃堊.

【蔥聾山】 314에도 같은 산 이름이 보이며 汪紱은 "疑是其連麓"이라 함.
【是多白堊, 黑·青·黃堊】 郭璞은 "言有雜色堊也"라 함. 堊土는 生石灰의 일종.
　石灰岩이 가루가 되어 흙처럼 묻혀 있는 것. 건축자재나 粉刷用 塗料로
　사용함.

273(5-1-5) 왜산湊山

다시 동쪽으로 15리에 왜산湊山이 있다.
그 산 위에는 적동赤銅이 많고 그 북쪽에는 철이 많다.

又東十五里, 曰湊山.
其上多赤銅, 其陰多鐵.

【湊山】郭璞은 "湊, 音倭"라 하여 '왜'로 읽음. 본음은 '와.' 郝懿行은 《玉篇》云:
「湊, 山名也.」라 함.
【赤銅】純銅을 말함.

274(5-1-6) 탈호산脫扈山

다시 동쪽으로 70리에 탈호산脫扈山이 있다.

그곳에 풀이 있으니 그 형상은 마치 아욱잎과 같으며 붉은 꽃이 피고 협과莢果의 열매가 맺힌다. 열매는 마치 종협棕莢과 같다. 이름을 식저植楮라 하며 마음속의 근심을 제거할 수 있다. 이를 먹으면 악몽을 꾸지 않는다.

又東七十里, 曰脫扈之山.

有草焉, 其狀如葵葉而赤華, 莢實, 實如棕莢, 名曰植楮, 可以已瘨, 食之不眯.

【瘨】 화병. 속병이라고 함. 郭璞은 "瘨, 病也.《淮南子》曰「狸頭已瘨」也"라 함. 袁珂는 "按: 郭引《淮南子》說山訓文'已瘨', 今作'愈鼠'. 瘨, 鼠之假音, 心憂懣之病也"라 함.

【不眯】 '眯'는 '미'로 읽음. 잠을 자다가 가위에 눌리지 않도록 함. 혹은 惡夢, 厭夢(魘夢)을 꾸지 않음. '眯'는 '厭(魘)'과 같은 뜻임. 郝懿行은 "《說文》云: 「眯, 艸入目中也.」"라 함. 그러나 袁珂는 "按: 此固眯之一義, 然以此釋此經之眯, 則有未當. 夫「草入目中」 乃偶然小事, 勿用服藥; 卽今服藥, 亦何能「使人不眯」乎?《莊子》天運篇云: 「彼不得夢, 必且數眯焉.」釋文引司馬彪云: 「眯, 厭也.」厭, 俗作魘, 卽厭夢之義, 此經文'眯'之正解也, 與下文「可以禦凶」之義亦合. 〈西次三經〉翼望之山(103)鵸䳜, 「服之使人不厭.」郭注云: 「不厭夢也.」《山經》凡言'不眯', 均當作此解"라 함.

275(5-1-7) 금성산金星山

다시 동쪽으로 20리에 금성산金星山이 있다.

천영天嬰이 많으며 그 형상은 마치 용골龍骨과 같고 이로써 가히 좌창痤瘡을 치료할 수 있다.

又東二十里, 曰金星之山.

多天嬰, 其狀如龍骨, 可以已痤.

【龍骨】郝懿行은 "《本草別錄》云:「龍骨生晉地川谷及太山巖水岸土穴中死龍處.」" 라 함.

【痤】郭璞은 "癰, 痤也"라 하였고, 郝懿行은 "注疑當爲'痤, 癰也',《說文》云: 「痤, 小腫也. 一曰族累.」《韓非子》六反篇은:「彈痤者痛.」"이라 함. 袁珂는 "汪紱以'皮上魂磊病'釋之, 良是"라 함. 중국어로 속칭 '粉刺'라 하며 피부에 생기는 작고 붉은 반점의 혹.

276(5-1-8) 태위산泰威山

다시 동쪽으로 70리에 태위산泰威山이 있다.
산속에 골짜기가 있어 이름을 효곡梟谷이라 한다. 그 속에는 철이 많다.

又東七十里, 曰泰威之山.
其中有谷, 曰梟谷, 其中多鐵.

【梟谷】郭璞은 "或無'谷'字"라 함.

277(5-1-9) 강곡산橿谷山

다시 동쪽으로 15리에 강곡산橿谷山이 있다.
그 산 중턱에는 적동赤銅이 많다.

又東十五里, 曰橿谷之山.
其中多赤銅.

【橿谷之山】郭璞은 "或作檀谷之山"이라 함.
【赤銅】純銅.

278(5-1-10) 오림산吳林山

다시 동쪽으로 1백2십 리에 오림산吳林山이 있다.
그 산 중턱에는 간초蕳草가 많다.

又東百二十里, 曰吳林之山.
其中多蕳草.

【蕳草】香草의 일종. 蘭草와 같은 종류라 함. 郭璞은 "蕳, 亦菅字"라 하였고,
郝懿行은 "《說文》云: 「蕳, 香草, 出吳林山.」本此經爲說也.《衆經音義》引
《聲類》云: 「蕳, 蘭也.」又引《字書》云: 「蕳如蕳同, 蕳卽蘭也.」是蕳乃香艸,
郭注以蕳爲菅字, 菅乃茅屬, 恐非也"라 함.

279(5-1-11) 우수산牛首山

다시 북쪽으로 30리에 우수산牛首山이 있다.

그곳에 풀이 있으니 이름을 귀초鬼草라 하고 그 풀은 잎이 마치 아욱과 같으며 붉은 줄기에 그 이삭은 마치 벼이삭과 같다. 이를 복용하면 근심을 잊는다.

노수勞水가 그 산에서 발원하여 서쪽으로 흘러 휼수潏水로 들어간다. 이 물에는 비어飛魚가 많다. 그 형상은 마치 붕어와 같으며 이를 먹으면 치질과 설사를 그치게 한다.

又北三十里, 曰牛首之山.

有草焉, 名曰鬼草, 其葉如葵而赤莖, 其秀如禾, 服之不憂.

勞水出焉, 而西流注于潏水. 是多飛魚, 其狀如鮒魚, 食之已痔衕.

비어(飛魚)

【鬼草】袁珂는 "按: 經文鬼草, 《太平御覽》(486)引作'鬼目'"이라 함.
【潏水】郭璞은 "潏, 音如譎詐之譎"이라 함.
【鮒魚】袁珂는 "按: 經文鮒魚, 《太平御覽》(44)引無'魚'字"라 함.
【痔衕】'痔'는 치질. '衕'(동)은 복통과 설사. '衕'은 郭璞은 "治洞下也, 音洞"이라 하였고, 郝懿行은 "《玉篇》云:「衕下也.」義與郭同"이라 함. '衕'(동)은 복통과 설사.

280(5-1-12) 곽산霍山

다시 북쪽으로 40리에 곽산霍山이 있다.

그 산의 나무로는 곡수穀樹가 많다.

그곳에 짐승이 있으니 그 형상은 마치 삵과 같으며 흰 꼬리에 갈기가 있다. 이름을 배배胐胐라 하며 이를 기르면 근심을 잊을 수 있다.

又北四十里, 曰霍山.

其木多穀.

有獸焉, 其狀如貍而白尾有鬣, 名曰
胐胐, 養之可以已憂.

배배(胐胐)

【穀】構와 같음. 構樹. 나무 이름. 그 열매가 곡식 낟알 같아 穀樹라 한다 함.
'穀'과 '構'는 고대 同聲이었으며 雙聲互訓으로 쓴 것. 그러나 郭璞 注에는 "穀,
楮也, 皮作紙. 璨曰:「穀亦名構, 名穀者, 以其實如穀也.」"라 함. 한편 郝懿行은
"陶宏景注《本草經》云:「穀卽今構樹也. 穀構同聲, 故穀亦名構.」"라 함.
【胐胐】郭璞은 "胐, 音普昧反"이라 하여 '배'로 읽음. 원음은 '비.'

281(5-1-13) 합곡산合谷山

다시 북쪽으로 52리에 합곡산合谷山이 있다.
이 산에는 첨극薔棘이 많다.

又北五十二里, 曰合谷之山.
是多薔棘.

【合谷之山】 郝懿行은 "《玉篇》作金谷多薔棘"이라 하여 '金谷'이 아닌가 함.
【薔棘】 풀이름. 일설에는 天門冬(天蘴冬)이라 함. 郭璞은 "未詳, 薔音瞻"이라
하여 '첨극'으로 읽도록 하였음. 본음은 '담.' 한편 郝懿行은 《本草》云:「天蘴
冬一名顚棘」 卽《爾雅》'髦, 顚棘'也. 薔,《玉篇》云:「丁敢切」 疑薔·顚古字或通"
이라 함.

282(5-1-14) 음산陰山

다시 북쪽으로 53리에 음산陰山이 있다.

그 산에는 여석礪石과 문석文石이 많다.

소수少水가 그 산에서 발원하며 그 물에는 조당彫棠이 많다. 그 나무의
잎은 마치 유엽楡葉과 같으며 네모 난 모습이다. 그 열매는 적숙赤菽과
같으며 이를 먹으면 귀머거리 병을 고칠 수 있다.

又北三十五里, 曰陰山.

多礪石·文石.

少水出焉, 其中多彫棠, 其葉如楡葉而方, 其實如赤菽,
食之已聾.

【陰山】郭璞은 "亦曰險山"이라 함. 〈西次三經〉(097)과 〈西次四經〉(105)에도
 '陰山'이 있음.

【礪石】郭璞은 "礪石, 石中磨者"라 함.

【赤菽】붉은색이 나는 콩. 郭璞은 "菽, 豆也"라 함.

283(5-1-15) 고등산鼓鐙山

다시 동북쪽으로 4백 리에 고등산鼓鐙山이 있다.

그 산에는 적동赤銅이 많다.

그곳에 풀이 있으니 이름을 영초榮草라 한다. 그 잎은 마치 버드나무잎과 같으며 그 뿌리는 계란鷄卵과 같다. 이를 먹으면 풍비병風痹病을 치료할 수 있다.

又東北四百里, 曰鼓鐙之山.

多赤銅.

有草焉, 名曰榮草, 其葉如柳, 其本如雞卵, 食之已風.

【赤銅】純銅을 가리킴.

【已風】風痹病.

284(5-1-16) 박산薄山 산계

무릇 박산薄山의 시작은 감조산甘棗山으로부터 고등산鼓鐙山까지 모두
15개 산이며 6천6백70리이다.

역아산歷兒山은 이곳 여러 산의 총재冢宰이다. 그 산에 제사를 올리는
예는 모물毛物로는 태뢰太牢를 갖추어 하며 길옥吉玉을 묶어 그 제사상에
둘러 진열한다.

그 나머지 13개 산에 대한 제사는 모물로 양 한 마리를 사용하며 상봉
桑封을 엮어 사용하고 이를 땅에 묻으며 서미糈米는 사용하지 않는다.

상봉桑封이란 상주桑主를 말한다. 그 아래는 네모지게 사각형으로 하고
그 위는 뾰족하게 하며 그 중간에 구멍을 뚫어 금으로 장식한 것이다.

凡薄山之首, 自甘棗之山至于鼓鐙之山. 凡十五山,
六千六百七十里.

歷兒, 冢也, 其祠禮: 毛, 太牢之具; 縣嬰以吉玉.

其餘十三山者, 毛用一羊, 縣嬰用桑封, 瘞而不糈.

桑封者, 桑主也, 方其下而銳其上, 而中穿之加金.

【太牢】고대 잔치나 제사 등에 소, 양, 돼지 등 세 희생으로써 지내는 것을
말함. 小牢에 상대하여 아주 큰 잔치나 제사를 가리킴. 郭璞은 "牛羊豕爲
太牢"라 함.

【縣嬰以吉玉】‘縣’은 山祭의 명칭. ‘嬰’은 둘레에 진열함. 혹은 ‘嬰’은 옥으로
만들어 제사에 전용으로 사용하는 일종의 玉物이라 함. 郭璞은 “縣, 祭山
之名也. 見《爾雅》”라 하였고, 袁珂는 “縣, 卽懸本字. 例以下文縣嬰, 疑經文
此處縣下脫‘嬰’字”라 하여 의견을 달리하고 있음.

【桑封】‘藻珪’의 오기. 臺灣〈三民本〉은 모두 ‘藻珪’, ‘藻主’로 고쳐져 있음.
袁珂는 “江紹原《中國古代旅行之研究》第一章注謂:「經文‘桑封’系‘藻珪’之誤,
‘桑主’卽‘藻玉’, 嬰系以玉獻神之專稱.」其說近是, 可供參考”라 함.

【桑封者~加金】19글자는 周秦시기 註釋한 문장이 잘못 삽입된 것으로 봄.
袁珂는 “按: 經文桑封者以下十九字, 畢沅謂‘疑是周秦人釋語, 舊本亂入經文者’,
或當是也. 桑封若從江說系藻珪之誤, 則此釋乃峀在說明藻珪卽藻玉之形狀,
而郭璞注乃云:「言作神主而祭, 以金銀飾之也.《公羊傳》曰:‘虞主用桑.’主或
作玉.」未免望文生義, 漫爲立說矣”라 함.

5-2. 中次二經

〈昆吾山附近山水〉 明 蔣應鎬 圖本

285(5-2-1) 휘제산煇諸山

중앙 산맥의 두 번째 경유하게 되는 산의 시작은 휘제산煇諸山이다.

그 산 위에는 뽕나무가 많으며 그곳의 짐승은 주로 산당나귀와 미록이다. 그리고 그곳의 새는 할조鶡鳥가 많다.

中次二經濟山之首, 曰煇諸之山.
其上多桑, 其獸多閭麋, 其鳥多鶡.

【煇諸之山】袁珂는 "按: 煇同輝, 卽煇本字"라 함.
【閭】산당나귀. 산노새. '閭'는 '驢'의 가차자. 羭, 山驢. 郭璞은 "閭卽羭也, 似驢而岐蹄, 角如麢羊, 一名山驢.《周書》曰:「北唐以閭.」"라 함.
【麋】麋鹿, 큰 사슴.
【鶡】꿩과 비슷한 조류. 푸른색 깃털을 가지고 있으며 싸움에 능하여 한번 싸움이 붙으면 한 마리가 죽어야 끝을 낸다고 함. 郝懿行은 "《玉篇》云:「鶡, 何葛切. 鳥似雉而大, 靑色, 有毛角, 鬪死而止.」"라 함. 곽박《圖讚》에 "鶡之爲鳥, 同羣相爲. 畸類被侵, 雖死不避. 毛飾武士, 兼厲以義"라 함.

286(5-2-2) 발시산發視山

다시 서남쪽으로 2백 리에 발시산發視山이 있다.
그 산 위에는 금과 옥이 많으며 산 아래에는 지려砥礪가 많다.
즉어수卽魚水가 그 산에서 발원하여 서쪽으로 흘러 이수伊水로 들어간다.

又西南二百里, 曰發視之山.
其上多金玉, 其下多砥礪.
卽魚之水出焉, 而西流注于伊水.

【砥礪】숫돌을 만들 수 있는 돌. 질이 미세한 돌을 '砥'라 하며, 거친 돌을
'礪'라 한다 함. 郭璞은 "磨石也, 精爲砥, 粗爲礪"라 함.

287(5-2-3) 호산豪山

다시 서쪽으로 3백 리에 호산豪山이 있다.
그 산 위에는 금과 옥이 많으며 풀이나 나무는 없다.

又西三百里, 曰豪山.
其上多金玉而無草木.

288(5-2-4) 선산鮮山

다시 서쪽으로 3백 리에 선산鮮山이 있다.
금과 옥이 많으며 풀이나 나무는 없다.
선수鮮水가 그 산에서 발원하여 북쪽으로 흘러 이수
伊水로 들어간다. 그 물에는 명사鳴蛇가 있어 그 형상은
마치 뱀과 같으나 네 개의 날개가 있다. 그 뱀이 내는
소리는 마치 경磬을 칠 때 나는 소리와 같다. 이 뱀이
나타나면 그 읍에 큰 가뭄이 든다.

명사(鳴蛇)

又西三百里, 曰鮮山.

多金玉, 無草木.

鮮水出焉, 而北流注于伊水. 其中多鳴蛇, 其狀如蛇而四翼,

其音如磬, 見則其邑大旱.

【鮮山】郝懿行은 "山當在今河南嵩縣"이라 함.
【伊水】郝懿行은 "《水經》云: 「伊水東北過郭落山.」注云:
「伊水, 又東北鮮水入焉. 水出鮮山, 北流注於伊水.」"라 함.
【鳴蛇】곽박 《圖讚》에 "鳴化二蛇, 同類異狀. 拂翼俱遊,
騰波漂浪. 見則竝災, 或淫或亢"이라 함.

명사(鳴蛇)

289(5-2-5) 양산陽山

다시 서쪽으로 3백 리에 양산陽山이 있다.

그 산에는 돌이 많으며 풀과 나무는 없다.

양수陽水가 그 산에서 발원하여 북쪽으로 흘러 이수伊水로 들어간다. 그 물에는 화사化蛇가 많으며, 그 형상은 사람의 얼굴에 이리의 몸을 하고 있다. 그리고 새의 날개를 가지고 있으며 뱀처럼 기어다닌다. 그가 내는 소리는 남을 꾸짖을 때 내는 소리와 같다. 이 뱀이 나타나며 그 읍에 큰물이 진다.

又西三百里, 曰陽山.

多石, 無草木.

陽水出焉, 而北流注于伊水. 其中多化蛇, 其狀如人面而犲身, 鳥翼而蛇行, 其音如叱呼. 見則其邑大水.

화사(化蛇)

【三百里】郝懿行은 "三百, 當爲三十字之譌"라 함.
【陽山】郝懿行은 "陽山見《水經》伊水注.《隋書》地理志云:「陸渾縣有陽山.」"이라 함.
【化蛇】郝懿行은 "《廣雅》釋地說'化蛇', 本此經文同"이라 함. 郭璞《圖讚》에 "鳴化二蛇, 同類異狀. 拂翼俱遊, 騰波漂浪. 見則竝災, 或淫或尢"이라 함.

290(5-2-6) 곤오산昆吾山

다시 서쪽으로 2백 리에 곤오산昆吾山이 있다.

그 산 위에는 적동赤銅이 많다.

그곳에 짐승이 있으니 그 형상은 마치 돼지와 같으며 뿔이 있다. 그가 내는 소리는 사람이 울부짖을 때 내는 소리와 같다. 이름을 농지蠪蚳라 하며 이를 먹으면 악몽에 시달리지 않는다.

又西二百里, 曰昆吾之山.

其上多赤銅.

有獸焉, 其狀如彘而有角, 其音如號,

名曰蠪蚳, 食之不眯.

농지(蠪蚳)

【昆吾之山】郭璞은 "此山出名銅, 色赤如火, 以之作刃, 切玉如割泥也. 周穆王
時西戎獻之. 《尸子》所謂昆吾之劍也"라 하였고, 袁珂는 "按: 昆吾亦人名,
見〈大荒南經〉(735)及〈大荒西經〉(765)"이라 함. 735에는 郭璞은 "昆吾, 古王者號.
《音義》曰: 「昆吾, 山名, 谿水內出善金.」二文有異, 莫知所辨測"이라 하였고,
郝懿行은 "昆吾, 古諸侯名, 見《竹書》. 又《大戴禮》帝繫篇云: 「陸終氏産六子,
其一曰樊, 是爲昆吾」也. 郭又引《音義》以爲山名者, 〈中次二經〉(290)云'昆吾之山'
是也"라 함. 한편 袁珂는 "按: 昆吾亦人名亦山名, 二者幷行不背, 此云'昆吾
之師', 則昆吾蓋謂古之剖脅而生之神性英雄樊是也"라 함.

【赤銅】純銅. 아주 품질이 좋은 구리. 곽박 《圖讚》에 "昆語之山, 名銅所在.
切玉如泥, 火炙有彩. 尸子所歡, 驗之比宰"라 함.

【其音如號】郭璞은 "如人號哭"이라 함. 슬픔에 겨워 울부짖을 때 내는 소리. 號哭의 소리.

【蠪蚔】'蠪姪(蠪侄, 蠪蛭)'과 같은 동물이 아닌가 함. 郭璞은 "已上有此獸, 疑同名"이라 하였고, 郝懿行은 "蚔, 疑當爲蛭, 已見〈東次二經〉峛麗之山(246)"이라 함. 원가는 "按: 王念孫·何焯校竝同郝注"라 함.

【不眯】'眯'는 '미'로 읽음. 잠을 자다가 가위에 눌리지 않도록 함. 혹은 惡夢, 厭夢(魘夢)을 꾸지 않음. '眯'는 '厭(魘)'과 같은 뜻임. 郝懿行은 "《說文》云: 「眯, 艸入目中也.」"라 함. 그러나 袁珂는 "按: 此固眯之一義, 然以此釋此經之眯, 則有未當. 夫「草入目中」乃偶然小事, 勿用服藥; 卽今服藥, 亦何能「使人不眯」乎?《莊子》天運篇云: 「彼不得夢, 必且數眯焉.」釋文引司馬彪云: 「眯, 厭也.」厭, 俗作魘, 卽厭夢之義, 此經文'眯'之正解也, 與下文「可以禦凶」之義亦合. 〈西次三經〉翼望之山(103)鵸鵌, 「服之使人不厭.」郭注云: 「不厭夢也.」《山經》凡言'不眯', 均當作此解"라 함.

291(5-2-7) 간산葌山

다시 서쪽으로 1백20리에 간산葌山이 있다.

간수葌水가 그 산에서 발원하여 북쪽으로 흘러 이수伊水로 들어간다.
그 산 위에는 금과 옥이 많으며 산 아래에는 청웅황靑雄黃이 많다.

그곳에 나무가 있으니 그 형상은 마치 당목棠木과 같으며 붉은 잎이다.
이름을 망초芒草라 하며 물고기를 독살할 수 있다.

又西百二十里, 曰葌山.

葌水出焉, 而北流注于伊水. 其上多金玉, 其下多靑雄黃.

有木焉, 其狀如棠而赤葉, 名曰芒草, 可以毒魚.

【靑雄黃】吳任臣의 〈山海經廣注〉에 "蘇頌云:「階州山中, 雄黃有靑黑色而堅者,
名曰薰黃.」靑雄黃意卽此也"라 하였음. 그러나 袁珂는 '靑'과 '雄黃'은 서로
다른 두 가지 물건으로 '靑'은 '石靑'을 가리키는 것으로 보았음. 郭璞도
"或曰空靑·曾靑之屬"이라 함.
【芒草】郭璞은 "芒, 音忘"이라 하였고, 郝懿行은 "芒草亦單謂之芒, 〈海內經〉
說建木(841)云:「其葉如芒.」郭注云:「芒木似棠梨.」本此經爲說也. 然芒草卽
草類, 而經言木者, 雖名爲木, 其實則草"라 함. 414에는 '莽草'로 되어 있음.

292(5-2-8) 독소산獨蘇山

다시 서쪽으로 1백5십 리에 독소산獨蘇山이 있다.
풀이나 나무는 없으며 물이 많다.

又西一百五十里, 曰獨蘇之山.
無草木而多水.

293(5-2-9) 만거산蔓渠山

다시 서쪽으로 2백 리에 만거산蔓渠山이 있다.

그 산 위에는 금과 옥이 많으며 산 아래에는 죽전竹箭이 많다.

이수伊水가 그 산에서 발원하여 동쪽으로 흘러 낙수洛水로 들어간다.

그곳에 짐승이 있으니 이름을 마복馬腹이라 하고 그 형상은 사람 얼굴과 같으며 호랑이 몸을 하고 있다. 그가 내는 소리는 마치 어린아이 우는 소리와 같으며 이는 사람을 잡아먹는다.

又西二百里, 曰蔓渠之山.
其上多金玉, 其下多竹箭.
伊水出焉, 而東流注于洛.
有獸焉, 其名曰馬腹, 其狀如人面
虎身, 其音如嬰兒, 是食人.

마복(馬腹)

【竹箭】箭竹. 郭璞은 "箭, 篠也"라 하였으며 篠는 小竹을 가리킴. 당시 어순을 바꾸어 물건 이름을 정하는 소수민족 언어 환경을 보여주는 것이라고도 함.
【馬腹】袁珂는 "按:《水經注》汋水云:「汋水中有物, 如三四歲小兒, 鱗甲如鯪鯉, 膝頭似虎, 掌爪常沒水中, 出膝頭, 小兒不知, 欲取弄戱, 便殺人, 名爲水虎者也.」其形性均近此馬腹. 又經文'人面', 畢沅校本作'人而', 于義爲長"이라 함.
곽박《圖讚》에 "馬腹之物, 人面似虎. 飛魚如豚, 赤文無羽. 食之辟兵, 不畏雷鼓"라 함.

294(5-2-10) 제산濟山 산계

　무릇 제산濟山 산계의 시작은 휘제산輝諸山으로부터 만거산蔓渠山까지 모두 9개 산이며 1천6백70리이다.

　그곳 신들은 모두가 사람 얼굴에 새의 몸을 하고 있다.

　이들에게 제사를 올릴 때에는 모물毛物을 사용하며 길옥吉玉 하나를 던져주며 서미糈米는 쓰지 않는다.

　凡濟山之首, 自輝諸之山至于蔓渠之山. 凡九山, 一千六百七十里.

　其神皆人面而鳥身.

　祠用毛, 用一吉玉, 投而不糈.

【祠用毛】郭璞은 "擇用毛色"이라 하였고, 袁珂는 "按: 言以毛物祠神也. 見〈南山經〉(010)"이라 함. 毛物을 사용하여 신에게 제사를 올림.

5-3. 中次三經

〈和山附近〉明 蔣應鎬 圖本

295(5-3-1) 오안산敖岸山

중앙의 세 번째 경유하게 되는 산으로 배산箕山 산계의 시작은 오안산敖岸山이다.

그 산 남쪽에는 저부瑂珸라는 옥이 많으며, 북쪽에는 자토赭土와 황금이 많다.

훈지熏池라는 신이 그곳에 살고 있다. 이곳에서는 항상 아름다운 옥이 난다. 그 산은 북쪽으로는 하림河林을 바라보고 있으며 그 형상은 천초茜草나 거류수欅柳樹와 같다.

그곳에 짐승이 있으니 그 형상은 마치 백록白鹿과 같으며 네 개의 뿔이 나 있다. 이름을 부제夫諸라 한다. 이 짐승이 나타나면 그 읍에 큰 물난리가 난다.

中次三經箕山之首, 曰敖岸之山.

其陽多瑂珸之玉, 其陰多赭·黃金.

神熏池居之. 是常出美玉. 北望河林, 其狀如茜如擧.

有獸焉, 其狀如白鹿而四角, 名曰夫諸. 見則其邑大水.

【箕山】郭璞은 "箕, 音倍"라 하여 '배산'으로 읽음.
【敖岸之山】郭璞은 "敖, 或作獻"이라 하여 '獻岸山'으로도 봄.

【瓀珸】'저부'라 불리는 옥. 瓀는 《集韻》에 反切로 '抽居切'(처/저)과 '通都切' (토/도) 두 음이 있음. 여기서는 잠정적으로 '저부'로 읽음. 이 옥은 구체적으로 어떤 형태인지 알 수 없음. 郭璞은 "瓀珸, 玉名, 所未詳也"라 함. 郝懿行은 《說文》引孔子曰:「美哉! 瑓瑶. 遠而望之, 奐若也; 近而視之, 瑟若也. 一則 理勝, 一則孚勝.」此經瓀珸, 古字所無, 或卽瑓瑶之字, 當由聲轉. 若系理孚之文, 又爲形變也. 古書多假借, 疑此二義似爲近之"라 함.

【熏池】신의 이름. 곽박 《圖讚》에 "泰逢虎尾, 武羅人面. 熏池之神, 厥狀不見. 爰有美玉, 河林如蒨"이라 함.

【美玉】郭璞은 "玉, 或作石"이라 함.

【茜·舉】천초(茜草)라는 풀과 欅柳樹라는 나무. 제사에서 降神用 술을 내릴 때 사용하는 식물이라 함. 郭璞은 "說者云, 茜, 舉皆木名也. 未詳, 茜音倩" 이라 하여 '茜'은 '천'으로 읽음. 원음은 숙. '舉'는 欅柳樹라는 나무. 느티나무, 혹 고리버들이라는 나무라고도 함. 郝懿行은 "茜, 草也; 舉, 木也. 舉卽欅柳. 《本草》陶注詳之"라 함.

부제(夫諸)

296(5-3-2) 청요산青要山

다시 동쪽으로 10리에 청요산青要山이 있다.

실제 이곳은 천제天帝가 숨겨둔 도읍이다. 이곳에는 탈 수 있는 새들이 많다. 남쪽으로는 전저壿渚를 바라보고 있으며, 그곳은 우禹임금의 아버지가 이상한 물체로 변한 곳이다. 이곳에는 복류僕纍와 포로蒲盧가 많으며, 무라武羅라는 신이 이를 관장하고 있다. 그 신은 형상이 사람 얼굴에 표범의 무늬를 하고 있으며 가는 허리에 흰 이빨을 하고 있다. 귀를 금고리로 뚫었으며 그가 울리는 소리는 마치 옥이 울리는 소리와 같다. 이 산에는 여자들이 거주하기에 알맞은 곳이다.

무라(武羅)

진수畛水가 이 산에서 발원하여 북쪽으로 흘러 하수河水로 들어간다. 그 물에 새가 있으니 이름을 요鴢라 하며 그 형상은 마치 오리와 같으나 푸른 몸에 붉은 눈과 붉은 꼬리를 하고 있다. 이를 먹으면 자손을 많이 낳게 된다.

그곳에 풀이 있으니 그 형상은 간초葌草와 같으며 네모진 줄기에 노란 꽃, 붉은 열매가 맺힌다. 그 줄기는 마치 고본藁本과 같으며 이름을 순초荀草라 한다. 이를 복용하면 얼굴색이 예뻐진다.

又東十里, 曰靑要之山.

實惟帝之密都, 是多駕鳥. 南望壿渚, 禹父之所化, 是多

僕纍·蒲盧, 魋武羅司之, 其狀人面而豹文, 小要而白齒,
而穿耳以鐻, 其鳴如鳴玉. 是山也, 宜女子.

　畛水出焉, 而北流注于河. 其中有鳥焉, 名曰鴢, 其狀
如鳧, 青身而朱目赤尾, 食之宜子.

　有草焉, 其狀如葵, 而方莖黃華赤實, 其本如藁本, 名曰
荀草, 服之美人色.

【密都】 하느님이 은밀히 만들어 놓은 도읍. 郭璞은 "天帝密曲之邑"이라 함.
【駕鳥】 郭璞은 "未詳也. 或云駕宜爲駕, 駕鵝也. 音加"라 함.
【墠渚】 郭璞은 "水中小洲名渚, 墠音墠"이라 하여 '전저'로 읽음. '墠'의 본음은 '선.'
【禹父之所化】 汪紱은 《左傳》言: 「鯀化黃熊, 入于羽淵.」
　而又云在此, 世之隨處而附會以爲古迹, 類似此也"라
　하였고, 袁珂는 "按: 蓋亦傳聞不同而異辭, 正所以爲
　神話也"라 함.
【僕纍·蒲盧】 僕類는 달팽이류. 蒲盧는 '螺蠏'로도 쓰며
　소라나 다슬기의 甲殼動物. 郭璞은 "僕纍, 蝸牛也"라
　하였고, 郝懿行은 "蒲盧爲蜃蛤之屬, 僕纍·蒲盧, 同類
　之物, 並生于水澤下濕之地"라 함. 이에 대해 袁珂는
　"按: 據此, 則僕類·蒲盧, 蓋亦同聲之轉耳"라 함.

하우(夏禹)

【魋武羅】 武羅라는 神. '武羅'는 신의 이름. '魋'은 '神'의 初形 文字. 郭璞은
　"武羅, 神名. 魋卽神字"라 함. 袁珂는 "按: 郭此注或據《說文解字》(9)'魋, 神也'
　爲說, 而段玉裁云: 「當作神鬼也. 神鬼者, 神之神者也.」自以段說爲長. 《玉篇》
　云: 「魋, 山神也.」說亦較段以神釋魋貼切"이라 함. 곽박 《圖讚》에 "有神武羅,
　細腰白齒. 聲如鳴佩, 以鐻貫耳. 司帝密都, 是宜女子"라 함.
【小要而白齒】 '要'는 '腰'와 같음. 작은 허리. 郭璞은 "齒, 或作首"라 하였으며,
　袁珂는 "按: 齒或作首者, 首·齒形近而譌, 然揆經文之意, 仍以作齒爲是. 又經
　文小要, 〈宋本〉作小腰, 吳寬抄本·項絪本·黃丕烈·周叔弢校本均作小腰"라 함.

【鐻】금이나 은으로 만든 귀고리. 郭璞은 "鐻, 金銀器之名, 未詳也. 音渠"라 하였고, 郝懿行은 "《說文》新附字引此經云:「渠, 環屬也.」"라 함.

【鵁】새 이름. 郭璞은 "音如窈窕之窈"라 함. 《圖讚》에  "鵁鳥似鳧, 翠羽朱目. 既麗其形, 亦奇其肉. 婦女是食, 子孫 繁育"이라 함.

【朱目】郭璞은 "朱, 淺赤也"라 함.

【蘪】蘪草. 흔히 佩用으로 이용하는 난초의 일종으로 향기를 냄.

요(鵁)

【藁本】袁珂는 "按: 藁本, 藥草名, 與蘪蕪·白芷爲類, 亦香草也"라 함. 그러나 볏짚 대궁의 줄기와 같은 것이 아닌가 함.

【荀草】郭璞은 "或曰苞草"라 함. 《圖讚》에 "荀草赤實, 厥狀如菅. 婦人服之, 練色易顔. 夏姬是豔, 厥媚三還"이라 함.

297(5-3-3) 외산騩山

다시 동쪽으로 10리에 외산騩山이 있다.

그 산 위에는 아름다운 대추가 있으며 그 산 북쪽에는 저부璘珸라는 옥이 난다.

정회수正回水가 그 산에서 발원하여 북쪽으로 흘러 하수河水로 들어 간다. 그 물에는 비어飛魚가 많다. 그 형상은 마치 돼지와 같으며 붉은 무늬가 있다. 이를 복용하면 우레를 두려워하지 않게 되며 가히 전쟁을 막을 수 있다.

又東十里曰騩山.

其上有美棗, 其陰有璘珸之玉.

正回之水出焉, 而北流注于河. 其中多飛魚, 其狀如豚而赤文, 服之不畏雷, 可以禦兵.

비어(飛魚)

【騩山】郭璞은 "騩, 音巍"라 하여 '외산'으로 읽음. '騩'의 본음은 '귀.' 이 '騩山'이라는 이름은 062, 100, 399에도 있으며, '大騩山' 역시 360, 452에 보임.

【璘珸】'저부'라 불리는 옥. 璘는 《集韻》에 反切로 '抽居切'(처/저)과 '通都切' (토/도) 두 음이 있음. 여기서는 잠정적으로 '저부'로 읽음. 이 옥은 구체적으로 어떤 형태인지 알 수 없음. 郭璞은 "璘珸, 玉名, 所未詳也"라 함. 郝懿行은 《說文》引孔子曰:「美哉! 璘璠. 遠而望之, 奐若也; 近而視之, 瑟若也. 一則

理勝, 一則孚勝.」此經瑂珬, 古字所無, 或卽瑈璠之字, 當由聲轉. 若系理孚之文, 又爲形變也. 古書多假借, 疑此二義似爲近之"라 함.

【飛魚】袁珂는 "按: 《藝文類聚》(2)引《山海經》云:「飛魚如豚, 赤文無羽, 食之辟兵, 不畏雷也.」《初學記》(1)引郭璞〈圖讚〉略同, 唯'無羽'作'無鱗', '雷也'作'雷音', 義較長. 疑此卽〈讚〉也. '食之辟兵', 可以爲經文'服之禦兵'作詮解. 又上文牛首山勞水已有'飛魚'(279), 與此同名, 非一物也"라 함. 곽박 《圖讚》에 "馬腹之物, 人面似虎. 飛魚如豚, 赤文無羽. 食之辟兵, 不畏雷鼓"라 함.

비어(飛魚)

298(5-3-4) 의소산宜蘇山

다시 동쪽으로 40리에 의소산宜蘇山이 있다.

그 산 위에는 금과 옥이 많으며, 그 산 아래에는 만거蔓居의 나무가 많다.

용용수滽滽水가 그 산에서 발원하여 북쪽으로 흘러 하수河水로 들어간다.
이 물에는 황패黃貝가 많다.

又東四十里, 曰宜蘇之山.

其上多金玉, 其下多蔓居之木.

滽滽之水出焉, 而北流注于河, 是多黃貝.

【蔓居】 일종의 灌木으로 '牡荊'이라고도 함. 郭璞은 "未詳"이라 하였고, 郝懿行은
"《廣雅》云:「牡荊, 曼荊也.」 曼, 《本草》作'蔓', 此經'蔓居', 疑蔓荊聲之轉.
蔓荊列《本草》木部, 故此亦云'蔓居之木'也"라 함.

299(5-3-5) 화산和山

다시 동쪽으로 20리에 화산和山이 있다.

그 산 위에는 풀이나 나무는 없으며 요옥瑤玉과 벽옥碧玉이 많다. 실제 이 산은 구조수九條水가 모여 합류하는 곳이다. 이 산에는 다섯 곳의 굽이가 있다.

구수九水가 이 산에서 발원하여 합류한 다음 북쪽으로 흘러 하수河水로 들어간다. 그 물에는 창옥蒼玉이 많다.

태봉泰逢이라는 길신吉神이 이곳을 관장하며 그 신의 형상은 마치 사람과 같으나 호랑이 꼬리를 하고 있다. 그는 배산峚山의 남쪽에 살기를 좋아하며 그가 출입할 때에는 빛이 난다.

태봉신泰逢神은 천지天地의 기운을 움직인다.

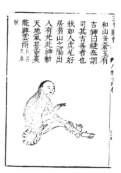

태봉(泰逢)

又東二十里, 曰和山.

其上無草木而多瑤碧, 實惟河之九都. 是山也五曲.

九水出焉, 合而北流注于河, 其中多蒼玉.

吉神泰逢司之, 其狀如人而虎尾, 是好居于峚山之陽, 出入有光.

泰逢神動天地氣也.

태봉(泰逢)

【河之九都】郭璞은 "九水所潛, 故曰九都"라 함. 河水가 흐르면서 만들어내는
아홉 개의 큰 물 웅덩이.

【五曲】郭璞은 "曲回五重"이라 함.

【吉神】郭璞은 "吉, 猶善也"라 함.

【虎尾】郭璞은 "或作雀尾"라 함.

【嶅山】郭璞은 "嶅, 音倍"라 하여 '배산'으로 읽음.

【泰逢神動天地氣也】泰逢은 신의 이름. 郭璞은 "言其有靈爽能興雲雨也. 夏后
孔甲田于嶅山之下, 天大風晦冥, 孔甲迷惑, 入于民室, 見《呂氏春秋》也"라
하였고, 袁珂는 "《呂氏春秋》音初篇"이라 함. 郭璞《圖讚》에는 "神號泰逢,
好遊山陽. 濯足九州, 出入流光. 天氣是動, 孔甲迷惶"이라 함.

태봉(泰逢)

300(5-3-6) 배산萯山 산계

무릇 배산萯山 산계의 시작은 오안산敖岸山으로부터 화산和山에 이르기까지 모두 5개의 산이며 4백4십 리이다.

그곳 신들에게 제사를 올릴 때에는 태봉泰逢과 훈지熏池, 무라武羅 신에게는 모두 한 마리의 숫양의 뼈까지 해부하여 사용하며 길옥吉玉을 묶어 사용한다.

그리고 나머지 두 산신에게는 수탉 한 마리를 땅에 묻어주고 서미糈米는 도미稌米를 사용한다.

凡萯山之首, 自敖岸之山至于和山. 凡五山, 四百四十里.

其祠: 泰逢·熏池·武羅皆一牡羊副, 嬰用吉玉.

其二神用一雄雞瘞之, 糈用稌.

【萯山】郭璞은 "萯, 音倍"라 하여 '배산'으로 읽음.
【副】郭璞은 "副, 爲破羊骨磔之, 以祭也. 見《周禮》. 音恧愊之愊"이라 하여 '픽'으로 읽음. 양의 사지를 가르고 뼈까지 해부하여 제사를 지냄을 말함. 즉 '副'는 '剖'와 같으며 희생물을 解體하여 제사에 사용함을 말함.
【吉玉】吉祥의 무늬를 넣어 채색한 옥.

5-4. 中次四經

301(5-4-1) 녹제산鹿蹄山

중앙의 네 번째 경유하게 되는 이산釐山 산계의 시작은 녹제산鹿蹄山이다.
그 산 위에는 옥이 많고 산 아래에는 금이 많다.
감수甘水가 이 산에서 발원하여 북쪽으로 흘러 낙수洛水로 들어간다.
그 물에는 영석泠石이 많다.

中次四經釐山之首, 曰鹿蹄之山.
其上多玉, 其下多金.
甘水出焉, 而北流注于洛, 其中多泠石.

【泠石】 '泠石'의 오기로 봄. 郭璞은 "泠石, 未聞也. 泠, 或作涂"라 하였고,
郝懿行은 "泠當爲泠, 〈西次四經〉(112)'號山多泠石'是也. 郭云'泠或作涂', 涂亦
借作泥涂字, 泠又訓泥, 二字義同, 故得通用. 又'涂'或'淦'字之譌也. 《說文》泠·
淦同"이라 함. 袁珂는 "按: 王念孫亦校改泠作'泠'·'涂'作'淦'. 吳寬抄本作'泠石',
非"라 함. 泠石은 石質이 물러 진흙 형태를 띤 암석.

302(5-4-2) 부저산扶豬山

서쪽으로 50리에 부저산扶豬山이 있다.

그 산 위에는 연석礝石이 많다.

그곳에 짐승이 있으니 그 형상은 오소리와 같으며 사람 눈을 하고 있다.
그 이름을 은麐이라 한다.

괵수虢水가 그 산에서 발원하여 북쪽으로 흘러 낙수洛水로 들어간다.
그 물에는 연석瓀石이 많다.

西五十里, 曰扶豬之山.

其上多礝石.

有獸焉, 其狀如貉而人目, 其名曰麐.

虢水出焉, 而北流注于洛, 其中多瓀石.

은(麐)

【礝石】일종의 옥석. 郝懿行은 "礝, 當爲碝.《說文》云:「碝, 石次玉者.」《玉篇》
同. 云亦作瑌, 引此經作碝石. 或所見本異也. 張揖注〈上林賦〉云:「碝石白者
如冰, 半有赤色.」"이라 함.

【麐】郭璞은 "音銀, 或作麋"라 함.

【瓀石】앞의 礝石과 같음. 동일한 물건의 異表記임.

303(5-4-3) 이산釐山

다시 서쪽으로 1백20리에 이산釐山이 있다.

그 산 남쪽에는 옥이 많으며 북쪽에는 수초(蒐草, 茜草)가 많다.

그곳에 짐승이 있으니 그 형상은 마치 소와 같으며 푸른 몸체이다. 그
울음소리는 어린아이 우는 소리와 같으며 이 짐승은
사람을 잡아먹는다. 그 이름을 서거犀渠라 한다.

용용수滽滽水가 이 산에서 발원하여 남쪽으로 흘러
이수伊水로 들어간다.

그곳에 짐승이 있으니 이름을 힐獺頡이라 하며
그 형상은 마치 누견獳犬과 같으나 비늘이 있고 그
털은 돼지 갈기털 같다.

서거(犀渠)

又西一百二十里, 曰釐山.

其陽多玉, 其陰多蒐.

有獸焉, 其狀如牛, 蒼身, 其音嬰兒, 是食人, 其名曰犀渠.

滽滽之水出焉, 而南流注于伊水.

有獸焉, 名曰獺, 其狀如獳犬而有鱗, 其毛如彘鬣.

【蒐】풀 이름. 천초(茜草). 제사에 쓰이는 降神用 술을 내릴 때 사용하는 풀
이라 함. 郭璞은 "音搜, 茅蒐, 今之茜草也"라 함.

【犀渠】 犀牛와 비슷한 동물. 짐승의 일종. 郝懿行은 "犀渠蓋犀牛之屬也.《吳語》
云:「奉文犀之渠.」〈吳都賦〉云:「戶有犀渠.」疑古用此獸蒙楯, 故因名此獸爲
犀渠矣"라 함.

【獝】 '힐'로 읽음. 郭璞은 "音蒼頡之頡"이라 함.

【其毛如彘鬣】 郭璞은 "毛出鱗間如彘鬣也"라 함.

힐(獝)

힐(獝)

304(5-4-4) 기미산箕尾山

다시 서쪽으로 2백 리에 기미산箕尾山이 있다.
곡수穀樹가 많고 도석涂石이 많다. 그 산 위에는 저부璚玞라는 옥이 많다.

又西二百里, 曰箕尾之山.
多穀, 多涂石, 其上多璚玞之玉.

【穀】構와 같음. 構樹. 나무 이름. 그 열매가 곡식 낱알 같아 穀樹라 한다 함.
'穀'과 '構'는 고대 同聲이었으며 雙聲互訓으로 쓴 것. 그러나 郭璞 注에는 "穀,
楮也, 皮作紙. 璨曰:「穀亦名構, 名穀者, 以其實如穀也.」"라 함. 한편 郝懿行은
"陶宏景注《本草經》云:「穀卽今構樹也. 穀構同聲, 故穀亦名構.」"라 함.
【涂石】玉石의 일종. 301의 㻬石을 말함. 301 鹿蹄山의 주를 참조할 것.
【璚玞】'저부'라 불리는 옥. 璚는 《集韻》에 反切로 '抽居切'(처/저)과 '通都切'
(토/도) 두 음이 있음. 여기서는 잠정적으로 '저부'로 읽음. 이 옥은 구체적으로
어떤 형태인지 알 수 없음. 郭璞은 "璚玞, 玉名, 所未詳也"라 함. 郝懿行은
"《說文》引孔子曰:「美哉! 璵璠. 遠而望之, 奐若也; 近而視之, 瑟若也. 一則
理勝, 一則孚勝.」此經璚玞, 古字所無, 或卽璵璠之字, 當由聲轉. 若系理孚之文,
又爲形變也. 古書多假借, 疑此二義似爲近之"라 함.

305(5-4-5) 병산柄山

다시 서쪽으로 2백50리에 병산柄山이 있다.

그 산 위에는 옥이 많으며 산 아래에는 구리가 많다.

도조수滔雕水가 그 산에서 발원하여 북쪽으로 흘러 낙수洛水로 들어간다.
그곳에는 암양羬羊이 많다.

그곳에 나무가 있으니 그 형상은 저수樗樹와 같으며 그 잎은 마치 오동
나무 잎과 같고 협과莢果의 열매가 맺힌다. 그 이름을 발芨이라 하며 그
독은 물고기를 죽일 수 있다.

又西二百五十里, 曰柄山.

其上多玉, 其下多銅.

滔雕之水出焉, 而北流注于洛. 其中多羬羊.

有木焉, 其狀如樗, 其葉如桐而莢實, 其名曰芨, 可以
毒魚.

【羬羊】郭璞은 '침양'으로 읽도록 하였으나 이는 오류이며 '암양'으로 읽음.
大尾羊. 郭璞은 "今大月氏國, 有大羊如驢而馬尾. 《爾雅》云:「羊六尺爲羬.」
謂此羊也. 羬, 音針"이라 하였으나, 郝懿行은 "羬, 當從《說文》作'麙', '羬'蓋
俗體. 《玉篇》:「午咸(암)·渠炎(겸)二切」.《廣韻》:「巨淹切(겸), 與鍼(침)同音.」
鍼(침): 又'之林切(짐), 俗字作針'. 是郭注之, '針'蓋因傳寫隨俗, 失於校正也.

《初學記》(29)引此注亦云:「羬, 音針.」則自唐末(宋)已譌.《太平御覽》(902)引郭義恭《廣志》云:「大尾羊, 細毛, 薄皮, 尾上旁廣, 重且十斤, 出康居.」卽與此注相合.《初學記》引郭氏《圖讚》云:「月氏之羊, 其類. 在野, 厥高六尺, 尾亦如馬.」何以審之. 事見《爾雅》”라 하여 겸(羬)자는 '암(羬)'자여야 하며, 음은 '암', '겸' 등이라 하였음.

【茇】郭璞은 "茇亦作艾"라 하였고, 郝懿行은 "《爾雅》云:「杬, 魚毒.」《說文》'杬'從艸作'芫', 疑作'艾'者, 因字形近'芫'而譌"라 함.

306(5-4-6) 백변산白邊山

다시 서쪽으로 2백 리에 백변산白邊山이 있다.
그 산 위에는 금과 옥이 많으며 산 아래에는 청웅황靑雄黃이 많다.

又西二百里, 曰白邊之山.
其上多金玉, 其下多靑雄黃.

【靑雄黃】吳任臣의〈山海經廣注〉에 "蘇頌云:「階州山中, 雄黃有靑黑色而堅者,
名曰薰黃.」靑雄黃意卽此也"라 하였음. 그러나 袁珂는 '靑'과 '雄黃'은 서로
다른 두 가지 물건으로 '靑'은 '石靑'을 가리키는 것으로 보았음. 郭璞도
"或曰空靑·曾靑之屬"이라 함.

307(5-4-7) 웅이산熊耳山

다시 서쪽으로 2백 리에 웅이산熊耳山이 있다.

그 산에는 칠수漆樹가 많으며 산 아래에는 종수椶樹가 많다.

부호수浮濠水가 그 산에서 발원하여 서쪽으로 흘러 낙수洛水로 들어간다. 그 물에는 수옥水玉이 많고 인어人魚가 많다.

그곳에 풀이 있으니 그 형상은 마치 소초蘇草와 같으며 붉은 꽃이 핀다. 이름을 정녕葶藶이라 하며 그 독은 물고기를 죽일 수 있다.

又西二百里, 曰熊耳之山.

其山多漆, 其下多椶.

浮濠之水出焉, 而西流注于洛, 其中多水玉, 多人魚.

有草焉, 其狀如蘇而赤華, 名曰葶藶, 可以毒魚.

【漆】'柒'과 같으며 옻나무.

【椶】棕과 같음.

【而西流注于洛, 其中多水玉】袁珂는 "按: 《後漢書》郡國志劉昭注引此經‘而西’ 下有‘北’字, ‘水玉’作‘美玉’"이라 함.

【人魚】郭璞은 "如䱱魚四脚"이라 함. 陵魚(634), 龍魚(524) 등도 ‘人魚’라 불림.

【蘇】'蘇'의 異體字. 식물 이름. ‘紫蘇’라고도 하며 차조기풀.

【葶藶】疊韻連綿語의 草名. 郭璞은 "亭寧, 叮聹二音"라 하였고, 郝懿行은 《廣雅》云: 「藶, 蘇也.」 藶上疑脫葶字. 經云‘其狀如蘇’, 是必蘇類, 其味辛香, 故可以毒魚也"라 함.

308(5-4-8) 모산牡山

다시 서쪽으로 3백 리에 모산牡山이 있다.

그 산 위에는 문석文石이 많으며 산 아래에는 죽전竹箭과 죽미竹䉋가 많다. 그곳의 짐승은 주로 작우㸲牛와 암양䍧羊이 많으며, 그곳의 새는 주로 적별赤鷩이 많다.

又西三百里, 曰牡山.

其上多文石, 其下多竹箭·竹䉋, 其獸多㸲牛·䍧羊, 鳥多赤鷩.

【牡山】郝懿行은 "《爾雅疏》引此經作'牝山', 〈藏經本〉作'壯山'"이라 하여 글자의 혼동이 있음.

【竹箭】箭竹. 郭璞은 "箭, 篠也"라 하였으며 篠는 小竹을 가리킴. 당시 어순을 바꾸어 물건 이름을 정하는 소수민족 언어 환경을 보여주는 것이라고도 함.

【㸲牛】'작우'로 읽음. 郭璞은 "今華陽山中多山牛山羊, 肉皆千斤, 牛卽此牛也. 音昨"이라 함.

【䍧羊】郭璞은 '침양'으로 읽도록 하였으나 이는 오류이며 '암양'으로 읽음. 大尾羊. 郭璞은 "今大月氏國, 有大羊如驢而馬尾. 《爾雅》云:「羊六尺爲䍧.」 謂此羊也. 䍧, 音針"이라 하였으나, 郝懿行은 "䍧, 當從《說文》作'羬', '䍧'蓋 俗體. 《玉篇》:「午咸(암)·渠炎(겸)二切」. 《廣韻》:「巨淹切(겸), 與鍼(침)同音.」 鍼(침): 又'之林切(짐), 俗字作針'. 是郭注之, '針'蓋因傳寫隨俗, 失於校正也. 《初學記》(29)引此注亦云:「䍧, 音針」 則自唐木(宋)已譌. 《太平御覽》(902)引郭 義恭《廣志》云:「大尾羊, 細毛, 薄皮, 尾上旁廣, 重且十斤, 出康居.」 卽與此

注相合.《初學記》引郭氏《圖讚》云:「月氏之羊, 其類. 在野, 厥高六尺, 尾亦如馬.」何以審之. 事見《爾雅》"라 하여 겸(羬)자는 '암(羸)'자여야 하며, 음은 '암', '겸' 등이라 하였음.

【赤鷩】붉은 깃털을 하고 있는 꿩의 일종. 郭璞은 "鷩, 音閉, 卽鷩雉也"라 하여 '적폐'로 읽도록 하였으나 047의 郭璞注 "赤鷩, 山鷄之屬. 胸腹洞赤, 冠金皆黃頭綠. 尾中有赤毛彩鮮明. 音作弊, 或作鼈"이라 하여 '폐', 혹은 '별'로 읽도록 한 것에 따라 역자는 책 전체에서 '별'로 읽음.

309(5-4-9) 환거산讙擧山

다시 서쪽으로 3백50리에 환거산讙擧山이 있다.

낙수雒水가 그 산에서 발원하여 동북쪽으로 흘러 현호수玄扈水로 들어
간다. 그 물에는 마장馬腸과 같은 이상한 괴물이 많다.

이 두 산 사이에 낙수洛水가 흐르고 있다.

又西三百五十里, 曰讙擧之山.

雒水出焉, 而東北流注于玄扈之水, 其中多馬腸之物.

此二山也, 洛閒也.

【馬腸之物】馬腹과 같음. 〈中次二經〉(293)에 "有獸焉, 其名曰馬腹, 其狀如人面
　　虎身, 其音如嬰兒, 是食人"라 함. 郝懿行은 "上文蔓渠山'馬腹', 一本作'馬腸',
　　蓋此是也. 〈大荒西經〉(747)女媧之腸或作女媧之腹, 亦其例"라 함.
【此二山也, 洛閒也】袁珂는 "按: 謂讙擧·玄扈二山夾洛水間也.《水經注》洛水
　　云:「玄扈之水, 出於玄扈之山.」蓋山水兼受其目矣"라 함.

310(5-4-10) 이산釐山 산계

　무릇 이산釐山 산계의 시작은 녹제산鹿蹄山으로부터 현호산玄扈山까지 모두 9개의 산이며 1천6백70리이다.

　그곳의 산신들은 모두가 사람의 얼굴에 짐승의 몸을 하고 있다.

　이들 산신들에게 제사를 올릴 때에는 모물毛物은 흰 닭 한 마리로써 피를 바를 뿐 서미糈米는 사용하지 않는다. 모물은 채색의 헝겊으로 잘 싸서 사용한다.

　凡釐山之首, 自鹿蹄之山至于玄扈之山.

凡九山, 千六百七十里.

　其神狀皆人面獸身.

　其祠之, 毛用一白雞, 祈而不糈, 以采

衣之.

인면수신(人面獸身)

【祈而不糈】郭璞은 "言直祈禱"라 하였으나, 郝懿行은 "祈當爲禨"라 함. 한편
　袁珂는 "按: 《說文解字》(5)云: 「禨, 以血有所刉塗祭也. 從血, 幾聲, 渠稀切.」
　則以禨爲是, 禨爲祭禮之一, 非'直祈禱'之謂也"라 함. 이에 따라 "희생의 피를
　발라 제사에 올리다"의 뜻으로 풀이함.

【以采衣之】'采'는 '彩'와 같음. 채색의 비단이나 헝겊으로 싸서 사용함. 郭璞은
　"以彩飾雞"라 하였고, 郝懿行은 "以彩飾雞, 猶如以文繡被牛"라 함.

5-5. 中次五經

311(5-5-1) 구상산苟牀山

중앙으로 경유하는 다섯 번째의 박산薄山 산계의 시작은 구상산苟牀山이다.
그 산에는 풀과 나무가 없으며 괴이한 돌이 많다.

中次五經薄山之首, 曰苟牀之山.
無草木, 多怪石.

【苟牀之山】 '苟林山'이 아닌가 함. 郭璞은 "或作苟林山"이라 하였고, 郝懿行은
"下文正作苟林山.《文選》江賦注引此經亦作苟林山"이라 함. '牀'자와 '林'자가
비슷하여 빚어진 혼동으로 보임.

312(5-5-2) 수산首山

동쪽으로 3백 리에 수산首山이 있다.

그 산 북쪽에는 곡수穀樹와 작수柞樹가 많고, 그곳의 풀은 주로 출초
荒草와 원초芫草가 많다. 그 남쪽에는 저부璂玞라는 옥이 많으며 나무로는
홰나무가 많다.

그리고 그 북쪽에 골짜기가 있어 이름을 궤곡机谷이라 한다. 그곳에는
대조䳃鳥가 많은데 그 형상은 올빼미와 같으나 눈이 세 개에 귀가 나 있다.
그가 내는 소리는 마치 사슴과 같으며 이를 먹으면 하습병下濕病을 치료
할 수 있다.

東三百里, 曰首山.

其陰多穀柞, 其草多荒芫, 其陽多璂
玞之玉, 木多槐.

其陰有谷, 曰机谷, 多䳃鳥, 其狀如
梟而三目, 有耳, 其音如錄, 食之已墊.

대조(䳃鳥)

【穀】構와 같음. 構樹. 나무 이름. 그 열매가 곡식 낟알 같아 穀樹라 한다 함.
'穀'과 '構'는 고대 同聲이었으며 雙聲互訓으로 쓴 것. 그러나 郭璞 注에는 "穀,
楮也, 皮作紙. 璨曰:「穀亦名構, 名穀者, 以其實如穀也.」"라 함. 한편 郝懿行은
"陶宏景注《本草經》云:「穀卽今構樹也. 穀構同聲, 故穀亦名構.」"라 함.

【柞】櫟樹의 다른 이름. 郭璞은 "柞, 櫟"이라 함. 상수리나무, 떡갈나무의 일종.

【荒芫】삽주. 荒은 '朮'로도 표기하며 다년생초본식물로 굵은 뿌리를 蒼朮, 白朮로 조제하여 약으로 사용함. '芫' 역시 약초 이름이며 芫花라고도 하며 그 뿌리는 독이 있어 물고기를 잡는데 사용함. 汪紱은 "荒, 山薊也. 有蒼朮·白朮二種; 芫, 芫花也. 皆入藥用"이라 함.

【瑹珚】'저부'라 불리는 옥. 瑹는 《集韻》에 反切로 '抽居切'(처/저)과 '通都切'(토/도) 두 음이 있음. 여기서는 잠정적으로 '저부'로 읽음. 이 옥은 구체적으로 어떤 형태인지 알 수 없음. 郭璞은 "瑹珚, 玉名, 所未詳也"라 함. 郝懿行은 "《說文》引孔子曰:「美哉! 璵璠. 遠而望之, 奐若也; 近而視之, 瑟若也. 一則理勝, 一則孚勝.」 此經瑹珚, 古字所無, 或卽璵璠之字, 當由聲轉. 若系理孚之文, 又爲形變也. 古書多假借, 疑此二義似爲近之"라 함.

【駄鳥】郭璞은 "駄, 音如鉗鈇之鈇"라 하였고, 郝懿行은 "《玉篇》有駄字云: 徒賴切"이라 하여 '대'로 읽음. 그러나 汪紱은 "駄, 音地"라 하여 '지'로 읽음.

【錄】'鹿'의 가차자. 사슴. 郝懿行은 "錄蓋鹿字假音,《玉篇》作音如豖"라 함.

【墊】점(墊)은 아랫도리에 습한 기운이 생기는 병. 脚氣病. 汪紱은 "墊, 下濕病"이라 함.

313(5-5-3) 현작산縣斸山

다시 동쪽으로 3백 리에 현작산縣斸山이 있다.
풀이나 나무가 없으며 문석文石이 많다.

又東三百里, 曰縣斸之山.
無草木, 多文石.

【縣斸山】汪紱은 "斸, 音斫, 又音祝"이라 하여, '작', '축' 두 가지 음으로 읽음.
'斸'자의 본음은 '촉.' 여기서는 잠정적으로 '작'으로 읽음.

314(5-5-4) 총롱산蔥聾山

다시 동쪽으로 3백 리에 총롱산蔥聾山이 있다.
풀과 나무가 없으며 방석庠石이 많다.

又東三百里, 曰蔥聾之山.
無草木, 多庠石.

【蔥聾之山】 袁珂는 "按: 上文已有此山(272), 疑是其連麓"이라 하여 그 산의 같은 산록이 아닌가 하였음.
【庠石】 玤石의 異表記. 郭璞은 "未詳"이라 하였고, 畢沅은 "庠當爲玤.《說文》云:「玤, 石之次玉者.」"라 함.

315(5-5-5) 조곡산條谷山

동북쪽으로 5백 리에 조곡산條谷山이 있다.
　그곳의 나무는 주로 홰나무와 오동나무가 많고, 그곳의 풀은 주로 작약
芍藥과 문동蔓冬이 많다.

東北五百里, 曰條谷之山.
其木多槐桐, 其草多芍藥·蘲冬.

【蘲冬】‘蘷冬’의 오기. 약초의 이름으로 ‘門冬’, 혹 ‘滿冬’이라고도 함. 원문
　蘲는 문(蘷)의 오기. 지금은 假借하여 ‘門’자로 씀. 天門冬, 麥門冬 등이 있음.
　郭璞은 《本草經》曰: 蘷冬, 一名滿冬. 今作‘門’, 俗作耳”라 하였고, 郝懿行은
　“蘲, 當爲蘷. 《爾雅》云:「蘠蘼蘷冬.」郭引《本草》與此同. 今檢《本草》, 無‘滿冬’
　之名. 必郭所見本尙有之, 今闕脫”이라 함. 袁珂도 “按: 蘲當爲蘷, 音門. 俗亦
　作門. 門冬有二種. 一麥門冬, 一天門冬, 均入藥用”이라 함.

316(5-5-6) 초산超山

다시 북쪽으로 10리에 초산超山이 있다.

그 산 북쪽에는 창옥蒼玉이 많고 산 남쪽에는 우물이 있다. 이 우물은 겨울에는 물이 있으나 여름이면 물이 말라버린다.

又北十里, 曰超山.

其陰多蒼玉, 其陽有井, 冬有水而夏竭.

【冬有水而夏竭】袁珂는 "按:〈中次十一經〉(416)云:「視山有井, 夏有水, 冬竭.」 與此適反"이라 함.

317(5-5-7) 성후산成侯山

다시 동쪽으로 5백 리에 성후산成侯山이 있다.
그 산 위에는 춘목橚木이 많고, 그곳의 풀로는 봉초秦芁가 많다.

又東五百里, 曰成侯之山.
其上多橚木, 其草多芁.

【橚木】참죽나무, 혹은 가죽나무라 함. 郭璞은 "似樗樹, 材中車轅"이라 하였고,
郝懿行은 "《說文》云:「杶, 或作橚」卽今椿字也"라 함.
【其草多芁】芁草(秦芁)의 오기. 약초의 일종이며 약으로 쓸 경우 흔히 '秦芁'
라 함. 郝懿行은 "芁, 《說文》訓草盛, 非草名也. 疑芁當爲芁字之譌, 芁音交,
卽草藥秦芁也. 見《本草》"라 함. 이에 대해 袁珂는 "按: 郝說是也. 王念孫校
同郝注"라 함.

318(5-5-8) 조가산朝歌山

다시 동쪽으로 5백 리에 조가산朝歌山이 있다.
그 산의 골짜기에는 아름다운 악토堊土가 많다.

又東五百里, 曰朝歌之山.
谷多美堊.

【朝歌之山】414에도 역시 '朝歌山'이 있음.
【美堊】아름답고 재질이 좋은 堊土. 堊土는 生石灰의 일종. 石灰岩이 가루가
되어 흙처럼 묻혀 있는 것. 건축자재나 粉刷用 塗料로 사용함.

319(5-5-9) 괴산槐山

다시 동쪽으로 5백 리에 괴산槐山이 있다.
그 산의 골짜기에는 금과 주석이 많다.

又東五百里, 曰槐山.
谷多金錫.

【槐山】 일설에 '稷山'이어야 한다고 함. 지금의 山西省 稷山縣에 있으며 后稷이
  百穀을 처음 파종하기 시작하여 그 이름을 얻었다 함.

320(5-5-10) 역산歷山

다시 동쪽으로 10리에 역산歷山이 있다.
그 산의 나무는 주로 홰나무가 많으며 산 남쪽에는 옥이 많다.

又東十里, 曰歷山.
其木多槐, 其陽多玉.

【歷山】郝懿行은 "卽上文歷兒山(270), 《水經注》云: 「河東郡南有歷山, 舜所耕
處也.」"라 함. 지금의 山東 濟南市 남쪽에 있는 산. 그러나 신화전설에 이 산
이름은 무수히 등장하여 舜이 처음 농사를 지은 것에 연관시키고 있음.

321(5-5-11) 시산尸山

다시 동쪽으로 10리에 시산尸山이 있다.
창옥蒼玉이 많으며 그 산 짐승으로는 주로 경麖이 많다.
시수尸水가 이 산에서 발원하여 남쪽으로 흘러 낙수洛水로 들어간다.
그 물에는 아름다운 옥이 많다.

又東十里, 曰尸山.
多蒼玉, 其獸多麖.
尸水出焉, 南流注于洛水, 其中多美玉.

【麖】사슴의 일종으로 일반 사슴보다 훨씬 큰 종류라 함. 郭璞은 "似鹿而
小, 黑色"이라 하였으나, 畢沅은 "郭說非也.《爾雅》:「麖, 大鹿.」《說文》云:
「牛尾一角, 或從京.」則此是大鹿, 凡云京皆大也, 郭義失之"라 함.

322(5-5-12) 양여산良餘山

다시 동쪽으로 10리에 양여산良餘山이 있다.

그 산 위에는 곡수穀樹와 작수柞樹가 많으며 돌은 없다.

여수餘水가 그 산 북쪽에서 발원하여 북쪽으로 흘러 하수河水로 들어간다.

유수乳水가 그 산 남쪽에서 발원하여 동남쪽으로 흘러 낙수洛水로 들어간다.

又東十里, 曰良餘山.

其上多穀柞, 無石.

餘水出于其陰, 而北流注于河.

乳水出于其陽, 而東南流注于洛.

【穀】構와 같음. 構樹. 나무 이름. 그 열매가 곡식 낟알 같아 穀樹라 한다 함. '穀'과 '構'는 고대 同聲이었으며 雙聲互訓으로 쓴 것. 그러나 郭璞 注에는 "穀, 楮也, 皮作紙. 璨曰:「穀亦名構, 名穀者, 以其實如穀也.」"라 함. 한편 郝懿行은 "陶宏景注《本草經》云:「穀卽今構樹也. 穀構同聲, 故穀亦名構.」"라 함.

【柞】櫟樹의 다른 이름. 郭璞은 "柞, 櫟"이라 함. 상수리나무, 떡갈나무의 일종.

323(5-5-13) 고미산蠱尾山

다시 동남쪽 10리에 고미산蠱尾山이 있다.

여석礪石과 적동赤銅이 많다.

용여수龍餘水가 그 산에서 발원하여 동남쪽으로 흘러 낙수洛水로 들어
간다.

又東南十里, 曰蠱尾之山.

多礪石·赤銅.

龍餘之水出焉, 而東南流注于洛.

【蠱尾】郝懿行은 "水經注作蟲尾"라 하여 '蟲尾山'으로 보고 있음.

324(5-5-14) 승산升山

다시 동북쪽으로 20리에 승산升山이 있다.

그곳의 나무는 주로 곡수穀樹와 작수柞樹, 그리고 가시나무가 많으며, 그곳의 풀로는 주로 서예藷藇와 혜초蕙草가 많고, 구탈寇脫이 많다.

황산수黃酸水가 그 산에서 발원하여 북쪽으로 흘러 하수河水로 들어간다. 그 물에는 선옥璇玉이 많다.

又東北二十里, 曰升山.

其木多穀柞棘, 其草多藷藇蕙, 多寇脫.

黃酸之水出焉, 而北流注于河, 其中多璇玉.

【穀】構와 같음. 構樹. 나무 이름. 그 열매가 곡식 낟알 같아 穀樹라 한다 함. '穀'과 '構'는 고대 同聲이었으며 雙聲互訓으로 쓴 것. 그러나 郭璞 注에는 "穀, 楮也, 皮作紙. 璨曰:「穀亦名構, 名穀者, 以其實如穀也.」"라 함. 한편 郝懿行은 "陶宏景注《本草經》云:「穀卽今構樹也. 穀構同聲, 故穀亦名構.」"라 함.

【柞】櫟樹의 다른 이름. 郭璞은 "柞, 櫟"이라 함. 상수리나무, 떡갈나무의 일종.

【藷藇】'서예'로 읽음. 본음은 '저서.' 山藥. 약초의 일종. 郭璞은 "根似羊蹄, 可食, 曙豫二音. 今江南單呼爲藷, 音儲, 語有輕重耳"이라 하였으나 郝懿行은 "《廣雅》云:「藷藇, 署預也.」《本草》云:「薯蕷, 一名山芋.」皆卽今之山藥也. 此言草藷藇, 別於木藷藇也"라 함.

【蕙】郭璞은 "蕙, 香草也"라 함.

【寇脫】속칭 '通草'라 하며 역시 약용으로 사용함. 郭璞은 "寇脫草生南方,
　　高丈許, 似荷葉而莖中有瓤, 正白, 零桂人植而日灌之以爲樹也"라 함.
【璇玉】일반 옥보다 한 단계 아래의 질이 낮은 옥. 郭璞은 "石次玉者也. 孫卿
　　曰:「璇玉瑤珠不知佩」璇音旋"이라 하였고, 袁珂는 "郭引孫卿, 見《荀子》賦篇.
　　璇當作琁, 同瓊, 字之譌也"라 함.

325(5-5-15) 양허산陽虛山

다시 동쪽으로 12리에 양허산陽虛山이 있다.
금이 많으며 현호수玄扈水에 임해 있다.

又東十二里, 曰陽虛之山.
多金, 臨于玄扈之水.

【陽虛之山~玄扈之水】 전설 속이 '河圖洛書'가 나온 물이라 함. 郭璞은 《河圖》
曰:「蒼頡爲帝, 巡狩, 登陽虛之山, 臨于玄扈洛汭, 靈龜負書, 丹甲靑文以授之,
出此水中也.」라 함.

326(5-5-16) 박산薄山 산계

무릇 박산薄山 산계의 시작은 구림산苟林山으로부터 양허산陽虛山까지 모두 16개의 산이며 2천9백82리이다.

그중 승산升山이 그 산계의 총재인 셈이며 그 산에 제사를 올릴 때에는 태뢰太牢로 하며 길옥吉玉을 그 둘레에 진열한다.

수산首山은 정령이 응하는 산으로서 그에게 제사를 올릴 때에는 도미稌米와 검은 가축의 희생, 그리고 태뢰를 갖추고 누룩으로 빚은 술로 한다. 간무干儛로써 춤을 추며 북을 세운다. 하나의 벽옥璧玉을 그 둘레에 진열한다.

시수尸水는 하늘로 통하는 것으로 살찐 희생을 바쳐 제사를 올리며 검은 개를 그 위에 얹고 암탉을 그 아래에 놓는다. 그리고 암양을 잡아 그 피를 바친다. 길옥吉玉을 둘레에 진열하며 채색의 헝겊으로 장식하여 신이 흠향하도록 한다.

凡薄山之首, 自苟林之山至于陽虛之山. 凡十六山, 二千九百八十二里.

升山. 冢也, 其祠禮: 太牢, 嬰用吉玉.

首山. 魋也, 其祠用稌·黑犧·太牢之具, 糵釀; 干儛, 置鼓; 嬰用一璧.

尸水, 合天也, 肥牲祠之, 用一黑犬于上, 用一雌雞于下, 刉一牝羊, 獻血. 嬰用吉玉, 釆之, 饗之.

【魖】‘魖’은 ‘神’의 初形 文字. 袁珂는 “按: 郭此注或據《說文解字》(9)‘魖, 神也’
爲說, 而段玉裁云:「當作神鬼也. 神鬼者, 神之神者也.」自以段說爲長.《玉篇》
云:「魖, 山神也.」說亦較段以神釋魖貼切”이라 함.

【黑犧·太牢之具】袁珂는 “按: 謂以黑色犧牲爲太牢以享神也”라 함. ‘太牢’는
고대 잔치나 제사 등에 소, 양, 돼지 등 세 희생으로써 지내는 것을 말함.
小牢에 상대하여 아주 큰 잔치나 제사를 가리킴. 郭璞은 “牛羊豕爲太牢”라 함.

【糵釀】누룩을 빚어 술을 담금. 糵은 麴糵, 즉 누룩을 뜻함. 밀알 껍질을 발효
시켜 술을 빚는 酵母로 사용함. 郭璞은 “以糵作醴酒也”라 함.

【干儛】제사에서 신을 부르며 흠향하도록 분위기를 조성하는 춤. 순부(盾斧)와
우약(羽籥)을 잡고 추는 춤. 郭璞은 “干儛, 萬儛; 干, 楯也”라 함.

【置鼓】북을 울려 춤에 반주를 함. 郭璞은 “擊之以舞”라 함.

【合天】하늘과 소통함. 郭璞은 “天神之所馮也”라 하였고, 袁珂는 “按: 意謂
尸水上合于天, 爲天神之所憑”이라 함.

【刉】제사에 올리기 위하여 소, 양 등 희생을 잡아 피를 취하여 바르고 바침.
郭璞은 “以血祭也. 刉, 猶衈也”라 함.

【牝羊】암양. 가축이나 짐승의 경우 암수를 牝牡로 구분하며 鳥類의 경우
雌雄으로 구분함.

【采之】채색의 비단으로 제품을 장식함. 郭璞은 “又加以繒采之飾也”라 함.

【饗之】신에게 바쳐 흠향하도록 함. ‘饗’은 ‘享’과 같음. 郭璞은 “勸强之也.
《特牲饋食禮》云:「執奠, 祝饗」是也”라 함. 袁珂는 “按:《儀禮》特牲饋食禮云:
「尸答拜, 執奠, 祝饗.」鄭注云:「饗, 勸强之也.」是郭注所本”이라 함.

5-6. 中次六經

〈平逢山周邊山水〉明 蔣應鎬 圖本

327(5-6-1) 평봉산平逢山

중앙의 여섯 번째 경유하게 되는 산계인 호저산縞羝山의 시작은 평봉산平逢山이다.

이 산은 남쪽으로는 이수伊水와 낙수洛水를 바라보고 있고, 동쪽으로는 곡성산穀城山을 바라보고 있다. 풀과 나무가 없으며 물도 없고 사석沙石이 많다.

그곳에 신神이 있으니 그 형상은 마치 사람과 같으며 머리가 둘이다. 이름을 교충驕蟲이라 하며, 이는 석충螫蟲으로써 실제로는 벌들이 밀랍으로 집을 지어 사는 곳이다.

그 신에게 제사를 올릴 때에는 수탉 한 마리를 사용하며, 기도가 끝나면 죽이지 않고 살려준다.

교충(驕蟲)

中次六經縞羝山之首, 曰平逢之山.

南望伊洛, 東望穀城之山. 無草木, 無水, 多沙石.

有神焉, 其狀如人而二首, 名曰驕蟲, 是爲螫蟲, 實惟蜂蜜之廬.

其祠之, 用一雄雞, 禳而勿殺.

【穀城之山】郭璞은 "在濟北谷城縣西, 黃石公在此山下, 張良取以合葬爾"라 하여 黃石公과 張良의 무덤이 있는 곳이라 하였음. 袁珂는 "按: 谷城山在今山東省東阿縣東北, 一名黃山"이라 함.

【驕蟲】嬌蟲. 袁珂는 "按:《太平御覽》(950)引此經作'嬌蟲'"이라 함.

【是爲螫蟲】郭璞은 "爲螫蟲之長"이라 함.

【盧】여기서는 벌들이 蜜蠟으로 지은 벌집을 말함. 郭璞은 "言羣蜂之所舍集. 蜜亦蜂名"이라 하였고, 郝懿行은 "'赤'疑'亦'字之誤. 蜂凡數種, 作蜜者卽稱蜜蜂, 故曰蜜亦蜂名"이라 함.

【禳而勿殺】'禳'은 재앙이나 죄악을 덜기 위해 신에게 올리는 기도. 汪紱은 "禳, 祈禱以去災惡, 使勿螫人, 其雞則放而勿殺也"라 함.

교충(驕蟲)

328(5-6-2) 호저산縞羝山

서쪽으로 10리에 호저산縞羝山이 있다.
풀과 나무는 자라지 않으며 금과 옥이 많다.

西十里, 曰縞羝之山.
無草木, 多金玉.

【縞羝之山】郝懿行은 "《水經注》云:「平蓬山西十里, 虒山」是不數此山也. 然得
　此乃合於此經十四山之數, 疑《水經注》脫去之"라 함.

329(5-6-3) 괴산魔山

다시 서쪽으로 10리에 괴산魔山이 있다.

저부璂珶라는 옥이 많다.

그 산 북쪽에 골짜기가 있다. 이름을 관곡蓷谷이라 하며 그곳의 나무는
주로 버드나무와 닥나무가 많다.

그 가운데에 새가 있으니 그 형상은 마치 산닭과 같으며 긴 꼬리에 온
몸의 붉기가 마치 붉은 불꽃과 같고 푸른 부리가 있다.
이름을 영요鴒鵝라 하며, 그 울음은 자신의 이름을
부르는 소리를 낸다. 이를 먹으면 악몽을 꾸지 않는다.

교상수交觴水가 그 산 남쪽에서 발원하여 남쪽으로
흘러 낙수洛水로 들어간다.

유수수兪隨水가 그 산 북쪽에서 발원하여 북쪽으로
흘러 곡수穀水로 들어간다.

영요(鴒鵝)

又西十里, 曰魔山.

多璂珶之玉.

其陰有谷焉, 名曰蓷谷, 其木多柳楮.

其中有鳥焉, 狀如山雞而長尾, 赤如丹火而青喙, 名曰
鴒鵝, 其鳴自呼, 服之不眯.

交觴之水出于其陽, 而南流注于洛.

兪隨之水出于其陰, 而北流注于穀水.

【鬿山】郭璞은 "鬿, 音如瓌偉之瓌"라 하여 '괴'로 읽음. 본음은 '외.'

【琚珸】'저부'라 불리는 옥. 琚는《集韻》에 反切로 '抽居切'(처/저)과 '通都切' (토/도) 두 음이 있음. 여기서는 잠정적으로 '저부'로 읽음. 이 옥은 구체적으로 어떤 형태인지 알 수 없음. 郭璞은 "琚珸, 玉名, 所未詳也"라 함. 郝懿行은 "《說文》引孔子曰:「美哉! 璵璠. 遠而望之, 奐若也; 近而視之, 瑟若也. 一則 理勝, 一則孚勝.」此經琚珸, 古字所無, 或卽璵璠之字, 當由聲轉. 若系理孚之文, 又爲形變也. 古書多假借, 疑此二義似爲近之"라 함.

【鵸鵌】郭璞은 "鈴要二音"이라 함.

【不眯】'眯'는 '미'로 읽음. 잠을 자다가 가위에 눌리지 않도록 함. 혹은 惡夢, 厭夢(魘夢)을 꾸지 않음. '眯'는 '厭(魘)'과 같은 뜻임. 郝懿行은 "《說文》云: 「眯, 艸入目中也.」"라 함. 그러나 袁珂는 "按: 此固眯之一義, 然以此釋此經之眯, 則有未當. 夫「草入目中」乃偶然小事, 勿用服藥; 卽今服藥, 亦何能「使人 不眯」乎?《莊子》天運篇云:「彼不得夢, 必且數眯焉.」釋文引司馬彪云:「眯, 厭也.」厭, 俗作魘, 卽厭夢之義, 此經文'眯'之正解也, 與下文「可以禦凶」之義 亦合. 〈西次三經〉翼望之山(103)鵸鵌,「服之使人不厭.」郭注云:「不厭夢也.」 《山經》凡言'不眯', 均當作此解"라 함.

330(5-6-4) 첨제산瞻諸山

다시 서쪽으로 30리에 첨제산瞻諸山이 있다.

그 산 남쪽에는 금이 많고 북쪽에는 문석文石이 많다.

사수瀼水가 그 산에서 발원하여 동남쪽으로 흘러 낙수洛水로 들어간다.

소수少水가 그 산 북쪽에서 발원하여 동쪽으로 흘러 곡수穀水로 들어
간다.

又西三十里, 曰瞻諸之山.

其陽多金, 其陰多文石.

瀼水出焉, 而東南流注于洛.

少水出其陰, 而東流注于穀水.

【瞻諸山】《玉篇》에는 '瞻渚山'으로 되어 있음.

【瀼水】郭璞은 "音謝"라 함. 郝懿行은 "《玉篇》云:「瀼水出瞻渚山. 《水經注》
作謝"라 함.

【少水出其陰】袁珂는 "按: 王念孫校, 經文出下應增'于'字"라 하여 "少水出于
其陰"이어야 한다고 보았음.

331(5-6-5) 누탁산婁涿山

다시 서쪽으로 30리에 누탁산婁涿山이 있다.

풀이나 나무가 없으며 금과 옥이 많다.

첨수瞻水가 그 산 남쪽에서 발원하여 동쪽으로 흘러 낙수洛水로 들어간다.

피수陂水가 그 산 북쪽에서 발원하여 북쪽으로 흘러 곡수穀水로 들어간다. 그 물에는 자석茈石과 문석文石이 많다.

又西三十里, 曰婁涿之山.

無草木, 多金玉.

瞻水出于其陽, 而東流注于洛.

陂水出于其陰, 而北流注于穀水, 其中多茈石·文石.

【陂水】郝懿行은 "陂,《水經注》作波"라 함.

【茈石】보랏빛이 나는 돌. '茈'는 '紫'의 가차자. 일부 본에는 '芘'로 잘못 표기되어 있음.

332(5-6-6) 백석산白石山

다시 서쪽으로 40리에 백석산白石山이 있다.

혜수惠水가 그 산 남쪽에서 발원하여 남쪽으로 흘러 낙수洛水로 들어
간다. 그 물에는 수옥水玉이 많다.

간수澗水가 그 산 북쪽에서 발원하여 서북쪽으로 흘러 곡수穀水로 들어
간다. 그 물에는 미석糜石과 노단櫨丹이 많다.

又西四十里, 曰白石之山.

惠水出于其陽, 而南流注于洛, 其中多水玉.

澗水出于其陰, 西北流注于穀水, 其中多糜石·櫨丹.

【糜石·櫨丹】암석의 일종으로 畫眉石이라고도 하며 여인들의 눈썹 화장에
　사용함. '櫨丹'은 '黑丹'이라고도 함. 郭璞은 "皆未聞"이라 하였고, 郝懿行은
　"糜石或是畫眉石, 眉·糜古字通也. 櫨丹疑則黑丹, 櫨·盧通也"라 함.

333(5-6-7) 곡산穀山

다시 서쪽으로 50리에 곡산穀山이 있다.

그 산 위에는 곡수穀樹가 많으며 산 아래에는 상수桑樹가 많다.

상수爽水가 그 산에서 발원하여 서북쪽 곡수穀水로 흘러 들어간다. 그 물에는 벽록碧綠이 많다.

又西五十里, 曰穀山.

其上多穀, 其下多桑.

爽水出焉, 而西北流注于穀水, 其中多碧綠.

【穀】構와 같음. 構樹. 나무 이름. 그 열매가 곡식 낟알 같아 穀樹라 한다 함. '穀'과 '構'는 고대 同聲이었으며 雙聲互訓으로 쓴 것. 그러나 郭璞 注에는 "穀, 楮也, 皮作紙. 璨曰:「穀亦名構, 名穀者, 以其實如穀也.」"라 함. 한편 郝懿行은 "陶宏景注《本草經》云:「穀卽今構樹也. 穀構同聲, 故穀亦名構.」"라 함.

【碧綠】碧綠石. 일명 孔雀石, 또는 石綠이라고도 함. 袁珂는 "碧綠疑卽石綠, 石綠一名綠靑, 卽孔雀石, 顔色美麗, 用制飾品及綠色繪料, 我國湖北·湖南·四川等省均産之"라 함.

334(5-6-8) 밀산密山

다시 서쪽으로 72리에 밀산密山이 있다.

그 산 남쪽에는 옥이 많으며 북쪽에는 철이 많다.

호수豪水가 그 산에서 발원하여 남쪽으로 흘러 낙수洛水로 들어간다. 그 물에는 선구旋龜가 많으며 그 선구는 형상이 새의 머리에 자라의 꼬리를 하고 있다. 그가 내는 소리는 나무를 쪼갤 때 나는 소리와 같다. 풀이나 나무는 없다.

又西七十二里, 曰密山.

其陽多玉, 其陰多鐵.

豪水出焉, 而南流注于洛, 其中多旋龜,

其狀鳥首而鼈尾, 其音如判木. 無草木.

선구(旋龜)

【旋龜】'旋'은 '玄'과 같음. 검은색의 거북.〈南山經〉杻陽山(004)에 "其中多玄龜, 其狀如龜而鳥首虺尾, 其名曰旋龜, 其音如判木, 佩之不聾, 可以爲底"라 함. 곽박《圖讚》에 "聲如破木, 號曰旋龜. 修辟似鼉, 厥鳴如鴟. 人魚類鱓, 出于洛伊"라 함.

335(5-6-9) 장석산長石山

다시 서쪽으로 1백 리에 장석산長石山이 있다.
풀이나 나무는 없으며 금과 옥이 많다.
그 서쪽에 골짜기가 있어 이름을 공곡共谷이라 하며 대나무가 많다.
공수共水가 그 산에서 발원하여 서남쪽으로 흘러 낙수洛水로 들어간다.
그 물에는 명석鳴石이 많다.

又西百里, 曰長石之山.
無草木, 多金玉.
其西有谷焉, 名曰共谷, 多竹.
共水出焉, 西南流注于洛, 其中多鳴石.

【鳴石】編磬을 만드는데 사용하는 돌. 푸른색에 옥같이 생겼으며 그 음이
맑게 멀리 퍼져나간다고 함. 郭璞은 "晉永康元年, 襄陽縣上鳴石, 似玉, 色靑,
撞之聲聞七八里, 卽此類也"라 함. 袁珂는 "按: 鳴石, 蓋磬石之類. 郭說襄陽
郡上鳴石, 見《晉書》五行志"라 함. 곽박 《圖讚》에 "金石同類, 潛響是韞. 擎之
雷駭, 厥聲遠聞. 苟以數通, 氣無不運"이라 함.

336(5-6-10) 부산傳山

다시 서쪽으로 1백40리에 부산傳山이 있다.

풀이나 나무는 자라지 않으며 요옥瑤玉과 벽옥碧玉이 많다.

염염수厭染水가 그 산 남쪽에서 발원하여 남쪽으로 흘러 낙수洛水로 들어간다. 그 물에는 인어人魚가 많다.

그 서쪽에 수풀이 있어 이름을 번총墦冢이라 한다.

곡수穀水가 여기에서 발원하여 동쪽으로 흘러 낙수로 들어간다. 그 물에는 인옥珚玉이 많다.

又西一百四十里, 曰傅山.

無草木, 多瑤碧.

厭染之水出于其陽, 而南流注于洛, 其中多人魚.

其西有林焉, 名曰墦冢.

穀水出焉, 而東流注于洛, 其中多珚玉.

【人魚】 郭璞은 "如䱱魚四脚"이라 함. 陵魚(634), 龍魚(524) 등도 '人魚'라 불림. 곽박 《圖讚》에 "聲如破木, 號曰旋龜, 修辟似䟢, 厥鳴如鴟. 人魚類䱱, 出于洛伊"라 함.
【墦冢】 郭璞은 "墦音番"이라 함.
【珚玉】 옥의 일종. 구체적으로 그 형태를 알 수 없음. 郭璞은 "未聞也. 珚音堙" 이라 하여 '인옥'으로 읽도록 하였음. '珚'의 원음은 '연.' 袁珂는 "按:《水經注》 谷水引此經作珚玉, 影宋本《太平御覽》(62)引作珚玉.《玉篇》云:「珚, 齊玉, 奇 殞切.」 則珚玉蓋珚玉之譌, 而珚玉之珚, 亦當從《玉篇》作珚也"라 함.

337(5-6-11) 탁산囊山

다시 서쪽으로 50리에 탁산囊山이 있다.

그곳의 나무는 주로 저수樗樹가 많으며, 비목櫹木이 많다. 그 산 남쪽에는 금과 옥이 많으며, 북쪽에는 철이 많이 나고 소초蕭草가 많다.

탁수囊水가 그 산에서 발원하여 북쪽으로 흘러 하수河水로 들어간다. 그 물에는 수벽脩辟이라는 물고기가 많은데 그 형상은 마치 맹꽁이와 같으며 흰 부리를 가지고 있다. 그가 내는 소리는 마치 치조鴟鳥의 울음소리와 같다. 이를 먹으면 백선白癬을 없앨 수 있다.

又西五十里, 曰囊山.

其木多樗, 多櫹木, 其陽多金玉, 其陰多鐵, 多蕭.

囊水出焉, 而北流注于河. 其中多脩辟之魚, 狀如鼂而白喙, 其音如鴟, 食之已白癬.

【樗】郝懿行은 "樗, 當爲栳.《說文》云:「栳木出囊山.」謂此也"라 함.
【櫹木】郭璞은 "今蜀中猶櫹木, 七八月中吐穗, 穗成, 如有鹽粉著狀, 可以酢羹, 音備"라 함. 袁珂는 "按: 經文櫹木, 王念孫殤:「'木'字疑衍.」櫹卽藥中所謂 '五櫹子', 俗又譌謂 '五倍子'者"라 함.
【蕭】풀이름. 蒿草라고도 함. 郭璞은 "蕭, 蒿, 見《爾雅》"라 하였고, 郝懿行은 "《爾雅》云:「蕭. 荻」郭注云:「卽蒿也.」"라 함.

【修辟】곽박 《圖讚》에 "聲如破木, 號曰旋龜. 修辟似黽, 厥鳴如鴟. 人魚類鯑, 出于洛伊"이라 함.

【黽】맹꽁이. 郭璞은 "黽, 蛙屬也"라 함.

【鴟】鴟鴞, 鵂鶹(부엉이), 貓頭鷹 따위의 새매, 부엉이, 올빼미, 무수리, 징경이, 솔개 따위의 맹금류 조류를 통칭하여 일컫는 말이라 함. 그중 鴟는 깃에 심한 독이 있어 이를 술에 타서 사람에게 먹이면 죽는다 함. 毒殺用으로 그 독을 사용하기도 함.

338(5-6-12) 상증산常烝山

다시 서쪽으로 90리에 상증산常烝山이 있다.
풀이나 나무가 자라지 않으며 악토垩土가 많다.
초수潐水가 그 산에서 발원하여 동북쪽으로 흘러 하수河水로 들어간다.
그 물에는 창옥蒼玉이 많다.
치수䓅水가 그 산에서 발원하여 북쪽으로 흘러 하수로 들어간다.

又西九十里, 曰常烝之山.

無草木, 多垩.

潐水出焉, 而東北流注于河, 其中多蒼玉.

䓅水出焉, 而北流注于河.

【潐水】郭璞은 "潐音譙"라 함.
【蒼玉】푸른빛을 띤 옥.

339(5-6-13) 과보산夸父山

다시 서쪽으로 90리에 과보산夸父山이 있다.

그곳의 나무는 주로 종수椶樹와 남수栯樹가 많고, 죽전竹箭이 많다. 그리고 그곳의 짐승으로는 주로 작우牸牛와 암양羬羊이 많으며, 그곳의 새는 주로 별鷩이 많다. 그 산 남쪽에는 옥이 많고 북쪽에는 철이 많이 난다.

그 북쪽에 수풀이 있어 이름을 도림桃林이라 하며 이 숲은 너비와 둘레가 3백 리에 이르며 그 안에는 말이 많다.

호수湖水가 그곳에서 발원하여 북쪽으로 흘러 하수河水로 들어간다. 그 물에는 인옥珚玉이 많다.

又西九十里, 曰夸父之山.

其木多椶栯, 多竹箭, 其水多牸牛·羬羊, 其鳥多鷩. 其陽多玉, 其陰多鐵.

其北有林焉, 名曰桃林, 是廣員三百里, 其中多馬.

湖水出焉, 而北流注于河, 其中多珚玉.

【夸父之山】郝懿行은 "山一名秦山, 與太華相連, 在今河南靈寶縣東南"이라 함.
【栯】'栯'은 '枏', '楠'자의 異體字, 楠樹. 郭璞은 "栯, 大木, 葉似桑, 今作楠, 音南"이라 함.
【竹箭】箭竹. 郭璞은 "箭, 篠也"라 하였으며 篠는 小竹을 가리킴. 당시 어순을 바꾸어 물건 이름을 정하는 소수민족 언어 환경을 보여주는 것이라고도 함.

【羬羊】 곽박은 '침양'으로 읽도록 하였으나 이는 오류이며 '암양'으로 읽음.
大尾羊. 郭璞은 "今大月氏國, 有大羊如驢而馬尾.《爾雅》云:「羊六尺爲羬.」
謂此羊也. 羬, 音鍼"이라 하였으나, 郝懿行은 "羬, 當從《說文》作麙, '羬'蓋
俗體.《玉篇》:「午咸(암)·渠炎(겸)二切」.《廣韻》:「巨淹切(겸), 與鍼(침)同音.」
鍼(침): 又'之林切(짐), 俗字作針'. 是郭注之, '針'蓋因傳寫隨俗, 失於校正也.
《初學記》(29)引此注亦云:「羬, 音針」則自唐木(宋)已譌.《太平御覽》(902)引郭
義恭《廣志》云:「大尾羊, 細毛, 薄皮, 尾上旁廣, 重且十斤, 出康居.」卽與此
注相合.《初學記》引郭氏《圖讚》云:「月氏之羊, 其類. 在野, 厥高六尺, 尾亦
如馬.」何以審之. 事見《爾雅》"라 하여 겸(羬)자는 '암(麙)'자여야 하며, 음은
'암', '겸' 등이라 하였음.

【鷩】 붉은 깃털을 하고 있는 꿩의 일종. 郭璞은 "鷩, 音閉, 卽鷩雉也"라 하여
'적폐'로 읽도록 하였으나 047의 郭璞注 "赤鷩, 山鷄之屬. 胸腹洞赤, 冠金皆
黃頭綠, 尾中有赤毛彩鮮明. 音作弊, 或作鼈"이라 하여 '폐', 혹은 '별'로 읽도록
한 것에 따라 역자는 책 전체에서 '별'로 읽음.

【桃林】 '鄧林'과 같음.〈海外北經〉(538) 夸父山에 "夸父與日逐走, 入日. 渴欲
得飮, 飮于河渭; 河渭不足, 北飮大澤. 未至, 道渴而死. 棄其杖, 化爲鄧林"
이라 함. 곽박《圖讚》에 "桃林之谷, 實惟塞野. 武王克商, 休牛風馬. 阨越
三塗, 作險西夏"라 함.

【珚玉】 옥의 일종. 구체적으로 그 형태를 알 수 없음. 郭璞은 "未聞也. 珚音堙"
이라 하여 '인옥'으로 읽도록 하였음. '珚'의 원음은 '연.' 袁珂는 "按:《水經注》
谷水引此經作珚玉, 影宋本《太平御覽》(62)引作珚玉.《玉篇》云:「珚, 齊玉,
奇殞切.」則珚玉蓋珚玉之譌, 而珚玉之珚, 亦當從《玉篇》作珚也"라 함.

340(5-6-14) 양화산陽華山

다시 서쪽으로 90리에 양화산陽華山이 있다.

그 산 남쪽에는 금과 옥이 많이 나며 북쪽에는 청웅황青雄黃이 많다. 그곳의 풀은 주로 서예藷藇가 많으며 고신苦辛이 많다. 그 생김새는 마치 숙欋과 같으며 그 열매는 외와 같고 맛은 시면서 달다. 이를 먹으면 학질을 없앨 수 있다.

양수楊水가 그 산에서 발원하여 서남쪽으로 흘러 낙수洛水로 들어간다. 그 물에는 인어人魚가 많다.

문수門水가 그 산에서 발원하여 동북쪽으로 흘러 하수河水로 들어간다. 그 물에는 현숙玄礵이 많다.

자고수緒姑水가 그 산 북쪽에서 발원하여 동쪽으로 흘러 문수로 들어간다. 그 물에는 구리가 많다.

문수는 하수에 이르러 들어가며 7백9십 리를 흘러 낙수雒水로 들어간다.

又西九十里, 曰陽華之山.

其陽多金玉, 其陰多青雄黃, 其草多藷藇, 多苦辛, 其狀如欋, 其實如瓜, 其味酸甘, 食之已瘧.

楊水出焉, 而西南流注于洛, 其中多人魚.

門水出焉, 而東北流注于河, 其中多玄礵.

緒姑之水出于其陰, 而東流注于門水, 其上多銅.

門水出于河, 七百九十里入雒水.

【藷藇】'서예'로 읽음. 본음은 '저서.' 山藥. 약초의 일종. 郭璞은 "根似羊蹄, 可食, 曙豫二音. 今江南單呼爲藷, 音儲, 語有輕重耳"이라 하였으나 郝懿行은 "《廣雅》云:「藷藇, 署預也.」《本草》云:「薯蕷, 一名山芋.」皆卽今之山藥也. 此言草藷藇, 別於木藷藇也"라 함.

【苦辛】 다른 판본에는 '苦莘'으로 되어 있음. 곽박 《圖讚》에는 '若華'로 잘못되어 있으며 "療瘻之草, 厥實如瓜. 烏酸之葉, 三成黃華. 可以爲毒, 不畏虺蛇"라 함.

【靑雄黃】 吳任臣의 〈山海經廣注〉에 "蘇頌云:「陼州山中, 雄黃有靑黑色而堅者, 名曰薰黃.」靑雄黃意卽此也"라 하였음. 그러나 袁珂는 '靑'과 '雄黃'은 서로 다른 두 가지 물건으로 '靑'은 '石靑'을 가리키는 것으로 보았음. 郭璞도 "或曰空靑·曾靑之屬"이라 함.

【櫾】 나무이름. 楸樹. 호두나무가 아닌가 함. 혹은 개오동나무라고도 함. 郭璞은 "櫾, 卽楸字也"라 함.

【人魚】 郭璞은 "如䱱魚四脚"이라 함. 陵魚(634), 龍魚(524) 등도 '人魚'라 불림.

【玄礪】 검은색으로 숫돌로 사용함.

【繡姑之水】 郭璞은 "繡, 音藉"라 하여 '자고수'로 읽음.

【門水出于河】 "門水至于河"의 오기. 王念孫은 "門水出于河云云, 乃郭注誤入正文, 水無出河出江之理, 作'至于'是也"라 하여 '至于'여야 하며 正文도 아니라 보았음.

341(5-6-15) 호저산縞羝山 산계

　무릇 호저산縞羝山 산계의 시작은 평봉산平逢山으로부터 양화산陽華山까지
모두 14개의 산이며 7백90리이다.
　높은 산악이 그 중간에 있으며 6월에 제사를 올린다. 그 제사는 다른
산에 제사를 올릴 때와 같으며 그렇게 하고 나면 천하가 안녕을 얻는다.

　凡縞羝山之首, 自平逢之山至于陽華之山. 凡十四山,
七百九十里.
　嶽在其中, 以六月祭之. 如諸嶽之祠法, 則天下安寧.

【嶽在其中】汪紱은 "此條無中嶽, 而曰嶽在其中, 蓋以洛陽居天下之中, 王者于此
　以望祭四嶽, 以其非嶽而祭四嶽, 故曰嶽在其中, 此殆東周時之書矣"라 함.
【以六月祭之】郭璞은 "六月亦歲之中"이라 함.

5-7. 中次七經

342(5-7-1) 휴여산休與山

중앙의 일곱 번째 산계를 경유하는 고산苦山의 시작은 휴여산休與山이다. 그 산 위에 돌이 있으며 그 이름을 제대帝臺의 바둑판이라 한다. 오색의 무늬가 있으며 그 모습은 마치 메추리알 같다. 제대의 돌은 온간 신에게 기도하는 곳이며 이 돌을 몸에 차고 다니면 독고毒蠱의 침범을 막을 수 있다.

그곳에 풀이 있으니 그 형상은 마치 시초蓍草와 같으며 붉은 잎에 줄기는 떨기를 이루고 있다. 이름을 숙조夙條라 하며 화살대로 쓸 수 있다.

中次七經苦山之首, 曰休與之山.

其上有石焉, 名曰帝臺之棋, 五色而文, 其狀如鶉卵. 帝臺之石, 所以禱百神者也, 服之不蠱.

有草焉, 其狀如蓍, 赤葉而本叢生, 名曰夙條, 可以爲箭.

【休與之山】'休輿之山.' 郭璞은 "與或作輿, 下同"이라 함.
【帝臺之棋】郭璞은 "帝臺, 神人名; 棋, 謂博棋也"라 함. 곽박 《圖讚》에 "茫茫帝臺, 維靈之貴. 爰有石棋, 五彩煥蔚. 觴禱百神, 以和天氣"라 함.
【所以禱百神者也】백신에게 제사를 올릴 때 이 돌을 사용함.
【蠱】'蠱'는 원래 귀신이 있다고 믿어 그것이 작은 벌레처럼 작용하여 환각, 환청, 정신질환 등의 병을 일으키거나 사람의 정신을 혼미하게 하여 모든 것을 의심하게 한다고 여겼음. 오늘날 균이나 박테리아, 바이러스 따위, 혹은 정신병을 유발하는 어떤 원인균이나 물질을 말함. 郝懿行은 〈北次三經〉(170)云:「人魚如鯑魚, 四足, 食之無痴疾.」此言'食者無蠱疾.」蠱, 疑惑也. 癡, 不慧也. 其義同"이라 함.

【蓍】蓍草. 일종의 蒿草로써 점을 치는 데에 사용함.《博物志》(9)에 "蓍一千歲
而三百莖同本, 以老, 故知吉凶. 蓍末大於本爲上吉, 筮必沐浴齋潔燒香, 每朔
望浴蓍, 必五浴之. 浴龜亦然. 〈明夷〉曰:「昔夏后筮乘飛龍而登於天, 而枚占
皐陶, 曰:『吉』. 昔夏啓果徙九鼎, 啓果徙之.」"라 함. 郝懿行은 "《說文》云:
「蓍, 蒿屬.」《廣雅》云:「蓍, 耆也.」"라 하였고, 袁珂는 "按: 蓍音尸,《埤雅》
云:「草之多壽者.」古取其莖爲占筮之用"이라 함.

【䅂】줄기. 화살대로 쓸 수 있는 굵기의 대궁. 袁珂는 "按: 䅂音幹, 箭幹也"
라 함.

343(5-7-2) 고종산鼓鍾山

동쪽으로 3백 리에 고종산鼓鍾山이 있다.

제대帝臺라는 신이 온갖 신에게 술잔을 올리는 곳이다.

그곳에 풀이 있으니 네모진 줄기에 노란 꽃이 피며 둥근 잎이 세 겹을 이루고 있다. 이름을 언산焉酸이라 하며 해독 작용으로 사용할 수 있다. 그 산 위에는 여석礪石이 많으며 산 아래에는 지석砥石이 많다.

東三百里, 曰鼓鍾之山.

帝臺之所以觴百神也.

有草焉, 方莖而黃華, 員葉而三成, 其名曰焉酸, 可以爲毒. 其上多礪, 其下多砥.

【鼓鍾】 郭璞은 "擧觴燕會, 則于此山, 因名爲鼓鍾也"라 함.

【帝臺】 신의 이름.

【觴】 고대 酒筵에서 사용하는 술잔. 여기서는 잔치나 연회를 뜻하는 말로 쓰였음.

【三成】 郭璞은 "葉三重也"라 함.

【焉酸】 '烏酸'이 아닌가 함. 郝懿行은 "焉酸, 一本作烏酸"이라 하였으며, 袁珂는 "按: 《太平御覽》(42)引此經正作烏酸"이라 함. 곽박 《圖讚》에 "療瘇之草, 厥實如瓜. 烏酸之葉, 三成黃華. 可以爲毒, 不畏蚖蛇"라 함.

【爲毒】'解毒'의 뜻. 그 풀은 解毒作用의 효능이 있음을 말함. 郭璞은 "爲, 治"라
  하였고, 郝懿行은 "治, 去之也"라 하였으며, 袁珂는 "按: 言治去其毒也"라 함.
【砥】숫돌을 만들 수 있는 돌. 질이 미세한 돌을 '砥'라 하며, 거친 돌을 '礪'라
  한다 함. 郭璞은 "磨石也, 精爲砥, 粗爲礪"라 함.

344(5-7-3) 고요산姑媱山

다시 동쪽으로 2백 리에 고요산姑媱山이 있다.

천제天帝의 딸이 그곳에서 죽었으며 그 이름을 여시女尸라 한다. 그는 죽어 요초蕃草로 변하였다. 그 요초는 잎은 층층으로 중첩을 이루었고 그 꽃은 노랗다. 그 열매는 마치 토구菟丘와 같으며 이를 복용하면 남으로부터 사랑을 받는다.

又東二百里, 曰姑媱之山.

帝女死焉, 其名曰女尸. 化爲蕃草, 其葉胥成, 其華黃, 其實如菟丘, 服之媚于人.

【姑媱之山】郭璞은 "媱音遙, 或無之'山'字"라 함.
【蕃草】곽박《圖讚》에 "蕃草黃華, 實如菟絲. 君子是佩, 人服媚之. 帝女所化, 其理難思"라 함.
【其葉胥成】郭璞은 "言葉相重也"라 함.
【菟丘】菟絲, 菟絲. 새삼과의 덩굴식물이며 기생식물. 노란색으로 쑥이나 다른 식물을 타고 올라감. 댕댕이덩굴이라고도 함. 郭璞은 "菟丘, 菟絲也"라 함.
【服之媚于人】남으로부터 예쁨을 받음. 남으로부터 사랑을 받음. 郭璞은 "爲人所愛也. 一名荒大草"라 하였고, 袁珂는 "按:《文選》〈高唐賦〉注引《襄陽耆舊傳》云:「赤帝女曰瑤姬, 未行而卒, 葬于巫山之陽, 故曰巫山之女.」〈別賦〉注引〈高唐賦〉記瑤姬之言云:「我帝之季女, 名曰瑤姬, 未行而亡, 封于巫山之臺, 精魂爲草, 實曰靈芝.」乃與此經所記女尸化爲蕃草事契合焉, 知瑤姬神話乃蕃草神話之演變也"라 함.

345(5-7-4) 고산苦山

다시 동쪽으로 20리에 고산苦山이 있다.

그곳에 짐승이 있어 이름을 산고山膏라 하며, 그 형상은 마치 돼지와 같고 온몸이 붉기가 마치 타오르는 한 덩어리의 불꽃과 같다. 잘 꾸짖는다.

그 산 위에 나무가 있어 이름을 황극黃棘이라 한다. 노란 꽃에 둥근 잎을 하고 있으며 그 열매는 난蘭의 열매와 같다. 이를 복용하면 아이를 낳지 못한다.

그곳에 풀이 있으니 둥근 잎에 줄기가 없다. 붉은 꽃이 피며 열매는 맺지 않는다. 그 이름을 무조無條라 하며 이를 복용하면 영류癭瘤에 걸리지 않는다.

又東二十里, 曰苦山.

有獸焉, 名曰山膏, 其狀如逐, 赤如丹火, 善詈.

其上有木焉, 名曰黃棘, 黃華而員葉, 其實如蘭, 服之不字.

有草焉, 員葉而無莖, 赤華而不實, 名曰無條, 服之不癭.

【逐】'豚'자를 이렇게 쓴 것임. 돼지. 郭璞은 "逐, 卽豚字"라 하였고, 畢沅은 "借遯字爲之, 逐又遯省文"이라 함.

【山膏】畢沅은 "卽山都也"라 하였으며, 袁珂는 "按: 畢說是也. 蓋山都·山㹶, 山猓, 梟陽之類, 乃傳說中猩猩·狒狒之神話化也.《禮記》曲禮云:「猩猩能言.」 《唐國史補》云:「猩猩好酒與屐, 人有取之者, 置二物之誘之. 猩猩始見, 必大 罵曰……」云云, 此同于山膏之善罵也"라 함.

【詈】남을 꾸짖음. 郭璞은 "好罵人"이라 함. 곽박 《圖讚》에 "山膏如豚, 厥性好罵. 黃棘是食, 匪子匪化. 雖無眞操, 理同不嫁"라 함.

【不字】生育을 하지 않음. 자식이나 새끼를 낳지 않음. '字'는 '生育'의 뜻. 郭璞은 "字, 生也.《易》曰:「女子貞不字.」"라 함.

【無條】식물 이름. 구체적으로 알 수는 없으나 〈西山經〉(059)에 "有草焉, 其狀如棗茇, 其葉如葵而赤背, 名曰無條, 可以毒鼠"라 하여 그곳의 '無條'와는 다른 식물로 보고 있음. 袁珂는 "按: 無條已見〈西山經〉皐塗之山(059), 與此同名異物"이라 함.

346(5-7-5) 도산堵山

다시 동쪽으로 27리에 도산堵山이 있다.

대우大愚라는 신이 거주하는 곳이며 이곳에는 괴이한 바람과 비가 많다.

그 산 위에 나무가 있으니 이름을 천편天楄이라 한다. 네모난 줄기에 아욱과 같은 모습으로 이를 복용하면 음식이 목에 메이지 않는다.

又東二十七里, 曰堵山.

神大愚居之, 是多怪風雨.

其上有木焉, 名曰天楄, 方莖而葵狀, 服之不哽.

【天楄】郭璞은 "楄音鞭"이라 함. 郭璞 《圖讚》에 "牛傷鎭氣, 天楄弭哽. 文獸
　如蜂, 枝尾反舌. 滕魚青斑, 處于達穴"이라 함.

【哽】'噎'과 같음. 음식물이 목에 걸려 고통을 당하는 것. 郭璞은 "食不哽也"
　라 함.

347(5-7-6) 방고산放皐山

다시 동쪽으로 52리에 방고산放皐山이 있다.

명수明水가 그 산에서 발원하여 남쪽으로 흘러 이수伊水로 들어간다. 그 물에는 창옥蒼玉이 많다.

그곳에 나무가 있으니 그 잎은 마치 홰나무 잎과 같으며 노란 꽃이 피고 열매는 맺지 않는다. 그 이름을 몽목蒙木이라 하며 이를 복용하면 미혹함에 빠지지 않는다.

그곳에 짐승이 있으니 모습은 벌과 같으며 꼬리가 둘로 갈라졌고 혀가 거꾸로 달려 있다. 고함을 잘 지르며 그 이름을 문문文文이라 한다.

又東五十二里, 曰放皐之山.

明水出焉, 南流注于伊水, 其中多蒼玉.

有木焉, 其葉如槐, 黃華而不實, 其名曰蒙木, 服之不惑.

有獸焉, 其狀如蜂, 枝尾而反舌, 善呼, 其名曰文文.

【放皐之山】 郭璞은 "放或作效, 又作牧"이라 하여 '效皐山', '牧皐山'으로 보았음.
【善呼】 고함을 잘 지름. 소리를 잘 질러 남을 부르듯 함.
【文文】 文獸라 함. 郭璞 《圖讚》에 "牛傷鎭氣, 天樞弭噎. 文獸如蜂, 枝尾反舌. 螣魚青斑, 處于達穴"이라 함.

348(5-7-7) 대고산大誥山

다시 동쪽으로 57리에 대고산大誥山이 있다.

저부璿珋라는 옥이 많으며 미옥麋玉이 많다.

그곳에 풀이 있으니 그 형상은 잎은 유수楡樹나무 잎과 같고 네모진 줄기에 푸른색의 가시가 있다. 이름을 우상牛傷이라 하며 그 뿌리는 푸른 무늬가 있다. 이를 복용하면 딸꾹질에 걸리지 않으며 전쟁을 막을 수 있다.

그 산 남쪽에서 광수狂水가 발원하여 서남쪽으로 흘러 이수伊水로 들어 간다. 그 물에는 삼족구三足龜가 많다. 이를 먹으면 큰 질환에 걸리지 않으며, 종기를 치료할 수 있다.

又東五十七里, 曰大誥之山.

多璿珋之玉, 多麋玉.

有草焉, 其狀葉如楡, 方莖而蒼傷, 其名曰牛傷, 其根蒼文, 服之不厥, 可以禦兵.

其陽狂水出焉, 西南流注于伊水, 其中多三足龜, 食之無大疾, 可以已腫.

삼족구(三足龜)

【大苦】誥자는 '苦'자로 보고 있음. 王念孫, 郝懿行 등은 '苦'자여야 한다고 보았음. 袁珂는 "按:《太平御覽》(931)引此經作'大苦', 畢沅校本亦作'大苦', 今本作大誥, 而郭注無音, 知本爲'苦'字明矣"라 함.

【璆琳】郝懿行은 "《水經注》引此經作璇琳, 亦古字, 所無說, 已見前"이라 함.

【粟玉】구체적으로 알 수 없으나 일설에 瑂玉이 아닌가 여기고 있음. 郭璞은 "未詳"이라 하였으나 郝懿行은 "粟, 疑瑂之假借字也.《說文》云:「瑂, 石之似玉者, 讀若眉.」"라 함.

【其狀葉如楡】王念孫과 郝懿行은 '其狀如楡'로 교정하여 '葉'자가 없어야 한다고 보았음.

【蒼傷】푸른색의 가시. '傷'은 '刺', '棘'의 뜻. 袁珂는 "按: 蒼傷, 蒼刺也.《方言》(3) 郭璞注云:「《山海經》謂刺爲傷也.」卽指此"라 함.

【牛傷】'牛棘'과 같음. 郭璞은 "猶言牛棘"이라 함. 郭璞《圖讚》에 "牛傷鎭氣, 天楄弭噎. 文獸如蜂, 枝尾反舌. 螣魚靑斑, 處于達穴"이라 함.

【厥】打嗝. 딸꾹질. 郭璞은 "厥, 逆氣病"이라 함.

【三足龜】袁珂는 "按:《爾雅》釋魚云:「龜三足, 賁.」郭璞注此經謂'今吳興有三足六眼龜', 亦異聞也"라 함. 곽박《圖讚》에 "造物維均, 靡偏靡頗. 少不爲短, 長不爲多. 賁能三足, 何異黿鼉?"라 함.

삼족구(三足龜)

349(5-7-8) 반석산半石山

다시 동쪽으로 70리에 반석산半石山이 있다.

그 산 위에 풀이 있으니 나면서 이삭이 난다. 그 높이는 한 길 남짓하며 붉은 잎에 노란 꽃이 핀다. 꽃은 피지만 열매는 맺지 아니하며 그 이름을 가영嘉榮이라 한다. 이를 복용하면 우레를 두려워하지 않게 된다.

내수수來需水가 그 산 남쪽에서 발원하여 서쪽으로 흘러 이수伊水로 들어 간다. 그 물에는 윤어鯩魚가 많다. 이 물고기는 검은 무늬이며 그 모습은 마치 붕어와 같다. 이를 먹으면 졸음이 오지 않는다.

합수合水가 그 산 북쪽에서 발원하여 북쪽으로 흘러 낙수洛水로 들어 간다. 그 물에는 등어騰魚가 많으며 그 물고기의 형상은 마치 궐어鱖魚와 같으며 물속의 어둡고 컴컴한 굴속에 살고 있다. 푸른 무늬에 붉은 꼬리를 하고 있다. 이를 먹으면 옹종癰腫에 걸리지 않으며 또한 누병瘻病을 치료할 수 있다.

又東七十里, 曰半石之山.

其上有草焉, 生而秀, 其高丈餘, 赤葉黃華, 華而不實, 其名 曰嘉榮, 服之者不霆.

來需之水出于其陽, 而西流注于伊水, 其中多鯩魚, 黑文, 其狀如鮒, 食者不睡.

合水出于其陰, 而北流注于洛, 多騰魚, 狀如鱖, 居逵, 蒼文 赤尾, 食之不癰, 可以爲瘻.

【半石之山】郝懿行은 "山在今河南偃師縣東南, 見《水經注》"라 하였고, 袁珂는 "眼: 見《水經注》洛水"라 함.

【秀】식물의 이삭이나 꽃.

【華而不實】郭璞은 "初生先作穗, 卻著葉, 花生穗閒"이라 함.

【嘉榮】곽박 《圖讚》에 "霆維天精, 動心駭目. 曷以禦之, 嘉榮是服. 所正者神, 用口腸腹"이라 함.

【不霆】우레를 겁내지 않음. 郝懿行은 "《北堂書鈔》(152)引此經'霆'上有'畏'字"라 하여 '不畏霆'이어야 함.

【鯩魚】郭璞은 "鯩, 音倫"이라 함. 郭璞 《圖讚》에 "牛傷鎭氣, 天楄弭噎. 文獸如蜂, 枝尾反舌. 鯩魚青斑, 處于逵穴"이라 함.

【鮒】붕어(鮒魚). 鯽魚. 郝懿行은 "卽今之鯽魚"라 함.

【不睡】혹은 '不腫'이라고도 함. 郝懿行은 "李善注〈江賦〉引此經作'食之不腫', 《太平御覽》(939)亦引作'食者不腫'"이라 함.

【鰧魚】郭璞은 "鰧, 音騰"이라 함.

【狀如鱖, 居逵】'鱖'은 쏘가리. '逵'는 큰 길. 그러나 여기서는 물속의 굴을 뜻함. 郭璞은 "鱖, 大口大目細鱗, 有斑彩; 逵, 水中之穴道交通者"라 함.

【瘻】瘻疾. 郭璞은 "瘻, 癰屬也. 中多有蟲.《淮南子》曰: 「雞頭已瘻」音漏"라 함. 목 등에 걸리는 피부 癰腫. 郝懿行은 "瘻, 頸腫也, 瘻頸腫疾"이라 함.

윤어(鯩魚)

350(5-7-9) 소실산少室山

다시 동쪽으로 50리에 소실산少室山이 있다.

온갖 풀과 나무가 둥근 창고처럼 무성하게 자라고 있다.

그 위에 나무가 있어 그 이름을 제휴帝休라 하며 잎 모양은 버드나무 잎과 같으며 그 가지는 다섯 방향으로 서로 얽혀 있다. 노란 꽃에 검은 열매를 맺으며 이를 복용하면 노기를 느끼지 않는다. 그 산 위에는 옥이 많고 산 아래에는 철이 많다.

휴수休水가 그 산에서 발원하여 북쪽으로 흘러 낙수洛水로 들어간다. 그 물에는 제어鯑魚가 많으며 그 모습은 마치 주위螯蜼와 같으나 긴 며느리 발톱을 가지고 있다. 다리는 흰색이며 서로 대칭을 이루고 있다. 이를 먹으면 고질蠱疾에 걸리지 아니하며 전쟁을 막을 수 있다.

又東五十里, 曰少室之山.

百草木成囷.

其上有木焉, 其名曰帝休, 葉狀如楊, 其枝五衢, 黃華黑實, 服之不怒. 其上多玉, 其下多鐵.

休水出焉, 而北流注于洛, 其中多鯑魚, 狀如螯蜼而長距, 足白而對, 食者無蠱疾, 可以禦兵.

【成囷】초목이 모여 마치 창고처럼 군락을 이루고 있음. 囷은 큰 창고를 말함. 郝懿行은 "言草木屯聚如倉囷之形也"라 함.

【帝休】곽박 《圖讚》에 "帝休之樹, 厥枝交對. 竦本少室, 會陰雲霧. 君子服之, 匪怒伊愛"라 함.

【五衢】그 가지가 다섯 방향으로 얽혀 퍼져나감을 말함. 郭璞은 "言樹枝交錯, 相重五出, 有象衢路也. 《離騷》曰:「靡萍九衢.」"라 함.

【其上多玉】郭璞은 "此山巔亦有白玉膏, 得服之, 卽得仙道, 世人不能上也. 《詩含神霧》云"이라 함.

【鯑魚】鯢魚. 도롱뇽. 혹은 鮎魚(메기)라고도 함. 郝懿行은 '人魚'라 표기된 것이 바로 이 鯑魚이며 수십 곳에 그 이름이 나타난다 하였음.

【螯蜼】긴꼬리원숭이처럼 생긴 동물. 혹 獮猴를 뜻하는 것으로도 봄.

【距】趾와 같음. 닭 등의 조류 다리 뒤쪽으로 난 작은 발톱. 며느리발톱이라 함. 郝懿行은 "距, 鷄距也"라 함. 그 며느리발톱이 길게 나 있음.

【對】다리가 서로 대칭을 이루어 나 있음. 郭璞은 "對蓋謂足趾相向也"라 함.

【蠱疾】'蠱'는 원래 귀신이 있다고 믿어 그것이 작은 벌레처럼 작용하여 환각, 환청, 정신질환 등의 병을 일으키거나 사람의 정신을 혼미하게 하여 모든 것을 의심하게 한다고 여겼음. 오늘날 균이나 박테리아, 바이러스 따위, 혹은 정신병을 유발하는 어떤 원인균이나 물질을 말함. 郝懿行은 "〈北次三經〉(170) 云:「人魚如鯑魚, 四足, 食之無痴疾.」此言'食者無蠱疾.」蠱, 疑惑也. 癡, 不慧也. 其義同"이라 함.

351(5-7-10) 태실산泰室山

다시 동쪽으로 30리에 태실산泰室山이 있다.

그 산 위에 나무가 있으니 잎 모양은 마치 배나무 잎과 같으며 붉은 무늿결이 있다. 그 이름을 욱목栯木이라 하며 이를 먹으면 질투를 느끼지 않는다.

그곳에 풀이 있으니 그 형상은 마치 삽주와 같으며 흰 꽃에 검은 열매가 맺힌다. 그 색깔의 윤택은 영오蘡薁와 같으며 이름을 요초䔄草라 한다. 이를 복용하면 악몽을 꾸지 않으며 그 산 위에는 아름다운 돌이 많다.

又東三十里, 曰泰室之山.

其上有木焉, 葉狀如梨而赤理, 其名曰栯木, 服者不妒.

有草焉, 其狀如荒, 白華黑實, 澤如蘡薁, 其名曰䔄草,

服之不眜, 上多美石.

【泰室之山】郭璞은 "卽中嶽嵩高山也. 今在陽城縣西"라 하였으며 袁珂는 "按: 嵩高山在今河南省登封縣北"이라 하여 嵩山을 가리키는 것으로 보았음. 곽박《圖讚》에 "嵩維岳宗, 華岱恒衡. 氣通元漠, 神洞幽明. 巋然中立, 衆山之英" 이라 함.

【栯木】郭璞은 "栯, 音郁"이라 하여 '욱목'으로 읽음. 곽박《圖讚》에 "爰有嘉樹, 厥名曰栯. 薄言采之, 窈窕是服. 君子惟歡, 家無反目"이라 함.

【荒】郭璞은 "荒, 似薊也"라 하여 삽주를 가리킴.

【蘡薁】머루. 산포도. 까마귀머루. 郭璞은 "言子滑澤"이라 하였고, 郝懿行은
"蓋卽今之山葡萄"라 하였으며, 汪紱은 "蘡薁蔓生, 細葉, 實如小葡萄, 或以爲
櫻桃, 或以爲葡萄, 皆誤"라 함.

【蓄草】풀 이름. 袁珂는 "按: 此蓄草與上文姑媱山蓄草(344), 同名異實"이라 함.

【不眯】'不眯'의 오기. 잠을 자다가 가위에 눌리지 않도록 함. 혹은 惡夢, 厭夢
(魘夢)을 꾸지 않음. '眯'는 '厭(魘)'과 같은 뜻임. 郝懿行은 "《說文》云:「眯,
艸入目中也.」"라 함. 그러나 袁珂는 "按: 此固眯之一義, 然以此釋此經之眯,
則有未當. 夫「草入目中」乃偶然小事, 勿用服藥; 卽今服藥, 亦何能「使人不眯」
乎?《莊子》天運篇云:「彼不得夢, 必且數眯焉.」釋文引司馬彪云:「眯, 厭也.」厭,
俗作魘, 卽厭夢之義, 此經文'眯'之正解也, 與下文「可以禦凶」之義亦合.〈西次
三經〉翼望之山(103)鵸鵨,「服之使人不厭.」郭注云:「不厭夢也.」《山經》凡言
'不眯', 均當作此解"라 함.

【上多美石】郭璞은 "美石, 次玉者也. 啓母化爲石而生啓, 在此山, 見《淮南子》"
라 함. 그러나 지금의 《淮南子》에는 이 기록이 없음. 이에 대해 袁珂는
"按: 啓母化石生啓事, 今本《淮南子》無, 惟見《漢書》武帝紀顔師古注引. 又見
《繹史》(12)引《隨巢子》, 文較簡"이라 함.

352(5-7-11) 강산講山

다시 북쪽으로 30리에 강산講山이 있다.

그 산 위에는 옥이 많으며 자수柘樹와 잣나무가 많다.

그곳에 나무가 있으니 이름을 제옥帝屋이라 한다. 잎 모양은 마치 초목椒木과 같으며 거꾸로 된 가시가 있고 붉은 열매가 맺는다. 가히 흉사凶事를 막을 수 있다.

又北三十里, 曰講山.

其上多玉, 多柘, 多柏.

有木焉, 名白帝屋, 葉狀如椒, 反傷赤實, 可以禦凶.

【反傷】 거꾸로 난 가시. '傷'은 '刺', '棘'의 뜻임. 郭璞은 "反傷, 刺下勾也"라 하였고, 袁珂는 "按: 傷, 刺也"라 함.

353(5-7-12) 영량산嬰梁山

다시 동쪽으로 30리에 영량산嬰梁山이 있다.
그 산 위에는 창옥蒼玉이 많고 이 옥은 검은 돌에 붙어 있다.

又東三十里, 曰嬰梁之山.
上多蒼玉, 錞于玄石.

【錞】 '달라붙다, 그곳까지 뻗쳐 있다, 그곳에 이르러 가라앉다. 제방이 되다'
등의 뜻. 郭璞은 "錞, 猶隑錞也; 音章閏反"이라 하여 '준'으로 읽도록 되어
있으며 제방을 뜻하는 것으로 보았음. 그러나 汪紱은 "錞, 猶蹲也"라 하여
달리 해석하고 있음. '蹲'과 같음. 의지하여 붙어 있음.

354(5-7-13) 부희산浮戲山

다시 동쪽으로 30리에 부희산浮戲山이 있다.

그곳에 나무가 있으니 잎 모양은 마치 저수樗樹나무 잎과 같으며 붉은 열매가 맺힌다. 이름을 항목亢木이라 하며 이를 먹으면 고혹蠱惑함에 빠지지 않는다.

사수汜水가 그 산에서 발원하여 북쪽으로 흘러 하수河水로 들어간다.

그 동쪽에 골짜기가 있어 이름으로 사곡蛇谷이라 하며 산 위에는 소신少辛이라는 약초가 많이 난다.

又東三十里, 曰浮戲之山.

有木焉, 葉狀如樗而赤實, 名曰亢木, 食之不蠱.

汜水出焉, 而北流注于河.

其東有谷, 因名曰蛇谷, 上多少辛.

【食之不蠱】袁珂는 "按: 經文'食之', 〈宋本〉, 吳寬〈抄本〉作'食者'"라 함. '蠱疾'의 '蠱'는 원래 귀신이 있다고 믿어 그것이 작은 벌레처럼 작용하여 환각, 환청, 정신질환 등의 병을 일으키거나 사람의 정신을 혼미하게 하여 모든 것을 의심하게 한다고 여겼음. 오늘날 균이나 박테리아, 바이러스 따위, 혹은 정신병을 유발하는 어떤 원인균이나 물질을 말함. 郝懿行은 "〈北次三經〉 (170)云:「人魚如鯑魚, 四足, 食之無痴疾.」此言'食者無蠱疾.」蠱, 疑惑也. 癡, 不慧也. 其義同"이라 함.

【氾水】郝懿行은 "氾音似"라 함. 범수(氾水)는 아님을 말함.

【蛇谷】郭璞은 "言此中出蛇, 故以名之"라 함.

【少辛】약초 이름이며 흔히 細辛, 小辛 등으로 불리기도 함. 郭璞은 "細辛也"라 함.

355(5-7-14) 소형산少陘山

다시 동쪽으로 40리에 소형산少陘山이 있다.

그곳에 풀이 있으니 이름을 강초崗草라 한다. 잎 모양은 마치 아욱과 같으며 붉은 줄기에 흰 꽃이 핀다. 열매는 마치 영오蘡薁와 같다. 이를 먹으면 우매함에 빠지지 않는다.

기난수器難水가 그 산에서 발원하여 북쪽으로 흘러 역수役水로 들어간다.

又東四十里, 曰少陘之山.

有草焉, 名曰崗草, 葉狀如葵, 而赤莖白華, 實如蘡薁,
食之不愚.

器難之水出焉, 而北流注于役水.

【崗草】郭璞은 "崗, 音剛"이라 함. 곽박《圖讚》에 "崗草赤莖, 實如蘡薁. 食之益智, 忽不自覺. 殆齊生知, 功奇于學"이라 함.
【蘡薁】머루. 산포도. 까마귀머루. 郭璞은 "言子滑澤"이라 하였고, 郝懿行은 "蓋卽今之山葡萄"라 하였으며, 汪紱은 "蘡薁蔓生, 細葉, 實如小葡萄, 或以爲櫻桃, 或以爲葡萄, 皆誤"라 함.
【食之不愚】郭璞은 "言益人智"라 함.
【役水】郭璞은 "役, 一作浸"이라 하였으나 袁珂는 "按: 王念孫校'役'爲'沒', 云卽下文'沒', 其所據項細本也"라 함.

356(5-7-15) 태산太山

다시 동남쪽으로 10리에 태산太山이 있다.

그곳에 풀이 있어 이름을 이梨라 한다. 그 잎 모양은 마치 적초荻草와 같으며 붉은 꽃이 핀다. 가히 옹저癰疽를 치료할 수 있다.

태수太水가 그 산 남쪽에서 발원하여 동남쪽으로 흘러 역수役水로 들어간다.

승수承水가 그 산 북쪽에서 발원하여 동북쪽으로 흘러 역시 역수로 들어간다.

又東南十里, 曰太山.

有草焉, 名曰梨, 其葉狀如荻而赤華, 可以已疽.

太水出于其陽, 而東南流注于役水.

承水出于其陰, 而東北流注于役.

【太山】汪紱은 "此太山在鄭, 非東嶽太山"이라 함.

【梨】오얏나무. 자두나무.

【荻】蒿草의 일종. 갈대, 억새의 일종. 그러나 사철쑥(萩)로 보아야 한다고 여김. 郭璞은 "荻亦蒿也. 音狄"이라 하였으나 袁珂는 '萩'(사철쑥)로 보았음. 袁珂는 "按: 經文荻, 郝懿行以爲當爲萩字之譌. 萩音秋《爾雅》釋草云:「蕭, 萩」郭注云:「卽蕭.」合于今本郭注'荻亦蒿也, 音狄'之義. 今本郭注荻‧狄字當作萩‧秋"라 함.

【役水】〈宋本〉과 汪紱本은 모두 '沒水'로 되어 있음.

【役】뒤에 '水'자가 탈락된 것이며, 이 역시 '沒'이어야 함.

357(5-7-16) 말산末山

다시 동쪽으로 20리에 말산末山이 있다.
그 산 위에는 적금赤金이 많다.
말수末水가 그 산에서 발원하여 북쪽으로 흘러 역수役水로 들어간다.

又東二十里, 曰末山.
上多赤金.
末水出焉, 北流注于役.

【赤金】구리(銅)를 뜻함. 郭璞 주에 "赤金, 銅也"라 함. 그러나 379의 郝懿行
〈箋疏〉에 "銅與赤金竝見, 非一物明矣. 郭氏誤注"라 하여 구리와 赤金은 서로
다른 물건이라 하였음.
【北流注于役】역시 앞장과 같이 '沒水'로 보아야 하며 뒤에 '水'자가 탈락
되었음.

358(5-7-17) 역산役山

다시 동쪽으로 25리에 역산役山이 있다.
그 산 위에는 백금白金이 많고 철이 많다.
역수役水가 그 산에서 발원하여 북쪽으로 흘러 하수河水로 들어간다.

又東二十五里, 曰役山.
上多白金, 多鐵.
役水出焉, 北流注于河.

【北流注于河】郝懿行은 "《水經注》云: 「役水注渠水.」此云'注河', 未詳"이라 함.

359(5-7-18) 민산敏山

다시 동쪽으로 35리에 민산敏山이 있다.

그 위에 나무가 있으니 그 형상은 마치 형수荊樹와 같으며 흰 꽃에 붉은 열매가 맺힌다. 이름을 계백薊柏이라 하며 이를 복용하면 추위를 타지 않는다. 그 남쪽에는 저부瓀珚라는 옥이 많이 난다.

又東三十五里, 曰敏山.

上有木焉, 其狀如荊, 白華而赤實, 名曰薊柏, 服之不寒.
其陽多瓀珚之玉.

【薊柏】 '薊'는 '薊'와 같은 글자임. 郭璞은 "音計"라 하였고, 학의행은 《玉篇》云: 「薊, 俗薊字.」《初學記》(28)引《廣志》云: 「柏有計柏」 計, 薊同聲, 疑是也"라 함. 곽박《圖讚》에 "薊柏白華, 厥子如丹. 實肥變氣, 食之忘寒. 物隨所染, 墨子所歎"이라 함.

【瓀珚】 '저부'라 불리는 옥. 瓀는 《集韻》에 反切로 '抽居切'(처/저)과 '通都切'(토/도) 두 음이 있음. 여기서는 잠정적으로 '저부'로 읽음. 이 옥은 구체적으로 어떤 형태인지 알 수 없음. 郭璞은 "瓀珚, 玉名, 所未詳也"라 함. 郝懿行은 《說文》引孔子曰: 「美哉! 璵璠. 遠而望之, 奐若也; 近而視之, 瑟若也. 一則理勝, 一則孚勝.」 此經瓀珚, 古字所無, 或卽璵璠之字, 當由聲轉. 若系理孚之文, 又爲形變也. 古書多假借, 疑此二義似爲近之"라 함.

360(5-7-19) 대외산大騩山

다시 동쪽으로 30리에 대외산大騩山이 있다.

그 산 북쪽에는 철과 아름다운 옥, 그리고 푸른색의 악토堊土가 많이 난다.

그곳에 풀이 있으니 그 형상은 마치 시초蓍草와 같으나 털이 나 있다. 푸른색 꽃에 흰 열매가 맺힌다. 이름을 흔狼이라 한다. 이를 복용하면 요절하지 아니하며 복병腹病을 치료할 수 있다.

又東三十里, 曰大騩之山.

其陰多鐵·美玉·青堊.

有草焉, 其狀如蓍而毛, 青華而白實, 其名曰狼. 服之不夭, 可以爲腹病.

【騩】'외'로 읽음. 郭璞은 "騩, 音巍: 一音隗囂之隗"라 함. '騩'의 본음은 '귀.' 이 '大騩山'이라는 이름은 452에도 보이며 그 '騩山'이라는 이름도 062, 100, 297, 399 등에 보임.

【蓍】蓍草. 일종의 蒿草로써 점을 치는 데에 사용함.《博物志》(9)에 "蓍一千歲而三百莖同本, 以老, 故知吉凶. 蓍末大於本爲上吉, 筮必沐浴齋潔燒香, 每朔望浴蓍, 必五浴之. 浴龜亦然. 〈明夷〉曰: 「昔夏后筮乘飛龍而登於天, 而枚占皐陶, 曰: 『吉』. 昔夏啓果徙九鼎, 啓果徙之.」라 함. 郝懿行은 "《說文》云: 「蓍, 蒿屬.」《廣雅》云: 「蓍, 耆也.」라 하였고, 袁珂는 "按: 蓍音尸,《埤雅》云: 「草之多壽者.」古取其莖爲占筮之用"이라 함.

【靑堊】《後漢書》郡國志 劉昭 注에는 '美堊'으로 되어 있음.

【蒮】郝懿行은 "《玉篇》云:「蒮, 胡懇切, 草名, 似蓍, 花靑白.」《廣韻》同. 是蒮當
　爲蕿"이라 하였고, 王念孫 〈교주본〉도 郝懿行 주와 같음. 蕿은 음이 '很'임.
　《圖讚》에는 '蕿'으로 되어 있으며, "大騩之山, 爰有萃草. 靑華白實, 食之無夭.
　雖不增齡, 可以窮老"라 함.

【服之不夭】郭璞은 "言益壽也. 夭, 或作芺"라 하였으며, 郝懿行은 "芺卽夭,
　古今字爾"라 함.

【爲腹病】郭璞은 "爲, 治也. 一作已"라 함. 〈宋本〉에는 '病'이 '疾'로 되어 있음.

361(5-7-20) 고산苦山 산계

　무릇 고산苦山 산계의 시작은 휴여산休與山으로부터 대외산大騩山까지 모두 19개의 산이며 1천1백80리이다.

　그중 16개 산의 산신은 모두가 돼지 몸에 사람 얼굴을 하고 있다.

　이들에게 제사를 올릴 때에는 모물毛物은 한 마리 양 전체를 올리며 조옥藻玉을 진열하였다가 이를 땅에 묻는다.

　고산苦山과 소실산少室山, 태실산太室山은 모두가 이 산계의 총재인 셈이다. 이들 산신에게 제사를 올릴 때에는 태뢰太牢를 갖추고 길옥吉玉을 그 주위에 진열한다.

　이 세 산의 신들 모습은 모두가 사람 얼굴에 머리가 셋이다. 그 나머지 산의 신들은 모두가 돼지 몸에 사람 얼굴을 하고 있다.

　凡苦山之首, 自休與之山至于大騩之山. 凡十有九山, 千一百八十四里.

　其十六神者, 皆豕身而人面.

　其祠: 毛牷用一羊羞, 嬰用一藻玉瘞.

　苦山·少室·太室皆豕也, 其祠之, 太牢之具, 嬰以吉玉.

시신인면(豕身人面)

　其神狀皆人面而三首, 其餘屬皆豕身人面也.

【休與之山】 '休興之山.' 郭璞은 "與或作興, 下同"이라 함.

【騩】 '騩'는 '외'로 읽음. 郭璞은 "騩, 音巍: 一音隗囂之隗"라 함. '騩'의 본음은 '귀.' 이 '騩山'이라는 이름은 100, 297, 399에도 있으며, '大騩山' 역시 360, 452에 보임.

【毛牷用一羊羞】 毛物은 온전한 희생으로 하되 한 마리 양을 그 제수용으로 씀. 郭璞은 "言以羊爲薦羞"라 함.

【藻玉】 마름풀 문양의 同心圓 채색 무늬가 있는 옥. 郭璞은 "藻玉, 玉有 五彩者也. 或曰, 所以盛玉藻藉也"라 하였으나, 郝懿行은 "藻玉已見〈西次二經〉 泰冒山(065). 此'藻'疑當與'璪'同,《說文》云:「璪, 玉飾如水藻之文也.」 藻藉, 見《周官》大行人"이라 함.

【太牢】 고대 잔치나 제사 등에 소, 양, 돼지 등 세 희생으로써 지내는 것을 말함. 小牢에 상대하여 아주 큰 잔치나 제사를 가리킴. 郭璞은 "牛羊豕爲 太牢"라 함.

인면삼수(人面三首)

5-8. 中次八經

〈荊山一帶〉明 蔣應鎬 圖本

362(5-8-1) 경산景山

중앙의 여덟 번째 경유하게 되는 형산荊山 산계의 시작은 경산景山이다.
이 산 위에는 금과 옥이 많으며 그곳의 나무는 주로 주수杼樹와 단수
檀樹이다.

저수睢水가 그 산에서 발원하여 동남쪽으로 흘러 강수江水로 들어간다.
그 물에는 단속丹粟이 많고 문어文魚가 많다.

中次八經荊山之首, 曰景山.

其上多金玉, 其木多杼·檀.

睢水出焉, 東南流注于江, 其中多丹粟, 多文魚.

【杼】'주'로 읽음. 본음은 '저.' 상수리나무, 떡갈나무. 郭璞은 "杼, 音櫟柱之柱"
   라 함. 袁珂는 "杼見《爾雅》釋木郭注云:「柞樹.」"라 함.
【睢水】郭璞은 "睢, 音癰疽之疽"라 함.
【丹粟】좁쌀 크기의 작은 알갱이 형태의 丹沙. 丹沙는 朱沙(朱砂)의 일종으로
   藥用과 顔料로 사용함. 郭璞은 "細丹沙如粟也"라 함.
【文魚】郭璞은 "有斑彩也"라 하였고, 袁珂는 "《楚辭》九歌河伯云:「乘白黿兮,
   逐文魚.」當卽此"라 함.

363(5-8-2) 형산荊山

동북쪽으로 1백 리에 형산荊山이 있다.

그 산 북쪽에는 철이 많고 남쪽에는 적금赤金이 많다. 그리고 그 산에는 이우犛牛가 많으며 표범과 호랑이도 많다. 그곳의 나무는 주로 소나무와 잣나무가 많으며, 그곳의 풀은 대나무가 많고 귤나무와 유자나무가 많다.

장수漳水가 그 산에서 발원하여 동남쪽으로 흘러 저수雎水로 들어간다. 그 물에는 황금이 많고 교어鮫魚가 많으며, 그곳의 짐승으로는 산당나귀와 미록이 많다.

東北百里, 曰荊山.

其陰多鐵, 其陽多赤金; 其中多犛牛, 多豹虎; 其木多松柏, 其草多竹, 多橘櫾.

漳水出焉, 而東南流注于雎, 其中多黃金, 多鮫魚; 其獸多閭麋.

교어(鮫魚)

【犛牛】일종의 牦牛(旄牛). 야크의 일종. 지금 雲南과 티베트에 이러한 소들이 있음. 郭璞은 "旄牛屬也. 黑色, 出西南徼外也. 音狸, 一音來"라 함.

【橘櫾】귤나무와 유자나무. 櫾는 '柚'자와 같음. 郭璞은 "櫾, 似橘而大也. 皮厚味酸"이라 함. 袁珂는 "櫾, 本字作柚. 黃丕烈·周叔弢校本云:「多橘櫾竝傳十字應在其草多竹上.」"이라 함. 곽박《圖讚》에는 "厥苞橘櫾, 奇者維甘. 朱實金鮮, 葉蒨翠藍. 靈均是詠, 以爲美談"이라 함.

【鮫魚】요즈음의 상어(鯊魚). 郭璞은 "鮫, 鮒魚類也"라 하였으나 郝懿行은
"鮫魚, 卽今沙魚"라 함. 곽박《圖讚》에 "魚之別屬, 厥號曰鮫. 珠皮毒尾, 匪鱗
匪毛, 可以錯角, 兼飾劒刀"라 함.

【閭】산당나귀. 산노새. '閭'는 '驢'의 가차자. 羬, 山驢. 郭璞은 "閭卽羬也, 似驢
而岐蹄, 角如麢羊, 一名山驢.《周書》曰:「北唐以閭.」"라 함.

【麋】袁珂는 "按: 經文'麋', 王念孫·郝懿行竝校作'塵', 郭璞云:「似鹿而大也.」"
라 함.

364(5-8-3) 교산驕山

다시 동북쪽으로 1백50리에 교산驕山이 있다.

그 산 위에는 옥이 많으며 산 아래에는 청확青臒이 많다. 그곳의 나무는
주로 소나무와 잣나무가 많으며 도지죽桃枝竹과 구단죽鉤端竹이 많다. 그
곳에는 타위蠱圍라는 신이 살고 있다. 그 신의 모습은 사람 얼굴에 양의
뿔과 호랑이 발톱을 가지고 있다. 그는 항상 저수雎水와 장수漳水 사이의
못에서 놀기를 좋아하며 그가 출입할 때면 빛이 난다.

又東北百五十里, 曰驕山.

其上多玉, 其下多青臒, 其木多松柏, 多桃枝鉤端. 神蠱圍
處之, 其狀如人面, 羊角虎爪, 恒遊于雎漳之淵, 出入有光.

【青臒】 '臒'은 돌에서 나는 油脂의 일종. 石脂.《說文》에
  "臒, 善丹也"라 함. 고대 아주 중요한 顏料로 사용하였다
  함. 青臒은 푸른색 안료로 쓸 수 있음.
【桃枝】 가는 대나무 이름. 桃枝竹.
【鉤端】 나무 이름. 鉤端竹.
【神蠱圍處之】 郭璞은 "蠱, 音鼉魚之鼉"라 하였고, 汪紱은
  "蠱, 音陀"라 함. 곽박《圖讚》에 "涉蠱三脚, 蠱圍虎爪. 計蒙
  龍首, 獨稟異表. 升降風雨, 茫茫渺渺"라 함.
【淵】 郭璞은 "淵, 水之府奧也"라 함.

타위(蠱圍)

365(5-8-4) 여궤산 女几山

다시 동북쪽으로 1백20리에 여궤산 女几山이 있다.

그 산 위에는 옥이 많으며 산 아래에는 황금이 많다. 그곳의 짐승으로는
주로 표범과 호랑이가 많으며 산당나귀와 경록慶鹿, 궤록麂鹿 등이 많다.
그곳의 새는 주로 백교白鷠가 많고 적조翟鳥, 짐조鴆鳥가 많다.

又東北百二十里, 曰女几之山.
其上多玉, 其下多黃金, 其獸多豹虎, 多閭
麋麖麂, 其鳥多白鷠, 多翟, 多鴆.

짐조(鴆鳥)

【女几山】386에도 '女几山'이 있음.

【閭】산당나귀. 산노새. '閭'는 '驢'의 가차자. 羭, 山驢. 郭璞은 "閭卽羭也, 似
驢而岐蹄, 角如麢羊, 一名山驢.《周書》曰:「北唐以閭.」"라 함.

【白鷠】郭璞은 "鷠似雉而長尾, 走且鳴, 音驕"라 함.

【翟】꼬리가 긴 꿩의 일종. 郭璞은 "翟, 似雉而大, 長尾. 或作鴉; 鴉, 雕屬也"
라 함.《文選》東京賦 薛綜의 주에 이 문장을 인용하면서 '翟'은 '鶴'이라
하였고, '五采'는 '五色'이라 하였음.

【鴆】전설 속의 毒鳥. 깃털에 猛毒이 있어 이를 술에 타서 사람을 죽일 수
있음. 흔히 독살용으로 사용함. 郭璞은 "鴆, 大如鵰, 紫綠色, 長頸赤喙, 食
蝮蛇頭, 雄名雲日, 雌名陰諧也"라 하였고, 郝懿行은 "《說文》云:「鴆, 毒鳥
也. 一名雲日.」《廣雅》云:「鴆鳥, 其雄謂之雲日, 其雌謂之陰諧.」是郭所本也.
郭云'大如鵰',《廣韻》引《廣志》云'大如鴞', 疑誤也. ……食蝮蛇, 體有毒, 古人
謂之鴆毒"이라 함. 곽박《圖讚》에 "蝮維毒魁, 鴆鳥是噉. 拂翼鳴林, 草瘁水
慘. 羽行隱戮, 厥罰難犯"이라 함.

366(5-8-5) 의제산宜諸山

다시 동북쪽으로 2백 리에 의제산宜諸山이 있다.

그 산 위에는 금과 옥이 많으며 산 아래에는 청확靑雘이 많다.

궤수洈水가 그 산에서 발원하여 남쪽으로 흘러 장수漳水로 들어간다.
그 물에는 백옥白玉이 많다.

又東北二百里, 曰宜諸之山.

其上多金玉, 其下多靑雘.

洈水出焉, 而南流注于漳, 其中多白玉.

【洈水】郭璞은 "洈, 音詭"라 하여 '궤수'로 읽음. 본음은 '위.'

【靑雘】'雘'은 돌에서 나는 油脂의 일종. 石脂. 《說文》에 "雘, 善丹也"라 함.
 고대 아주 중요한 顔料로 사용하였다 함. 靑雘은 푸른색 안료로 쓸 수 있음.

367(5-8-6) 윤산綸山

다시 동북쪽으로 2백 리에 윤산綸山이 있다.

그 산의 나무는 주로 자수梓樹와 남수枏樹가 많고 도지죽桃枝竹이 많으며, 사수柤樹, 율수栗樹, 귤수橘樹, 유수櫾樹도 많다. 그곳의 짐승은 주로 산당나귀와 주록麈鹿, 영양麢羊, 작臭 등이 많다.

又東北二百里, 曰綸山.

其木多梓枏, 多桃枝, 多柤栗橘櫾, 其獸多閻麈麢臭.

【枏】 '枏'은 '柟', '楠'자의 異體字, 楠樹. 郭璞은 "枏, 大木, 葉似桑, 今作楠, 音南" 이라 함.
【柤】 山楂樹. 산사나무. 郭璞은 "柤, 似梨而酢濇"이라 함.
【橘櫾】 귤과 柚子나무. '櫾'는 '柚'의 이체자임.
【閻麈麢臭】 '閻'는 산당나귀. 麈는 麈鹿, 고라니. 일명 駝鹿이라 함. 麢은 '羚'과 같음 羚羊. 臭은 짐승의 일종으로 모습은 토끼와 같으며 사슴의 발을 가지고 있다 함. 郭璞은 "臭, 似菟而鹿足, 靑色, 音綽"이라 하여 '작'으로 읽음. 원음은 '착.'

368(5-8-7) 육궤산陸郞山

다시 동쪽으로 2백 리에 육궤산陸郞山이 있다.

그 산 위에는 저부瑈珼라는 옥이 많으며 산 아래에는 악토堊土가 많다. 그곳의 나무는 주로 유수杻樹와 강수橿樹가 많다.

又東二百里, 曰陸郞之山.

其上多瑈珼之玉, 其下多堊, 其木多杻橿.

【陸郞之山】汪紱은 "郞, 音跪"라 하여 '궤'로 읽음.

【瑈珼】'저부'라 불리는 옥. 瑈는 《集韻》에 反切로 '抽居切'(처/저)과 '通都切' (토/도) 두 음이 있음. 여기서는 잠정적으로 '저부'로 읽음. 이 옥은 구체적으로 어떤 형태인지 알 수 없음. 郭璞은 "瑈珼, 玉名, 所未詳也"라 함. 郝懿行은 "《說文》引孔子曰:「美哉! 瑈瑤. 遠而望之, 奐若也; 近而視之, 瑟若也. 一則 理勝, 一則孚勝.」此經瑈珼, 古字所無, 或卽瑈瑤之字, 當由聲轉. 若系理孚之文, 又爲形變也. 古書多假借, 疑此二義似爲近之"라 함.

【杻橿】'杻'는 감탕나무, 혹은 冬靑이라고도 하며 본음은 '뉴'. 杻樹. '橿'은 역시 나무 이름으로 橿樹. 혹 감탕나무의 일종이라고 함. 郭璞은 "杻似棣 而細葉, 一名土橿. 音紐; 橿, 木中車材, 音姜"이라 함. 杻樹(뉴수)는 棠棣 나무와 같으며 橿樹는 수레를 만드는 데에 사용하는 나무.

369(5-8-8) 광산光山

다시 동쪽으로 1백30리에 광산光山이 있다.

그 산 위에는 벽옥碧玉이 많으며 산 아래에는 나무(물)가 많다. 계몽計蒙이라는 신이 그곳에 살고 있다. 그 신의 형상은 사람 몸에 용의 머리를 하고 있으며 항상 장수漳水의 깊은 못에 놀기를 좋아한다. 그가 출입할 때면 반드시 표풍飄風이 일어나고 폭우暴雨가 쏟아진다.

又東百三十里, 曰光山.

其上多碧, 其下多木. 神計蒙處之, 其狀人身而龍首,
}恒遊于漳淵, 出入必有飄風暴雨.

【其下多木】 郝懿行은 "木, 疑水字之譌"라 하였고, 袁珂는
　"按: 王念孫亦校作水, 汪紱本木字正作水"라 함. 臺灣 三民
　本은 '水'자로 고쳐져 있음.
【計蒙】 신의 이름. 곽박 《圖讚》에 "涉蠱三脚, 蠱圍虎爪. 計蒙
　龍首, 獨稟異表. 升降風雨, 茫茫渺渺"라 함.

계몽(計蒙)

370(5-8-9) 기산岐山

다시 동쪽으로 1백50리에 기산岐山이 있다.

그 산 남쪽에는 적금赤金이 많고, 산 북쪽에는 백민白珉이 많이 난다. 산 위에는 금과 옥이 많으며 산 아래에는 청확靑雘이 많다. 그 산의 나무는 주로 저수樗樹가 많다. 섭타涉蟲라는 신이 그곳에 살며 그 신의 모습은 사람 몸에 얼굴이 네모지고 발이 셋이다.

又東百五十里, 曰岐山.

其陽多赤金, 其陰多白珉; 其上多金玉, 其下多靑雘, 其木多樗. 神涉蟲處之, 其狀人身而方面三足.

【白珉】'白瑉'과 같음. 郭璞은 "石似玉者, 音旻"이라 하였고, 郝懿行은 《說文》云:「珉, 石之美者, 通作瑉.」이라 함.
【靑雘】'雘'은 돌에서 나는 油脂의 일종. 石脂.《說文》에 "雘, 善丹也"라 함. 고대 아주 중요한 顔料로 사용하였다 함. 靑雘은 푸른색 안료로 쓸 수 있음.
【涉蟲】신의 이름. 섭타. 郭璞은 "蟲, 徒何切"이라 함. 364의 '神蟲圍處之'에서 郭璞은 "蟲, 音鼉魚之鼉"라 하였고, 汪紱은 "蟲, 音陀"라 하여 같은 글자임. 곽박《圖讚》에 "涉蟲三脚, 蟲圍虎爪. 計蒙龍首, 獨稟異表. 升降風雨, 茫茫渺渺"라 함.

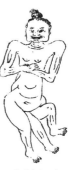

섭타(涉蟲)

371(5-8-10) 동산銅山

다시 동쪽으로 1백30리에 동산銅山이 있다.

그 산 위에는 금과 은, 철이 많으며 그곳의 나무는 주로 곡수穀樹, 작수柞樹, 사수柤樹, 율수栗樹, 굴수橘樹, 유수櫾樹 등이 많다. 그곳의 짐승으로는 작㺮이 많다.

又東百三十里, 曰銅山.

其上多金銀鐵, 其木多穀柞柤栗橘櫾, 其獸多㺮.

【銅山】郝懿行은 "銅山, 蓋以所産三物得名"이라 함.

【穀】構와 같음. 構樹. 나무 이름. 그 열매가 곡식 낟알 같아 穀樹라 한다 함. '穀'과 '構'는 고대 同聲이었으며 雙聲互訓으로 쓴 것. 그러나 郭璞 注에는 "穀, 楮也, 皮作紙. 璨曰: 「穀亦名構, 名穀者, 以其實如穀也.」"라 함. 한편 郝懿行은 "陶宏景注《本草經》云: 「穀卽今構樹也. 穀構同聲, 故穀亦名構.」"라 함.

【柞】櫟樹의 다른 이름. 郭璞은 "柞, 櫟"이라 함. 상수리나무, 떡갈나무의 일종.

【櫾】유자나무. 櫾는 柚와 같음.

【㺮】짐승 이름. 아롱. 온몸에 꽃무늬를 가지고 있는 표범의 일종이라 함. 郭璞은 "㺮, 音之葯反"이라 하였고, 郝懿行은 "玉篇云: 「㺮, 獸, 豹文.」音與郭同"이라 함. 한편 본장의 郝懿行 〈箋疏〉에는 "㺮, 本或作豹, 非. 㺮音灼, 豹文獸也. 見〈西次二經〉厎陽之山(075)."이라 함. 袁珂는 "按: 吳任臣·畢沅本作豹"라 함.

372(5-8-11) 미산美山

다시 동북쪽으로 백 리에 미산美山이 있다.

그곳의 짐승으로는 주로 외뿔소와 들소가 많으며 산당나귀와 주록塵鹿, 그리고 돼지와 사슴이 많다.

그 산 위에는 금이 많으며 산 아래에는 청확青雘이 많다.

又東北一百里, 曰美山.

其獸多兕牛, 多閭塵, 多豕鹿.

其上多金, 其下多青雘.

【兕】 흔히 '犀兕'를 병렬하여 제시함으로써 야생의 거친 물소를 뜻하는 것으로 봄. 일설에 '犀'는 돼지처럼 생겼으며, '兕'는 암컷 犀라고도 함. 그러나 이 책에서는 둘을 별개의 동물로 보아 兕는 외뿔소를 가리키는 것으로 여겼음.

【閭】 산당나귀. 산노새. '閭'는 '驢'의 가차자. 羬, 山驢. 郭璞은 "閭卽羬也, 似驢 而岐蹄, 角如麢羊, 一名山驢. 《周書》曰:「北唐以閭.」"라 함.

【青雘】 '雘'은 돌에서 나는 油脂의 일종. 石脂. 《說文》에 "雘, 善丹也"라 함. 고대 아주 중요한 顏料로 사용하였다 함. 青雘은 푸른색 안료로 쓸 수 있음.

【塵】 큰 사슴의 일종. 고라니. 일명 駝鹿이라고도 함.

373(5-8-12) 대요산大堯山

다시 동북쪽으로 1백 리에 대요산大堯山이 있다.

그곳의 나무는 주로 소나무와 잣나무가 많으며, 자수梓樹와 상수桑樹가 많고, 궤수机樹도 많다. 그곳의 풀은 주로 대나무가 많다. 그곳의 짐승은 주로 표범, 호랑이, 영양과 작麠이 많다.

又東北百里, 曰大堯之山.

其木多松柏, 多梓桑, 多机, 其草多竹, 其獸多豹虎麢麠.

【机】袁珂는 "按: 机卽樋. 而見上文〈北山經〉首單狐之山(126)"이라 함. 樋樹는 오리나무의 일종. 落葉喬木으로 목질이 단단하며 성장속도가 빨라 재목으로 이용한다 함.〈北山經〉(126)에 "北山經之首, 曰單狐之山. 多机木, 其上多華草" 라 함. 郭璞은 "机木似楡, 可燒以糞稻田, 出蜀中, 音飢"라 하여 '기/궤'로 읽음. 한편 楊愼은 "卽今之樋也"라 하여 오리나무로 보았음.
【麢麠】麢은 羚羊. 麠은 짐승의 일종으로 모습은 토끼와 같으며 사슴의 발을 가지고 있다 함. 郭璞은 "麠, 似菟而鹿足, 靑色, 音綽"이라 하여 '작'으로 읽음. 원음은 '착.'

374(5-8-13) 영산靈山

다시 동북쪽으로 3백 리에 영산靈山이 있다.

그 산 위에는 금과 옥이 많으며 산 아래에는 청확靑雘이 많다. 그곳의 나무는 주로 복숭아나무, 오얏나무, 매화나무, 그리고 살구나무가 많다.

又東北三百里, 曰靈山.

其上多金玉, 其下多靑雘. 其木多桃李梅杏.

【靑雘】 '雘'은 돌에서 나는 油脂의 일종. 石脂. 《說文》에 "雘, 善丹也"라 함. 고대 아주 중요한 顔料로 사용하였다 함. 靑雘은 푸른색 안료로 쓸 수 있음.
【桃李梅杏】 복숭아, 오얏, 매화, 살구나무 등.

375(5-8-14) 용산龍山

다시 동북쪽으로 70리에 용산龍山이 있다.
산 위에는 우목寓木이라는 기생 식물이 많으며, 그 산 위에는 벽옥碧玉이 많고 산 아래에는 적석赤錫이 많다. 그곳의 풀은 주로 도지죽桃枝竹과 구단죽鉤端竹이 많다.

又東北七十里, 曰龍山.
上多寓木, 其上多碧, 其下多赤錫, 其草多桃枝鉤端.

【寓木】寄生木. 宛童. '寓'는 흔히 '寄生'의 뜻으로 쓰임. 郭璞은 "寄生也, 一名
  宛童, 見《爾雅》"라 함.
【桃枝鉤端】桃枝竹과 鉤端竹(勾端竹). 둘 모두 대나무 종류.

376(5-8-15) 형산衡山

다시 동남쪽으로 50리에 형산衡山이 있다.
산 위에는 우목寓木의 기생 식물과 곡수穀樹, 작수柞樹가 많으며, 황악
黃堊과 백악白堊의 악토가 많다.

又東南五十里, 曰衡山.
上多寓木穀柞, 多黃堊白堊.

【衡山】 같은 이름의 衡山은 444, 852 등 세 곳이 있음.
【寓木】 宛童. 기생 식물의 일종.
【穀】 構와 같음. 構樹. 나무 이름. 그 열매가 곡식 낟알 같아 穀樹라 한다 함.
 '穀'과 '構'는 고대 同聲이었으며 雙聲互訓으로 쓴 것. 그러나 郭璞 注에는 "穀,
 楮也, 皮作紙. 璨曰:「穀亦名構, 名穀者, 以其實如穀也.」"라 함. 한편 郝懿行은
 "陶宏景注《本草經》云:「穀卽今構樹也. 穀構同聲, 故穀亦名構.」"라 함.
【柞】 櫟樹의 다른 이름. 郭璞은 "柞, 櫟"이라 함. 상수리나무, 떡갈나무의 일종.

377(5-8-16) 석산石山

다시 동남쪽으로 70리에 석산石山이 있다.

그 산 위에는 금이 많으며 산 아래에는 청확靑雘이 많고, 우목寓木이라는 기생 식물이 많다.

又東南七十里, 曰石山.

其上多金, 其下多靑雘, 多寓木.

【靑雘】 '雘'은 돌에서 나는 油脂의 일종. 石脂. 《說文》에 "雘, 善丹也"라 함. 고대 아주 중요한 顔料로 사용하였다 함. 靑雘은 푸른색 안료로 쓸 수 있음.

【寓木】 기생 식물. 이름을 宛童이라고도 함.

378(5-8-17) 약산若山

다시 남쪽으로 1백20리에 약산若山이 있다.

그 산 위에는 저부璚琈라는 옥이 많으며 자토赭土가 많고 봉석封石이 많으며 우목寓木이 많고, 자수柘樹가 많다.

又南百二十里, 曰若山.

其上多璚琈之玉, 多赭, 多封石, 多寓木, 多柘.

【若山】 郭璞은 "若, 或作前"이라 함. 글자가 비슷하여 混淆를 일으킨 것.

【璚琈】 '저부'라 불리는 옥. 璚는 《集韻》에 反切로 '抽居切'(처/저)과 '通都切' (토/도) 두 음이 있음. 여기서는 잠정적으로 '저부'로 읽음. 이 옥은 구체적으로 어떤 형태인지 알 수 없음. 郭璞은 "璚琈, 玉名, 所未詳也"라 함. 郝懿行은 《說文》引孔子曰: 「美哉! 璵璠. 遠而望之, 奐若也; 近而視之, 瑟若也. 一則理勝, 一則孚勝.」 此經璚琈, 古字所無, 或卽璵璠之字, 當由聲轉. 若系理孚之文, 又爲形變也. 古書多假借, 疑此二義似爲近之"라 함.

【多赭】 郭璞은 "赭, 赤土"라 함.

【邽石】 404의 封石과 같음. '邽'와 '封'은 글자가 비슷하여 혼효를 일으키고 있음. 약재로 쓰이는 암석으로 味甘, 無毒의 성질을 가지고 있음.

【寓木】 기생 식물. 이름을 宛童이라고도 함.

【柘】 산뽕나무.

379(5-8-18) 체산嶶山

다시 동남쪽으로 1백20리에 체산嶶山이 있다.
아름다운 돌이 많고 자수柘樹가 많다.

又東南一百二十里, 曰嶶山.
多美石, 多柘.

【柘】 산뽕나무. 음은 '자.'

380(5-8-19) 옥산玉山

다시 동남쪽으로 1백50리에 옥산玉山이 있다.

그 산 위에는 금과 옥이 많고 산 아래에는 벽옥碧玉과 철이 많다. 그 산의 나무는 주로 잣나무가 많다.

又東南一百五十里, 曰玉山.

其上多金玉, 其下多碧·鐵, 其木多柏.

【玉山】 같은 이름의 玉山은 092. 397에도 있음.

【其木多柏】 郭璞은 "柏, 一作栢"라 함. 栢는 졸참나무.

381(5-8-20) 환산謹山

다시 동남쪽으로 70리에 환산謹山이 있다.

그 산의 나무는 주로 단수檀樹가 많으며 규석邽石이 많고 백석白錫이 많다.

욱수郁水가 그 산 위에서 발원하여 땅속을 흘러 아래로 내려간다. 그 물에는 지려砥礪가 많다.

又東南七十里, 曰謹山.

其木多檀, 多邽石, 多白錫.

郁水出于其上, 潛于其下, 其中多砥礪.

【邽石】404의 封石과 같음. '邽'와 '封'은 글자가 비슷하여 混淆를 일으키고 있음. 약재로 쓰이는 암석으로 味甘, 無毒의 성질을 가지고 있음.
【砥礪】숫돌을 만들 수 있는 돌. 질이 미세한 돌을 '砥'라 하며, 거친 돌을 '礪'라 한다 함. 郭璞은 "磨石也, 精爲砥, 粗爲礪"라 함.

382(5-8-21) 인거산仁擧山

다시 동북쪽으로 1백50리에 인거산仁擧山이 있다.
그곳의 나무는 주로 곡수穀樹와 작수柞樹가 많으며 산 남쪽에는 적금赤金이 많고, 산 북쪽에는 자토赭土가 많다.

又東北百五十里, 曰仁擧之山.
其木多穀柞, 其陽多赤金, 其陰多赭.

【穀】構와 같음. 構樹. 나무 이름. 그 열매가 곡식 낟알 같아 穀樹라 한다 함.
'穀'과 '構'는 고대 同聲이었으며 雙聲互訓으로 쓴 것. 그러나 郭璞 注에는 "穀,
楮也, 皮作紙. 璨曰: 「穀亦名構, 名穀者, 以其實如穀也.」"라 함. 한편 郝懿行은
"陶宏景注《本草經》云: 「穀卽今構樹也. 穀構同聲, 故穀亦名構.」"라 함.
【柞】櫟樹의 다른 이름. 郭璞은 "柞, 櫟"이라 함. 상수리나무, 떡갈나무의 일종.
【赭】자토, 붉은색의 흙.

383(5-8-22) 사매산師每山

다시 동쪽으로 50리에 사매산師每山이 있다.

그 산 남쪽에는 지려砥礪가 많으며, 북쪽에는 청확靑臒이 많다. 그곳의 나무는 잣나무가 많으며, 단수檀樹와 자수柘樹가 많고, 그곳의 풀은 주로 대나무가 많다.

又東五十里, 曰師每之山.

其陽多砥礪, 其陰多靑臒; 其木多柏, 多檀, 多柘, 其草多竹.

【砥礪】숫돌을 만들 수 있는 돌. 질이 미세한 돌을 '砥'라 하며, 거친 돌을 '礪'라 한다 함. 郭璞은 "磨石也, 精爲砥, 粗爲礪"라 함.

【靑臒】'臒'은 돌에서 나는 油脂의 일종. 石脂.《說文》에 "臒, 善丹也"라 함. 고대 아주 중요한 顏料로 사용하였다 함. 靑臒은 푸른색 안료로 쓸 수 있음.

【柘】산뽕나무.

384(5-8-23) 금고산琴鼓山

다시 동남쪽으로 2백 리에 금고산琴鼓山이 있다.

그곳의 나무는 주로 곡수穀樹와 작수柞樹, 초수椒樹, 자수柘樹가 많다. 그 산 위에는 백민白珉이 많고 산 아래에는 세석洗石이 많다.

그곳의 짐승은 주로 돼지와 사슴이 많으며 흰 물소도 많다. 그곳의 새는 주로 짐조鴆鳥가 많다.

又東南二百里, 曰琴鼓之山.

其木多穀柞椒柘, 其上多白珉, 其下多洗石.

其獸多豕鹿, 多白犀, 其鳥多鴆.

【椒】郭璞은 "椒, 爲樹小而叢生"이라 함. 곽박《圖讚》에 "椒之灌殖, 實繁有倫. 拂穎霑霜, 朱實芬辛. 服之洞見, 可以通神"이라 함.

【穀】構와 같음. 構樹. 나무 이름. 그 열매가 곡식 낟알 같아 穀樹라 한다 함. '穀'과 '構'는 고대 同聲이었으며 雙聲互訓으로 쓴 것. 그러나 郭璞 注에는 "穀, 楮也, 皮作紙. 璨曰:「穀亦名構, 名穀者, 以其實如穀也.」"라 함. 한편 郝懿行은 "陶宏景注《本草經》云:「穀卽今構樹也. 穀構同聲, 故穀亦名構.」"라 함.

【柞】櫟樹의 다른 이름. 郭璞은 "柞, 櫟"이라 함. 상수리나무, 떡갈나무의 일종.

【白珉】'白瑉'과 같음. 郭璞은 "石似玉者, 音旻"이라 하였고, 郝懿行은 "《說文》云:「珉, 石之美者, 通作瑉.」"이라 함.

【洗石】때를 벗기거나 물건을 세탁할 때 쓰는 돌. 〈西山經〉(044)에 "其上多松, 其下多洗石"이라 함.

【鴆】전설 속의 毒鳥. 깃털에 猛毒이 있어 이를 술에 타서 사람을 죽일 수 있음. 흔히 독살용으로 사용함. 郭璞은 "鴆, 大如鵰, 紫綠色, 長頸赤喙, 食蝮蛇頭, 雄名雲日, 雌名陰諧也"라 하였고, 郝懿行은 "《說文》云:「鴆, 毒鳥也. 一名雲日.」《廣雅》云:「鴆鳥, 其雄謂之雲日, 其雌謂之陰諧.」是郭所本也. 郭云 '大如鵰',《廣韻》引《廣志》云'大如鶚', 疑誤也. ……食蝮蛇, 體有毒, 古人謂之 鴆毒"이라 함.

385(5-8-24) 형산荆山 산계

무릇 형산荆山 산계의 시작은 경산景山으로부터 금고산琴鼓山에 이르기까지 모두 23개 산이며 2천8백90리이다.

그곳의 신들은 모두가 새의 몸에 사람의 얼굴을 하고 있다.

그들에게 제사를 올릴 때에는 수탉 한 마리로써 기도를 하고 이를 땅에 묻어준다. 그리고 조규藻圭하나를 사용하며 제사에 사용하는 정미精米는 도미稌米를 사용한다.

교산驕山은 그 산계의 총재이다. 그 산에게 제사를 올릴 때에는 술과 소뢰少牢를 갖추되 기도하고 이를 땅에 묻는다. 둘레에 벽옥璧玉 하나를 진열한다.

凡荆山之首, 自景山至琴鼓之山. 凡二十三山, 二千八百九十里.

其神狀皆鳥身而人面.

其祠: 用一雄雞祈瘞, 用一藻圭, 糊用稌.

驕山. 冢也, 其祠: 用羞酒少牢祈瘞, 嬰毛一璧.

조신인면(鳥身人面)

【用一雄雞祈瘞】郭璞은 "禱請已薶之也"이라 함.

【嬰毛一璧】'嬰毛'는 '嬰用'의 오기. 袁珂는 "江紹原《中國古代旅行之硏究》謂當系'嬰用'之誤, 是也. 嬰爲以玉獻神之專稱, '嬰用一璧'者, 以一璧祠祭于神也. 準此, 上文'用一藻玉', 亦疑當作'嬰用一藻玉', 脫'嬰'字"라 함.

5-9. 中次九經

〈岷山周邊山水〉明 蔣應鎬 圖本

386(5-9-1) 여궤산女几山

    중앙을 경유하게 되는 아홉 번째의 민산岷山 산계의 시작은 여궤산女几山이다.

    그 산 위에는 석녈石涅이 많으며, 그곳의 나무는 주로 유수杻樹와 강수櫃樹가 많고, 그곳의 풀은 주로 국화와 삽주가 많다.

    낙수洛水가 그 산에서 발원하여 동쪽으로 강수江水로 흘러들어 간다. 그 물에는 웅황雄黃이 많고, 그곳의 짐승은 주로 호랑이와 표범이 많다.

中次九經岷山之首, 曰女几之山.

其上多石涅, 其木多杻櫃, 其草多菊茈.

洛水出焉, 東注于江, 其中多雄黃, 其獸多虎豹.

【岷山】 郭璞 《圖讚》에 "岷山之精, 上絡東井. 始出一勺, 終致森冥. 作紀南夏, 天清地靜"이라 함.

【女几】 365에도 '女几山'이 있음.

【石涅】 石墨. 顏料나 塗料로 사용하는 광물. 吳任臣의 〈廣注〉에 "《本草》: 「黑石之一名石墨, 一名石涅, 南人謂之畫眉石.」 楊愼《山海經補注》曰: 「石涅可以染黑色;《論語》'涅而不淄', 卽此物也. 又可以書字, 謂之石墨.」"이라 함.

【菊茈】 郝懿行은 "大菊, 瞿麥, 見《爾雅》"라 함.

【東注于江】 마땅히 "東流注于江"이어야 함.

【雄黃】 일종의 광물로 染料로 사용하며 藥用으로도 씀.

387(5-9-2) 민산岷山

다시 동북쪽으로 3백 리에 민산岷山이 있다.

강수江水가 이 산에서 발원하여 동북쪽으로 흘러 바다로 들어간다. 그 물에는 양구良龜가 많고 타鼉가 많다. 그 산 위에는 금과 옥이 많으며 산 아래에는 백민白瑉이 많다.

그곳의 나무는 매화나무와 당목棠木이 많으며, 그곳의 짐승은 주로 물소와 코끼리가 많고, 기우夔牛가 많다. 그곳의 새는 주로 백한白翰과 적별赤鷩이 많다.

又東北三百里, 曰岷山.

江水出焉, 東北流注于海, 其中多良龜, 多鼉.

其上多金玉, 其下多白瑉, 其木多梅棠, 其獸多犀象, 多夔牛, 其鳥多翰鷩.

타(鼉)

【鼉】민물에 사는 鰐魚의 일종. 속칭 豬婆龍, 혹 揚子鰐이라 부름. 郭璞은 "似蜥蜴. 大者長二丈, 有鱗彩, 皮可以冒鼓"라 함. 袁珂는 "按:《呂氏春秋》古樂 篇云:「帝顓頊乃令鱓先爲樂倡, 鱓乃偃寢, 以其尾鼓其腹, 其音英英.」鱓音駝, 卽鼉之或字, 是關于鼉之神話也"라 함.

【夔牛】들소의 일종. 크기가 매우 큰 소. 郭璞은 "今蜀山中有大牛, 重數千斤, 名爲夔牛, 卽《爾雅》所謂犚"라 하였고, 袁珂는 "按: 郭注犚, 今本爾雅釋畜作犛"

라 함. 郭璞 《圖讚》에 "西南巨牛, 出自江岷. 體若垂雲, 肉盈千鈞. 雖有逸力,
難以揮輪"이라 함.

【翰】 '白翰', '白鵫.' 흰색의 꿩. 고대인은 상서로운 새로 여겼음. 郭璞은 "白翰,
白鵫也, 亦名鶾雉, 又曰白鵫"라 함.

【赤鷩】 붉은 깃털을 하고 있는 꿩의 일종. 郭璞은 "鷩, 音閉, 卽鷩雉也"라
하여 '적폐'로 읽도록 하였으나 047의 郭璞注 "赤鷩, 山鷄之屬. 胸腹洞赤,
冠金皆黃頭綠, 尾中有赤毛彩鮮明. 音作弊, 或作鱉"이라 하여 '폐', 혹은 '별'로
읽도록 한 것에 따라 역자는 책 전체에서 '별'로 읽음.

388(5-9-3) 내산峽山

다시 동북쪽으로 1백40리에 내산峽山이 있다.

강수江水가 그 산에서 발원하여 동쪽으로 흘러 대강大江으로 들어간다.

그 산 남쪽에는 황금이 많으며 북쪽에는 미록麋鹿과 주록麈鹿이 많다.

그 산의 나무는 주로 단수檀樹와 자수柘樹가 많으며, 그곳의 풀로는 주로 해초韰草와 부추가 많고, 요초藥草와 공탈空奪이 많다.

又東北一百四十里, 曰峽山.

江水出焉, 東流注于江.

其陽多黃金, 其陰多麋麈, 其木多檀柘, 其草多韰韭, 多藥·
空奪.

【峽山】郭璞 《圖讚》에 "邛峽峻嶮, 其坂九折. 王陽逡巡, 王尊逞節. 殷有三仁,
漢稱二哲"이라 함.

【東流注江】〈汪紱本〉과 〈畢沅本〉, 그리고 王念孫은 모두 '東流注于江'이라
하여 '于'자가 더 있음.

【麈】큰 사슴의 일종. 고라니. 일명 駝鹿이라고도 함.

【韰韭】'韰'은 '薤'와 같은 글자. 염교라는 여러해살이 풀. '韭'는 '韮'와 같으며
부추를 말함.

【藥】'藥'은 '요'로 읽음. 원음은 '약.' 구릿대라는 藥用植物. 뿌리를 '白芷'라
하며 잎을 '藥'라 함. 그리고 전체를 함께 일컬을 때 '백지'라 함. 郭璞은

"藥, 白芷別名. 藥音鳥較反"이라 하여 '요로 읽도록 하였고, 袁珂는 "按: 藥, 白芷也. 已見上文〈西次三經〉號山(112)"이라 함.

【空奪】蔻脫. 속칭 '通草'라 하며 역시 약용으로 사용함. '空'과 '蔻'는 古代 雙聲관계, '奪'과 '脫'은 동음. 汪紱은 "空奪卽蔻脫也"라 하였고, 袁珂는 "按: 汪說疑是. 蔻脫已見上文〈中次五經〉升山(324)"이라 함.

389(5-9-4) 거산崌山

다시 동쪽으로 1백50리에 거산崌山이 있다.

강수江水가 그 산에서 발원하여 동쪽으로 흘러 대강大江으로 들어간다. 그 물에는 괴이한 뱀이 많으며, 지어鱀魚가 많다. 그곳의 나무는 주로 추수楢樹와 유수杻樹가 많고, 매화나무와 자수梓樹가 많다. 그곳의 짐승은 주로 기우夔牛와 영양, 작夔, 사슴, 물소, 외뿔소가 많다.

그곳에 새가 있으니 그 형상은 마치 효조鴞鳥와 같으나 붉은 몸에 흰머리를 가지고 있다. 그 이름을 절지竊脂라 하며 화재를 막을 수 있다.

又東一百五十里, 曰崌山.

江水出焉, 東流注于大江, 其中多怪蛇, 多鱀魚, 其木多楢杻, 多梅梓, 其獸多夔牛廳夔犀兕.

有鳥焉, 狀如鴞而赤身白首, 其名曰竊脂, 可以禦火.

절지(竊脂)

【怪蛇】郭璞은 "今永昌郡有鉤蛇, 長數丈, 尾岐, 在水中鉤取岸上人·牛·馬啖之. 又呼馬絆蛇, 謂此類也"라 함.

【鱀魚】郭璞은 "鱀, 音贊, 未聞"이라 함. 물고기 이름.

【楢】郭璞은 "楢, 剛木也, 中車材. 音秋"라 하여 '추'로 읽도록 하였음. 원음은 '유.'

【夐】짐승의 일종으로 모습은 토끼와 같으며 사슴의 발을 가지고 있다 함.
郭璞은 "夐, 似菟而鹿足, 靑色, 音綽"이라 하여 '작'으로 읽음. 원음은 '착.'

【兕】흔히 '犀兕'를 병렬하여 제시함으로써 야생의 거친 물소를 뜻하는 것
으로 봄. 일설에 '犀'는 돼지처럼 생겼으며, '兕'는 암컷 犀라고도 함. 그러나
이 책에서는 둘을 별개의 동물로 보아 兕는 외뿔소를 가리키는 것으로 여겼음.

【鴟】鴟鴞, 鵂鶹(부엉이), 貓頭鷹 따위의 새매, 부엉이, 올빼미, 무수리, 징경이,
솔개 따위의 맹금류 조류를 통칭하여 일컫는 말이라 함.

【竊脂】郭璞은 "今呼小靑雀曲觜肉食者謂竊脂, 疑非此也"라 하였고, 郝懿行은
"與《爾雅》竊脂同名異物"이라 함.

736 산해경

390(5-9-5) 고량산高粱山

다시 동쪽으로 3백 리에 고량산高粱山이 있다.

그 산 위에는 악토垩土가 많으며 산 아래에는 지려砥礪가 많다. 그곳의
나무는 주로 도지죽桃枝竹과 구단죽鉤端竹이 많다.

그곳에 풀이 있으니 형상은 마치 아욱과 같으나 붉은 꽃에 협과莢果의
열매가 맺히며 흰 꽃받침을 가지고 있다. 이를 말에게 먹이면 말이 빨리
잘 달린다.

又東三百里, 曰高粱之山.

其上多垩, 其下多砥礪, 其木多桃枝·鉤端.

有草焉, 狀如葵而赤華·莢實·白柎, 可以走馬.

【砥礪】숫돌을 만들 수 있는 돌. 질이 미세한 돌을 '砥'라 하며, 거친 돌을
'礪'라 한다 함. 郭璞은 "磨石也, 精爲砥, 粗爲礪"라 함.

【桃枝·鉤端】桃枝竹과 鉤端竹. 둘 모두 대나무의 일종.

【白柎】'白拊'여야 하며 杜衡과 같은 類로 봄. 郝懿行은 "柎當作拊, 〈西山經〉
首天帝之山(058):「有草焉, 其狀如葵, 臭如蘼蕪, 名曰杜衡, 可以走馬.」亦此
之類"라 하였고, 袁珂는 "岸: 經無草名, 疑脫"이라 함.

【走馬】말을 빨리 달리게 함. 혹 말에게 먹이면 말이 지치지 아니하고 잘
달림. 郭璞은 "帶之令人便馬, 或曰: 馬得之而健走"라 함.

391(5-9-6) 사산蛇山

다시 동쪽으로 4백 리에 사산蛇山이 있다.

그 산 위에는 황금이 많으며 산 아래에는 악토堊土가 많다. 그곳의 나무는 주로 순수枸樹가 많고 상장수橡章樹가 많다. 그리고 그곳의 풀은 가영嘉榮과 소신少辛이 많다.

그곳에 짐승이 있으니 그 형상은 여우와 같으며 흰 꼬리에 긴 귀를 가지고 있다. 이름을 시랑狚狼이라 한다. 이 짐승이 나타나면 나라 안에 전쟁이 일어난다.

又東四百里, 曰蛇山.

其上多黃金, 其下多堊, 其木多枸,
多橡章, 其草多嘉榮·少辛.

有獸焉, 其狀如狐, 而白尾長耳,
名狚狼, 見則國內有兵.

시랑(狚狼)

【枸】 나무의 일종. 가름대나무라 함.

【豫章】 나무 이름. 楸樹와 같으며 사철 푸른 잎을 가지고 있는 喬木. 郭璞은 "豫章, 大木, 似楸, 葉冬夏靑, 生七年以後可知也"라 함.

【嘉榮】 풀 이름. 구체적으로는 알 수 없음. 349에 "其上有草焉, 生而秀, 其高丈餘, 赤葉黃華, 華而不實, 其名曰嘉榮, 服之者不霆"이라 함.

【少辛】약초 이름이며 흔히 細辛, 小辛 등으로 불리기도 함. 郭璞은 "細辛也"
라 함.

【虒狼】郭璞은 "音巴"라 하였으나 郝懿行은 "郭蓋音'巳'字譌作'巴'也.《玉篇》
云:「虒, 時爾切.」云'獸, 如狐, 白尾.'"라 하여 '사/시'로 읽어야 한다고 하였
으며, 汪紱은 "虒, 音巳"라 함. 곽박《圖讚》에는 "虒狼之出, 兵不外擊. 雍和
作恐, 虒乃流疫. 同惡殊災, 氣各有適"라 함.

【國內有兵】郭璞은 "一作國有內亂"이라 함.

392(5-9-7) 격산扇山

다시 동쪽으로 5백 리에 격산扇山이 있다.

그 산 남쪽에는 금이 많으며 북쪽에는 백민白珉이 많다.

포홍수蒲鶹水가 그 산에서 발원하여 동쪽으로 흘러 강수江水로 들어간다.
그 물에는 백옥이 많다. 그곳의 짐승은 주로 물소, 코끼리, 곰, 큰곰이
많으며 원숭이와 긴꼬리원숭이가 많다.

又東五百里, 曰扇山.

其陽多金, 其陰多白珉.

蒲鶹之水出焉, 而東流注于江, 其中多

白玉. 其獸多犀象熊羆, 多猨蜼.

유(蜼)

【蒲鶹】郭璞은 "鶹, 音薨"이라 함.

【白珉】 '白瑉'과 같음. 郭璞은 "石似玉者, 音旻"이라 하였고, 郝懿行은 《說文》
云:「珉, 石之美者, 通作瑉.」이라 함.

【猨蜼】원숭이와 긴꼬리원숭이. 汪紱은 "蜼, 猨屬, 仰鼻岐尾, 天雨則自懸樹,
而以尾塞鼻"라 함. 곽박《圖讚》에 "寓屬之才, 莫過於蜼. 雨則自懸, 塞鼻以尾.
厥形雖隨, 列象宗彝"라 함.

393(5-9-8) 우양산隅陽山

다시 동북쪽으로 3백 리에 우양산隅陽山이 있다.

그 산 위에는 금과 옥이 많으며 산 아래에는 청확靑䨼이 많다. 그곳의
나무는 주로 자수梓樹와 상수桑樹가 많으며, 그곳의 풀은 주로 지초芷草가
많다.

서수徐水가 그 산에서 발원하여 동쪽으로 흘러 강수江水로 들어간다.
그 물에는 단속丹粟이 많다.

又東北三百里, 曰隅陽之山.

其上多金玉, 其下多靑䨼, 其木多梓桑, 其草多芷.

徐之水出焉, 東流注于江, 其中多丹粟.

【靑䨼】'䨼'은 돌에서 나는 油脂의 일종. 石脂.《說文》에 "䨼, 善丹也"라 함.
　고대 아주 중요한 顏料로 사용하였다 함. 靑䨼은 푸른색 안료로 쓸 수 있음.
【徐之水】袁珂는 "經文'徐'上疑有脫文"이라 함.
【丹粟】좁쌀 크기의 작은 알갱이 형태의 丹沙. 丹沙는 朱沙(朱砂)의 일종으로
　藥用과 顏料로 사용함. 郭璞은 "細丹沙如粟也"라 함.

394(5-9-9) 기산岐山

다시 동쪽으로 2백50리에 기산岐山이 있다.

그 산 위에는 백금白金이 많으며, 산 아래에는 철이 많다. 그곳의 나무는 주로 매화나무와 자수梓樹가 많으며 유수杻樹와 유수楢樹가 많다.

감수減水가 그 산에서 발원하여 동남쪽으로 흘러 강수江水로 들어간다.

又東二百五十里, 曰岐山.

其上多白金, 其下多鐵; 其木多梅梓, 多杻楢.

減水出焉, 東南流注于江.

【白金】銀. 郭璞 주에 "白金, 銀也"라 함.

【減水】郝懿行은 "劉昭《郡國志》注引此經作'城水', '城'疑'城'字之譌, 或古本'減'有作'城'字也"라 함.

395(5-9-10) 구미산勾欄山

다시 동쪽으로 3백 리에 구미산勾欄山이 있다.

그 산 위에는 옥이 많이 나며 산 아래에는 황금이 많다. 그곳의 나무는 주로 역수櫟樹와 자수柘樹가 많으며, 그곳의 풀은 주로 작약芍藥이 많다.

又東三百里, 曰勾欄之山.

其上多玉, 其下多黃金, 其木多櫟柘, 其草多芍藥.

【勾欄】袁珂는 "岸: 欄, 音弭"라 하여 '미'로 읽음. 원음은 '니.'
【櫟柘】상수리나무와 산뽕나무.

396(5-9-11) 풍우산風雨山

다시 동쪽으로 1백50리에 풍우산風雨山이 있다.

그 산 위에는 백금이 많고 산 아래에는 석녈石涅이 많다. 그곳의 나무는 주로 추수椒樹와 선수樿樹가 많으며 버드나무도 많다.

선여수宣余水가 그 산에서 발원하여 동쪽으로 흘러 강수江水로 들어간다. 그 물에는 뱀이 많다. 그곳의 짐승으로는 주로 산당나귀와 미록麋鹿이 많고 주록麈鹿과 표범, 호랑이가 많다. 그곳의 새는 주로 백교白鷮가 많다.

又東一百五十里, 曰風雨之山.

其上多白金, 其下多石涅; 其木多椒樿, 多楊.

宣余之水出焉, 東流注于江, 其中多蛇. 其獸多閭麋, 多塵豹虎, 其鳥多白鷮.

【白金】銀. 郭璞 주에 "白金, 銀也"라 함.

【石涅】石墨. 顔料나 塗料로 사용하는 광물. 吳任臣의 〈廣注〉에 《本草》: 「黑石之一名石墨, 一名石涅, 南人謂之畫眉石.」 楊愼《山海經補注》曰: 「石涅可以染黑色; 《論語》'涅而不淄', 卽此物也. 又可以書字, 謂之石墨.」이라 함.

【椒樿】郭璞은 "椒木, 未詳也; 樿木, 白理. 中櫛. 騅善二音"이라 하여, '추', '선'으로 읽음. 樿은 빗을 만드는 나무.

【多蛇】郝懿行은 "水蛇也"라 하여 물뱀이라 하였음.

【閭】산당나귀. 산노새. '閭'는 '驢'의 가차자. 羭, 山驢. 郭璞은 "閭卽羭也, 似驢而岐蹄, 角如麢羊, 一名山驢.《周書》曰: 「北唐以閭.」"라 함.

397(5-9-12) 옥산玉山

다시 동북쪽으로 2백 리에 옥산玉山이 있다.

그 산 남쪽에는 구리가 많고, 북쪽에는 적금赤金이 많다. 그곳의 나무는
주로 예장수豫章樹와 유수楢樹, 유수杻樹가 많다. 그곳의 짐승은 주로 돼지,
사슴, 영양과 작㺍이 많으며, 그곳의 새로는 주로 짐조鴆鳥가 많다.

又東北二百里, 曰玉山.
其陽多銅, 其陰多赤金, 其木多豫章楢杻, 其獸多豕鹿麢㺍,
其鳥多鴆.

【玉山】같은 이름의 玉山은 092, 380에도 있음.
【赤金】구리(銅)를 뜻함. 郭璞 주에 "赤金, 銅也"라 함. 그러나 郝懿行은 "銅與
　　赤金竝見, 非一物明矣. 郭氏誤注, 見〈南山經〉杻陽之山(004)"이라 하여 서로
　　다른 물건이라 하였음.
【麢㺍】麢은 '羚'과 같음 羚羊. 㺍은 짐승의 일종으로 모습은 토끼와 같으며
　　사슴의 발을 가지고 있다 함. 郭璞은 "㺍, 似菟而鹿足, 靑色, 音綽"이라 하여
　　'작'으로 읽음. 원음은 '착.'
【鴆】전설 속의 毒鳥. 깃털에 猛毒이 있어 이를 술에 타서 사람을 죽일 수
　　있음. 흔히 독살용으로 사용함. 郭璞은 "鴆, 大如鵰, 紫綠色, 長頸赤喙, 食
　　蝮蛇頭, 雄名雲日, 雌名陰諧也"라 하였고, 郝懿行은 《說文》云:「鴆, 毒鳥也.
　　一名雲日.」《廣雅》云:「鴆鳥, 其雄謂之雲日, 其雌謂之陰諧.」是郭所本也. 郭云
　　'大如鵰',《廣韻》引《廣志》云'大如鴞', 疑誤也. ……食蝮蛇, 體有毒, 古人謂之
　　鴆毒"이라 함.

398(5-9-13) 웅산熊山

다시 동쪽으로 1백50리에 웅산熊山이 있다.

그곳에 굴이 있으니 곰의 굴이다. 항상 신이 그 굴에서 출현한다. 그
굴은 여름에는 열리고 겨울에는 닫힌다. 이 굴이 겨울에 열리면 반드시
전쟁이 일어난다.

그 산 위에는 금과 옥이 많으며 산 아래에는 백금이 많다. 그곳의 나무는
주로 저수檍樹와 버드나무가 많고, 그곳의 풀은 주로 구탈寇脫이 많다.

又東一百五十里, 曰熊山.

有穴焉, 熊之穴, 恒出神人, 夏啓而冬閉. 是穴也, 冬啓乃
必有兵.

其上多金玉, 其下多白金, 其木多檍柳, 其草多寇脫.

【熊之穴, 恒出神人, 夏啓而冬閉】袁珂는 "按:《太平御覽》(54)引此經, '熊之穴'
作'熊穴', '冬啓'作'若冬啓夏閉', 似于義爲長"이라 함. 곽박《圖讚》에 "熊山
有穴, 神人是出. 與彼石鼓, 象殊應一. 祥雖先見, 厥事非吉"이라 함.
【白金】銀. 郭璞 주에 "白金, 銀也"라 함.
【寇脫】속칭 '通草'라 하며 역시 약용으로 사용함. 郭璞은 "寇脫草生南方,
高丈許, 似荷葉而莖中有瓤, 正白, 零桂人植而日灌之以爲樹也"라 함.

399(5-9-14) 외산騩山

다시 동쪽으로 1백50리에 외산騩山이 있다.

그 산 남쪽에는 미옥과 적금赤金이 많으며, 북쪽에는 철이 많다. 그곳의
나무는 주로 도지죽桃枝竹과 두형杜荊, 파芭가 많다.

又東一百五十里, 曰騩山.

其陽多美玉赤金, 其陰多鐵, 其木多桃枝荊芭.

【騩】'외'로 읽음. 郭璞은 "騩, 音巍: 一音隗囂之隗"라 함. '騩'의 본음은 '귀.'
이 '騩山'이라는 이름은 062, 100, 297에도 있으며, '大騩山' 역시 360, 452에
보임.

【赤金】구리(銅)를 뜻함. 郭璞 주에 "赤金, 銅也"라 함. 그러나 379의 郝懿行
〈箋疏〉에 "銅與赤金並見, 非一物明矣. 郭氏誤注"라 하여 구리와 赤金은 서로
다른 물건이라 하였음.

【荊芭】'芭'는 '苢'자의 誤字. 郝懿行은 "芭蓋苢字之譌, 苢又杞之假借字也.
〈南次二經〉(024)云:「虖勺之山, 其下多荊杞」〈中次十一經〉(454)云:「歷石之山,
其木多荊芭.」竝以'荊芭'連文, 此誤審矣"라 하였으며, 袁珂는 "按: 宋本·吳寬
抄本正作苢"라 함. 臺灣〈三民本〉 등에도 모두 '苢'로 되어 있음.

400(5-9-15) 갈산葛山

다시 동쪽으로 2백 리에 갈산葛山이 있다.

그 위에는 적금赤金이 많고 산 아래에는 감석珹石이 많다. 그 산의 나무는 주로 사수柤樹, 율수栗樹, 귤나무, 유수櫞樹, 유수楢樹, 유수杻樹가 많다. 그리고 그곳의 짐승으로는 주로 영양과 작록㺎鹿이 많으며 그곳의 풀은 주로 가영嘉榮이 많다.

又東二百里, 曰葛山.

其上多赤金, 其下多珹石; 其木多柤栗橘櫞楢杻, 其獸多麢㺎, 其草多嘉榮.

【赤金】 구리(銅)를 뜻함. 郭璞 주에 "赤金, 銅也"라 함. 그러나 郝懿行은 "銅與赤金竝見, 非一物明矣. 郭氏誤注, 見〈南山經〉杻陽之山(004)"이라 하여 서로 다른 물건이라 하였음.
【珹石】 옥보다 한 단계 아래인 옥돌의 암석.
【柤】 山楂나무. '柤'는 '楂'와 같음.
【㺎】 짐승의 일종으로 모습은 토끼와 같으며 사슴의 발을 가지고 있다 함. 郭璞은 "㺎, 似菟而鹿足, 靑色, 音綽"이라 하여 '작'으로 읽음. 원음은 '착.'
【嘉榮】 풀 이름. 구체적으로는 알 수 없음. 349에 "其上有草焉, 生而秀, 其高丈餘, 赤葉黃華, 華而不實, 其名曰嘉榮, 服之者不霆"이라 함.

401(5-9-16) 가초산賈超山

다시 동쪽으로 1백70리에 가초산賈超山이 있다.

그 산 남쪽에는 황악黃堊이 많으며, 북쪽에는 아름다운 자토赭土가
많다. 그곳의 나무는 주로 사수柤樹, 율수栗樹, 귤나무, 유수櫾樹가 많고,
그곳에는 용수초龍脩草가 많다.

又東一百七十里, 曰賈超之山.

其陽多黃堊, 其陰多美赭, 其木多柤栗橘櫾, 其中多龍脩.

【龍脩】 '脩'는 '鬚'와 같음. 식물 이름. 龍鬚草. 郭璞은 "龍鬚也. 似莞而細, 生山
石穴中, 莖倒垂, 可以爲席"이라 하였고, 袁珂는 "按《古今注》云: 「世稱皇帝
(黃帝)練丹于鑿硯山, 乃得仙, 乘龍上天, 羣臣援龍鬚, 鬚墮而生草, 曰龍鬚.」
是關于龍鬚之神話. 脩·鬚聲近而轉耳"라 함.

402(5-9-17) 민산岷山 산계

무릇 민산岷山 산계의 시작은 여궤산女几山으로부터 가초산賈超山까지 모두 16개의 산이며 3천5백 리이다.

그곳의 신들은 형상이 모두 말의 몸에 용의 머리를 하고 있다.

그들에게 제사를 올릴 때에는 모물毛物로 수탉 한 마리로써 기도를 하고 이를 땅에 묻는다. 서미糈米는 도미稌米를 사용한다.

문산文山, 구미산勾樀山, 풍우산風雨山, 외산騩山은 모두가 이 산계의 총재이다. 그들에게 제사를 올릴 때에는 술을 사용하며 소뢰少牢를 갖춘다. 길옥吉玉 하나를 둘레에 진열한다.

웅산熊山은 그 간계의 수령이다. 그에게 제사를 올릴 때에는 술과 소뢰를 갖추며 벽옥璧玉 하나를 사용하여 진열하고 간무干儛를 추며 무기로써 사악한 귀신을 쫓아낸다. 기도를 하고자 하면 구멍이 뚫린 도포를 입고 모자를 쓰고 손에는 구옥璆玉을 가지고 춤을 춘다.

凡岷山之首, 自女几山至于賈超之山. 凡十六山, 三千五百里.

其神狀皆馬身而龍首.

其祠: 毛用一雄雞祈瘞, 糈用稌.

文山·勾欄·風雨·騩之山, 是皆冢也.

其祠之: 羞酒, 少牢具, 嬰毛一吉玉.

마신용수(馬身龍首)

熊山, 席也. 其祠: 羞酒, 太牢具, 嬰毛一璧. 干儛, 用兵以禳;
祈, 璆冕舞.

【文山】岷山의 오자인 듯. 郝懿行은 "此上無文山, 蓋卽岷山也.《史記》又作汶山,
并古字通用"이라 함.

【騩之山】'之'는 연문. 袁珂는 "按: 經文騩之山, 疑衍'之'字"라 함. 한편 '騩'는
'외'로 읽음. 郭璞은 "騩, 音巍: 一音隗囂之隗"라 함. '騩'의 본음은 '귀.'

【羞酒】郭璞은 "先進酒而酹神"이라 하여 먼저 술을 올리고 이를 신위에게
부음.

【小牢】제사나 잔치에 양과 돼지를 희생으로 잡아 사용하는 규모. 太牢(소,
양, 돼지)보다 작은 잔치나 제사를 의미함. 郭璞은 "羊豬爲小牢也"라 함.

【熊山, 席也】'熊山, 帝也'이어야 함. 郭璞은 "席者, 神之所馮止也"라 하였으나
郝懿行은 "席當爲'帝'字形之譌也. 上下經文竝以'帝'·'家'爲對, 此譌作'席'. 郭氏
意爲之説, 蓋失之"라 함. 袁珂는 "郝説是也, 王念孫亦校'席'爲'帝'"라 하였고,
臺灣〈三民本〉에도 '帝'로 고쳐져 있음.

【太牢】고대 잔치나 제사 등에 소, 양, 돼지 등 세 희생으로써 지내는 것을
말함. 小牢에 상대하여 아주 큰 잔치나 제사를 가리킴. 郭璞은 "牛羊家爲
太牢"라 함.

【嬰毛一吉玉·嬰毛一璧】이 두 구절에서 '毛'는 모두 '用'자의 오기.〈三民本〉
등에는 모두 '用'으로 고쳐져 있음. 袁珂는 "江紹原《中國古代旅行之研究》
謂當系'嬰用'之誤, 是也. 嬰爲以玉獻神之專稱, '嬰用一璧'者, 以一璧祠祭于神也.
準此, 上文'用一藻玉', 亦疑當作'嬰用一藻玉', 脱'嬰'字"라 함.

【干儛】干舞와 같음. 제사에서 신을 부르며 흠향하도록 분위기를 조성하는 춤.
순부(盾斧)와 우약(羽籥)을 잡고 추는 춤. 郭璞은 "儛者, 持盾武舞也"라 함.

【禳】재앙이나 죄를 없애고 씻어냄. 郭璞은 "禳, 祓除之祭名"이라 함.

【璆冕舞】손에는 구(璆)라는 옥을 잡고 머리에는 면류관을 쓰고 춤을 추어
제사를 올림. 汪紱은 "祈福祥則祭用璆玉, 舞者用冕服以舞也"라 하였고,
袁珂는 "按:《爾雅》釋器云: 「璆·琳, 玉也.」郭璞注: 「美玉名.」二句意當爲
禳則干舞, 祈則冕服持玉以舞也"라 함.

5-10. 中次十經

〈復州山一帶〉明 蔣應鎬 圖本

403(5-10-1) 수양산首陽山

중앙의 열 번째 경유하게 되는 산계의 시작은 수양산首陽山이다.
그 산 위에는 금과 옥이 많고 풀이나 나무는 자라지 않는다.

中次十經之首, 曰首陽之山.
其上多金玉, 無草木.

【首陽山】郝懿行은 "《地理志》云:「隴西郡首陽, 禹貢鳥鼠同穴山, 在西南.」蓋縣
因山爲名也"라 함.

404(5-10-2) 호미산虎尾山

다시 서쪽으로 50리에 호미산虎尾山이 있다.
그곳의 나무는 주로 초수椒樹와 거수椐樹가 많고, 봉석封石이 많다.
그 산 남쪽에는 적금赤金이 많고, 북쪽에는 철이 많다.

又西五十里, 曰虎尾之山.
其木多椒椐, 多封石.
其陽多赤金, 其陰多鐵.

【椒椐】椒는 산초나무. 椐는 靈壽木.
【封石】약재로 쓰이는 암석으로 味甘, 無毒의 성질을 가지고 있음. 郝懿行은
"《本草別錄》云:「封石味甘, 無毒, 生常山及少室.」下文游戲之山・嬰侯之山・
豐山・服山・聲匈之山竝多此石."이라 하였고, 袁珂는 "按: 封石又卽上文〈中次
八經〉若山(378), 讙山(381)所謂邦石者"라 함.
【赤金】구리(銅)를 뜻함. 郭璞 주에 "赤金, 銅也"라 함. 그러나 379의 郝懿行
〈箋疏〉에 "銅與赤金竝見, 非一物明矣. 郭氏誤注"라 하여 구리와 赤金은 서로
다른 물건이라 하였음.

405(5-10-3) 번궤산繁纜山

다시 서쪽으로 50리에 번궤산繁纜山이 있다.

그곳의 나무는 주로 유수楢樹와 유수杻樹가 많으며, 그곳의 풀은 도지죽桃枝竹과 구단죽勾端竹이 많다.

又西南五十里, 曰繁纜之山.

其木多楢杻, 其草多枝勾.

【繁纜之山】郭璞은 "纜, 音潰"라 함.

【枝勾】'枝'는 桃枝竹, '勾'는 '鉤', '句'와 같으며 勾端竹(鉤端竹). 汪紱은 "枝勾,
  蓋桃枝·勾端也"라 함.

406(5-10-4) 용석산勇石山

다시 서남쪽으로 20리에 용석산勇石山이 있다.
풀과 나무는 자라지 않으며 백금이 많고 물이 많다.

又西南二十里, 曰勇石之山.
無草木, 多白金, 多水.

【白金】銀. 郭璞 주에 "白金, 銀也"라 함.

407(5-10-5) 부주산復州山

다시 서쪽으로 20리에 부주산復州山이 있다.

그곳의 나무는 주로 단수檀樹가 많으며 그 산 남쪽에는 황금이 많다.

그곳에 새가 있으니 그 형상은 마치 효조鴞鳥와 같으며 다리가 하나에 돼지 꼬리를 하고 있다. 그 이름을 기종跂踵이라 하며 이 새가 나타나면 그 나라에 큰 역질이 돈다.

又西二十里, 曰復州之山.

其木多檀, 其陽多黃金.

有鳥焉, 其狀如鴞, 而一足彘尾, 其名曰
跂踵, 見則其國大疫.

기종(跂踵)

【跂踵】郭璞은 "跂, 音企"라 하였고, 袁珂는 "《太平御覽》(742)引此經'彘尾'作 '彘毛', '跂踵'作'企踵'"이라 함. 곽박 《圖讚》에 "靑耕禦疫, 跂踵降災. 物之相反, 各以氣來. 見則民咨, 實爲病媒"라 함.

【鴞】鴟鴞, 鵂鶹(부엉이), 貓頭鷹 따위의 새매, 부엉이, 올빼미, 무수리, 징경이, 솔개 따위의 맹금류 조류를 통칭하여 일컫는 말이라 함.

408(5-10-6) 저산楮山

다시 서쪽으로 30리에 저산楮山이 있다.

우목寓木이 많으며, 초수椒樹와 거수椐樹가 많고 자수柘樹가 많다. 그리고
악토堊土가 많다.

又西三十里, 曰楮山.

多寓木, 多椒椐, 多柘, 多堊.

【楮山】 郭璞은 "一作渚州之山"이라 하였고, 袁珂는 "又卽下文'堵山, 冢也'
　之堵山"이라 함.
【寓木】 기생 식물. 이름을 宛童이라고도 함. '寓'는 '寄寓'의 뜻.
【椒椐】 산초나무와 靈壽木.
【柘】 산뽕나무.

409(5-10-7) 우원산又原山

다시 서쪽으로 20리에 우원산又原山이 있다.

그 산 남쪽에는 청확青雘이 많고, 산 북쪽에는 철이 많다. 그곳의 새는
주로 구욕鸜鵒새가 많다.

又西二十里, 曰又原之山.
其陽多青雘, 其陰多鐵. 其鳥多鸜鵒.

구욕(鸜鵒)

【青雘】 '雘'은 돌에서 나는 油脂의 일종. 石脂.《說文》에 "雘, 善丹也"라 함.
고대 아주 중요한 顔料로 사용하였다 함. 青雘은 푸른색 안료로 쓸 수 있음.
【鸜鵒】 鴝鵒으로도 표기하며 속칭 八哥. 앵무새의 일종으로 능히 사람의
말을 흉내냄. 九官鳥라고도 함. 郭璞은 "鴝鵒也. 傳曰:「鴝鵒來巢.」音瞿"라
하였고, 汪紱은 "鸜鵒, 八哥也"라 함.

410(5-10-8) 탁산涿山

다시 서쪽으로 50리에 탁산涿山이 있다.
　그곳의 나무는 주로 곡수穀樹, 작수柞樹와 유수杻樹가 많으며, 그 산 남쪽에는 저부璿珼라는 옥이 많다.

又西五十里, 曰涿山.
其木多穀柞杻, 其陽多璿珼之玉.

【穀】構와 같음. 構樹. 나무 이름. 그 열매가 곡식 낟알 같아 穀樹라 한다 함. '穀'과 '構'는 고대 同聲이었으며 雙聲互訓으로 쓴 것. 그러나 郭璞 注에는 "穀, 楮也, 皮作紙. 璨曰:「穀亦名構, 名穀者, 以其實如穀也.」"라 함. 한편 郝懿行은 "陶宏景注《本草經》云:「穀卽今構樹也. 穀構同聲, 故穀亦名構.」"라 함.
【柞】櫟樹의 다른 이름. 郭璞은 "柞, 櫟"이라 함. 상수리나무, 떡갈나무의 일종.
【璿珼】'저부'라 불리는 옥. 璿는 《集韻》에 反切로 '抽居切'(처/저)과 '通都切'(토/도) 두 음이 있음. 여기서는 잠정적으로 '저부'로 읽음. 이 옥은 구체적으로 어떤 형태인지 알 수 없음. 郭璞은 "璿珼, 玉名, 所未詳也"라 함. 郝懿行은 "《說文》引孔子曰:「美哉! 璵璠. 遠而望之, 奐若也; 近而視之, 瑟若也. 一則理勝, 一則孚勝.」此經璿珼, 古字所無, 或卽璵璠之字, 當由聲轉. 若系理孚之文, 又爲形變也. 古書多假借, 疑此二義似爲近之"라 함.

411(5-10-9) 병산丙山

다시 서쪽으로 70리에 병산丙山이 있다.
그곳의 나무는 주로 자수梓樹와 단수檀樹가 많으며, 신뉴수㺑杻樹가 많다.

又西七十里, 曰丙山.
其木多梓檀, 多㺑杻.

【梓檀】 가래나무와 박달나무.
【㺑杻】 㺑杻樹. 감탕나무의 일종이라 함. '㺑'자는 고대 '矤'(신)자라고도 하며
'長'의 뜻이라 함. 郭璞은 "㺑義所未詳"이라 하였고, 郝懿行은 "《方言》云: 㺑,
長也, 東齊曰㺑.」 鄭注云:「㺑, 古矤字.」 然郎㺑杻, 長杻也. 杻爲木多曲少直,
見陸機《詩疏》. 此杻獨長, 故著之. 俟考"라 함.

412(5-10-10) 수양산首陽山 산계

무릇 수양산首陽山 산계의 시작은 수산首山으로부터 병산丙山에 이르기까지 모두 9개의 산이며 2백67리이다.

그 산의 신들은 모두가 용의 몸에 사람의 얼굴을 하고 있다.

그들 신에게 제사를 올릴 때에는 모물毛物로 수탉 한 마리를 사용하며 이를 땅에 묻는다. 서미糈米는 다섯 종류의 곡물을 사용한다.

도산堵山은 그 산계의 총재이다. 그에게 제사를 올릴 때에는 소뢰少牢를 갖추며 술을 사용하여 제사를 지낸다. 그리고 벽옥璧玉 하나를 땅에 묻는다.

외산騩山은 그 산계의 수령이다. 그에게는 술을 올리며 태뢰太牢를 갖추고 무사巫師와 축사祝師 두 사람이 합하여 춤을 추며 백벽 하나를 둘레에 진열한다.

凡首陽山之首, 自首山至于丙山. 凡九山, 二百六十七里.

其神狀皆龍身而人面.

其祠之: 毛用一雄雞瘞, 糈用五種之糈.

堵山, 冢也. 其祠之: 少牢具, 羞酒祠, 嬰毛一璧瘞.

騩山, 帝也. 其祠: 羞酒, 太牢其, 合巫祝二人儛, 嬰一璧.

【首山】首陽山에서 '陽'자를 누락한 것. 郝懿行은 "首山, 卽首陽山"이라 함.
【五種之糈】汪紱은 "黍, 稷, 稻, 粱, 麥也"라 함.

【堵山】楮山. '堵'와 '楮'는 형태가 비슷하여 혼용하여 표기하였음. 郝懿行은 "堵山卽楮山. 又楮山注云:「一作渚州之山」渚·隄古通用. 隄·堵同音, 當古切, 故古字俱得通與?"라 함.

【嬰毛一璧瘞】마땅히 '嬰用一璧瘞'라 하여 '毛'자는 '用'자여야 함. 袁珂는 "江紹原《中國古代旅行之硏究》謂當系'嬰用'之誤, 是也"라 함.

【騩山】'騩'는 '외'로 읽음. 郭璞은 "騩, 音巍: 一音隗囂之隗"라 함. '騩'의 본음은 '귀.' 이 '騩山'이라는 이름은 100, 297, 399에도 있으며, '大騩山' 역시 360, 452에 보임.

【太牢其】'其'는 '具'의 오자. '太牢具'여야 함. '太牢'는 고대 잔치나 제사 등에 소, 양, 돼지 등 세 희생으로써 지내는 것을 말함. 小牢에 상대하여 아주 큰 잔치나 제사를 가리킴. 郭璞은 "牛羊豕爲太牢"라 함.

【二人儛】巫師와 祝師 두 사람이 함께 춤을 춤. '儛'는 '舞'와 같음.

5-11. 中次十一經

〈倚帝山附近〉明 蔣應鎬 圖本

413(5-11-1) 익망산翼望山

중앙으로의 열한 번째 경유하게 되는 형산荊山 산계의 시작은 익망산 翼望山이다.

전수湍水가 그 산에서 발원하여 동쪽으로 흘러 제수濟水로 들어간다.

황수睨水가 그 산에서 발원하여 동남쪽으로 흘러 한수漢水로 들어간다. 그 물에는 교蛟가 많다.

그 산 위에는 소나무와 잣나무가 많으며 산 아래에는 칠수漆樹와 자수 梓樹가 많다. 그 산의 남쪽에는 적금赤金이 많고 북쪽에는 민옥珉玉이 많다.

中次一十一山經荊山之首, 曰翼望之山.

湍水出焉, 東流注于濟.

睨水出焉, 東南流注于漢, 其中多蛟.

其上多松柏, 其下多漆梓, 其陽多赤金, 其陰多珉.

【中次一十一山經】 '中次一十一山'이어야 하며 '經'자는 劉秀가 校錄할 때 처음 이 '經'자를 넣어 뒷사람이 혼동을 일으키게 된 것이라 함.

【湍水】 郭璞은 "鹿摶反"이라 하여 '란'으로 읽도록 하였으나 郝懿行은 "水名 之湍, 《集韻》'朱遄切, 音專'. 郭音'鹿摶反', 似誤. 然《文選》〈南都賦〉注引此經郭 注亦作'湍, 鹿摶反', 又非, 誤也. 未知其審"이라 하였음. 袁珂는 이에 "湍, 音專" 이라 하여 '전'이라 하여 잠정적으로 '전'으로 읽음. 원음은 '단.'

【睨水】 郭璞은 "睨, 音況"이라 함.

【蛟】蛟龍. 그러나 구체적으로 발이 넷이며 머리가 작고 허리가 가는 뱀의 일종으로 사람을 해치기도 한다 함. 열대지방의 큰 뱀. 郭璞은 "似蛇而四脚, 小頭細頸, 頸有白瘿, 大者十數圍, 卵如一二石甕, 能呑人"이라 함. 곽박 《圖讚》에 "匪蛇匪龍, 鱗彩炳煥. 騰躍波濤, 蜿蜒江漢. 漢武飮羽, 伙飛疊斷"이라 함.

【赤金】구리(銅)를 뜻함. 郭璞 주에 "赤金, 銅也"라 함. 그러나 379의 郝懿行 〈箋疏〉에 "銅與赤金竝見, 非一物明矣. 郭氏誤注"라 하여 구리와 赤金은 서로 다른 물건이라 하였음.

【珉】瑶과 같음.

414(5-11-2) 조가산朝歌山

다시 동북쪽으로 1백50리에 조가산朝歌山이 있다.

무수濂水가 그 산에서 발원하여 동남쪽으로 흘러 형수滎水로 들어간다. 그 물에는 인어人魚가 많다.

그 산 위에는 자수梓樹와 남수柟樹가 많으며 그곳의 짐승은 주로 영양과 미록麋鹿이 많다.

그곳에 풀이 있으니 이름을 망초莽草라 하며 물고기를 죽일 수 있다.

又東北一百五十里, 曰朝歌之山.

濂水出焉, 東南流注于滎, 其中多人魚.

其上多梓柟, 其獸多麢麋.

有草焉, 名曰莽草, 可以毒魚.

【朝歌之山】汪紱은 "此非河北紂都之朝歌"라 하였고, 袁珂는 "上文已有朝歌
　之山, 見〈中次五經〉(318)"이라 함.
【濂水】郭璞은 "濂, 音武"라 함.
【人魚】郭璞은 "如鰤魚四脚"이라 함. 陵魚(634), 龍魚(524) 등도 '人魚'라 불림.
【柟】'柟'은 '枏', '楠'자의 異體字, 楠樹. 郭璞은 "柟, 大木, 葉似桑, 今作楠, 音南"
　이라 함.
【莽草】汪紱은 "卽芒草也"라 하였고, 袁珂는 "按: 芒草已見上文〈中次二經〉
　葌山(291)"이라 함.

415(5-11-3) 제균산帝囷山

다시 동남쪽으로 2백 리에 제균산帝囷山이 있다.

그 산 남쪽에는 저부璑珸라는 옥이 많으며 산 북쪽에는 철이 많다.

제균수帝囷水가 그 산 위에서 발원하여 땅속을 흘러 아래로 내려간다.
그 물에는 명사鳴蛇가 많다.

又東南二百里, 曰帝囷之山.

其陽多璑珸之玉, 其陰多鐵.

帝囷之水出于其上, 潛于其下, 多鳴蛇.

【帝囷之山】帝箘山. 郝懿行은 "囷, 《廣韻》引作箘"이라 함.

【璑珸】'저부'라 불리는 옥. 璑는 《集韻》에 反切로 '抽居切'(처/저)과 '通都切'
(토/도) 두 음이 있음. 여기서는 잠정적으로 '저부'로 읽음. 이 옥은 구체적으로
어떤 형태인지 알 수 없음. 郭璞은 "璑珸, 玉名, 所未詳也"라 함. 郝懿行은
《說文》引孔子曰:「美哉! 璵璠. 遠而望之, 奐若也; 近而視之, 瑟若也. 一則
理勝, 一則孚勝.」此經璑珸, 古字所無, 或卽璵璠之字, 當由聲轉. 若系理孚之文,
又爲形變也. 古書多假借, 疑此二義似爲近之"라 함.

【鳴蛇】〈中山經, 中次二經〉(288) 鮮山에 "其中多鳴蛇, 其狀如蛇而四翼, 其音
如磬, 見則其邑大旱"이라 하여 방울뱀의 일종이 아닌가 함. 그러나 이 책의
모든 동식물은 상상의 것이므로 지구상 구체적 동식물로 설명할 수는 없음.

416(5-11-4) 시산視山

다시 동남쪽으로 50리에 시산視山이 있다.

그 산 위에는 부추가 많다.

그곳에 우물이 있으니 이름을 천정天井이라 하며 여름에는 물이 있으나 겨울이면 마른다.

그 위에는 뽕나무가 많으며 아름다운 악토堊土, 그리고 금과 옥이 많다.

又東南五十里, 曰視山.

其上多韭.

有井焉, 名曰天井, 夏有水, 冬竭.

其上多桑, 多美堊金玉.

【夏有水, 冬竭】袁珂는 〈中次五經〉(316)云: 「超山有井, 冬有水而夏竭.」與此適反"이라 함.

417(5-11-5) 전산前山

다시 동남쪽으로 2백 리에 전산前山이 있다.
그곳의 나무는 주로 저수樗樹가 많고 잣나무가 많다.
그 산 남쪽에는 금이 많고 북쪽에는 자토赭土가 많다.

又東南二百里, 曰前山.
其木多樗, 多柏.
其陽多金, 其陰多赭.

【樗】종가시나무. 너도밤나무과의 활엽교목이라 함. 郭璞은 "似柞子, 可食,
冬夏生靑, 作屋柱難腐, 音諸, 或作櫧"라 함.

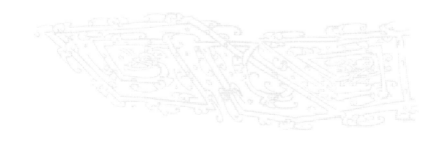

418(5-11-6) 풍산豐山

다시 동남쪽으로 3백 리에 풍산豐山이 있다.

그곳에 짐승이 있으니 그 형상은 마치 원숭이 같으며 붉은 눈, 붉은 부리에 노란 몸이다. 이름을 옹화雍和라 하며 이 짐승이 나타나며 그 나라에 크게 공포에 떨 일이 일어난다.

경보耕父라는 신이 이곳에 거주하고 있으며 항상 청령清泠의 못에서 놀기를 좋아한다. 그가 출입할 때면 빛이 난다. 그 신이 나타나면 그 나라가 패망한다.

경보(耕父)

그곳에 구종九鍾이 있으니 서리가 내리면 이 종이 울린다.

그 산 위에는 금이 많고 산 아래에는 곡수穀樹, 작수柞樹, 유수杻樹, 강수櫃樹가 많다.

又東南三百里, 曰豐山.

有獸焉, 其狀如蝯, 赤目·赤喙·黃身, 名曰雍和, 見則國有大恐.

神耕父處之, 常遊清泠之淵, 出入有光, 見則其國爲敗.

有九鍾焉, 是知霜鳴.

其上多金, 其下多穀柞杻櫃.

【豐山】 같은 이름의 豐山은 445에도 있음.

【蝯】 猨, 猿과 같음.

【雍和】 곽박 《圖讚》에 "狙狼之出, 兵不外擊. 雍和作恐, 猣乃流疫. 同惡殊災, 氣各有適"이라 함.

【神耕父處之, 常遊淸泠之淵】 郭璞은 "淸泠水在西號郊縣山上, 神來時水赤有光耀, 今有屋祠之"라 하였고, 袁珂는 "按: 郭注'西號郊縣'乃'西鄂縣'之譌衍. 又劉昭注《後漢書》郡國志引《文選》南都賦注云:「耕父, 旱鬼也.」其注《禮儀志》引東京賦注同. 今此二注《文選》注竝無之"라 함. 곽박 《圖讚》에 "淸泠之水, 在乎山頂. 耕父是遊, 流光麗景. 黔首祀禜, 以弭災眚"이라 함.

【九鍾】 곽박 《圖讚》에 "嶢崩涇竭, 麟鬪日薄. 九鍾將鳴, 凌霜乃落. 氣之相應, 觸感而作"이라 함.

【是知霜鳴】 霜降 때가 되면 종소리가 울림. 郭璞은 "霜降則鍾鳴, 故言知也"라 하였고, 郝懿行은 "《北堂書鈔》(108)引此經及郭注'知'竝作'和', 疑今本字形之譌"라 함. 袁珂는 "按: 作'和'是也, 始符郭注之義"라 함.

【穀】 構와 같음. 構樹. 나무 이름. 그 열매가 곡식 낟알 같아 穀樹라 한다 함. '穀'과 '構'는 고대 同聲이었으며 雙聲互訓으로 쓴 것. 그러나 郭璞 注에는 "穀, 楮也, 皮作紙. 璨曰: 穀亦名構, 名穀者, 以其實如穀也."라 함. 한편 郝懿行은 "陶宏景注《本草經》云:「穀卽今構樹也. 穀構同聲, 故穀亦名構.」"라 함.

【柞】 櫟樹의 다른 이름. 郭璞은 "柞, 櫟"이라 함. 상수리나무, 떡갈나무의 일종.

【杻橿】 '杻'는 감탕나무, 혹은 冬靑이라고도 하며 본음은 '뉴.' 杻樹. '橿'은 역시 나무 이름으로 橿樹. 혹 감탕나무의 일종이라고 함. 郭璞은 "杻似棣而細葉, 一名土橿. 音紐; 橿, 木中車材, 音姜"이라 함. 杻樹(뉴슈)는 棠棣나무와 같으며 橿樹는 수레를 만드는 데에 사용하는 나무.

419(5-11-7) 면상산免牀山

다시 동북쪽으로 8백 리에 면상산免牀山이 있다.

그 산의 남쪽에는 철이 많다. 그곳의 나무는 주로 저수櫧樹와 서수芧樹가
많으며, 그곳의 풀은 주로 계곡초雞穀草가 많은데 그 풀의 뿌리는 달걀과
같이 생겼으며. 그 맛은 시면서 달다. 이를 먹으면 몸에 이롭다.

又東北八百里, 曰免牀之山.

其陽多鐵, 其木多諸萸, 其草多雞穀, 其本雞卵, 其味酸甘,
食者利于人.

【諸萸】'櫧芧'여야 함. 汪紱은 "諸萸, 非木也. 此疑當是櫧芧. 芧, 小栗也"라
　하였으며 臺灣〈三民本〉에는 '櫧芧'로 고쳐져 있음. 櫧芧는 종가시나무와
　도토리나무. 혹은 너도밤나무과의 어떤 喬木들.
【雞穀】풀 이름. 계란과 같으며 시고 단맛으로 몸에 이롭다 함. 467에는
　雞鼓草라 하였음.

420(5-11-8) 피산皮山

다시 동쪽으로 60리에 피산皮山이 있다.

악토堊土가 많고 자토赭土가 많다. 그곳의 나무는 주로 소나무와 잣나무가 많다.

又東六十里, 曰皮山.

多堊, 多赭, 其木多松柏.

【堊·赭】堊土(생석회의 흙)와 赭土(붉은색 흙).

421(5-11-9) 요벽산瑤碧山

다시 동쪽으로 60리에 요벽산瑤碧山이 있다.

그곳의 나무는 주로 자수梓樹와 남수枏樹가 많다. 그 산의 북쪽에는
청확靑雘이 많으며 남쪽에는 백금이 많다.

그곳에 새가 있으니 그 형상은 꿩과 같으며 항상 비蜚를 잡아먹는다.
이름을 짐鴆이라 한다.

又東六十里, 曰瑤碧之山.
其木多梓枏. 其陰多靑雘, 其陽多白金.
有鳥焉, 其狀如雉, 恒食蜚, 名曰鴆.

짐(鴆)

【瑤碧】《藝文類聚》(89)에는 '瑤'자를 '搖'자로 표기하고 있음.
【枏】'枏'은 '柟', '楠'자의 異體字, 楠樹. 郭璞은 "枏, 大木, 葉似桑, 今作楠, 音南"
　　이라 함.
【靑雘】'雘'은 돌에서 나는 油脂의 일종. 石脂. 《說文》에 "雘, 善丹也"라 함.
　　고대 아주 중요한 顔料로 사용하였다 함. 靑雘은 푸른색 안료로 쓸 수 있음.
【白金】銀. 郭璞 주에 "白金, 銀也"라 함.
【蜚】바퀴벌레의 일종이 아닌가 함. 郭璞은 "蜚, 負盤也. 音翡"라 하였고,
　　郝懿行은 "蜚, 見《爾雅》郭注云:「蜚, 負盤, 臭蟲.」"이라 함.
【鴆】전설 속의 毒鳥. 깃털에 猛毒이 있어 이를 술에 타서 사람을 죽일 수
　　있음. 흔히 독살용으로 사용함. 郭璞은 "鴆, 大如鵰, 紫綠色, 長頸赤喙, 食蝮

蛇頭, 雄名雲日, 雌名陰諧也"라 하였고, 郝懿行은 "《說文》云:「鴆, 毒鳥也. 一名雲日.」《廣雅》云:「鴆鳥, 其雄謂之雲日, 其雌謂之陰諧.」是郭所本也. 郭云 '大如鵰',《廣韻》引《廣志》云'大如鶚', 疑誤也. ……食蝮蛇, 體有毒, 古人謂之 鴆毒"이라 함. 그러나 본장의 郭璞 주에는 "此更一鍾鳥, 非食蛇之鴆也"라 하였고, 袁珂는 "按: 食蛇鴆已見上文中次八經女几山(365)"이라 함.

422(5-11-10) 지리산支離山

다시 동쪽으로 40리에 지리산支離山이 있다.

제수濟水가 그 산에서 발원하여 남쪽으로 흘러 한수漢水로 들어간다.

그곳에 새가 있으니 이름을 영작嬰勺이라 하며 그 형상은 마치 까치와 같으며 붉은 눈, 붉은 부리에 흰 몸을 하고 있다. 그 꼬리는 마치 작勺과 같으며, 그 울음은 자신의 이름을 부르는 소리를 낸다.

그곳에 작우牂牛가 많고 암양羬羊이 많다.

又東四十里, 曰支離之山.

濟水出焉, 南流注于漢.

有鳥焉, 其名曰嬰勺, 其狀如鵲, 赤目·
赤喙·白身. 其尾若勺, 其鳴自呼.

多牂牛, 多羬羊.

영작(嬰勺)

【支離之山】攻離山. 王念孫과 孫星衍, 郝懿行은 모두 '攻離之山'으로 교정
하였음.

【濟水】王念孫과 郝懿行은 '淯'水로 교정하였음.

【嬰勺】곽박《圖讚》에 "支離之山, 有鳥似鵲. 白身赤眼, 厥尾如勺. 維彼有斗,
不可以酌"이라 함.

【其尾若勺】'勺'은 국자. 郭璞은 "似酒勺形"이라 하였고, 郝懿行은 "鵲尾似勺,
故後世作鵲尾勺, 本此"라 함.

【其鳴自呼】'鳴'은 吳寬本에는 '名'으로 되어 있음.

【羬羊】곽박은 '침양'으로 읽도록 하였으나 이는 오류이며 '암양'으로 읽음. 大尾羊. 郭璞은 "今大月氏國, 有大羊如驢而馬尾.《爾雅》云:「羊六尺爲羬.」謂此羊也. 羬, 音針"이라 하였으나, 郝懿行은 "羬, 當從《說文》作'羷', '羬'蓋俗體.《玉篇》:「午咸(암)·渠炎(겸)二切」.《廣韻》:「巨淹切(겸), 與鍼(침)同音.」鍼(침): 又'之林切(짐), 俗字作針'. 是郭注之, '針'蓋因傳寫隨俗, 失於校正也.《初學記》(29)引此注亦云:「羬, 音針.」則自唐木(宋)已譌.《太平御覽》(902)引郭義恭《廣志》云:「大尾羊, 細毛, 薄皮, 尾上旁廣, 重且十斤, 出康居.」卽與此注相合.《初學記》引郭氏《圖讚》云:「月氏之羊, 其類. 在野, 厥高六尺, 尾亦如馬.」何以審之. 事見《爾雅》"라 하여 겸(羬)자는 '암(羷)'자여야 하며, 음은 '암', '겸' 등이라 하였음.

423(5-11-11) 질조산秩簹山

다시 동북쪽으로 50리에 질조산秩簹山이 있다.
그 산 위에는 소나무, 잣나무, 궤수机樹, 환수桓樹가 많다.

又東北五十里, 曰秩簹之山.
其上多松柏机柏.

【秩簹之山】 郭璞은 "簹, 音彫"라 하여 '조산'으로 읽음.
【机柏】 〈宋本〉에는 机桓으로 되어 있으며 王念孫, 郝懿行도 모두 '机桓'으로
교정하였음. 檀樹와 無患子樹라 함. 袁珂는 "云桓, 則無患子, 可以浣衣去垢"
라 하여 '机'는 檀樹(오리나무), '桓'은 無患子樹이며 이 나무는 옷을 세탁할 때
더러운 때를 없애는 데에 사용한다 하였음.

424(5-11-12) 근리산董理山

다시 서북쪽으로 1백 리에 근리산董理山이 있다.

그 산 위에는 소나무와 잣나무가 많으며 아름다운 자수梓樹가 많다. 그 산 북쪽에는 단확丹雘이 많으며 금이 많다. 그곳의 짐승은 주로 표범과 호랑이가 많다.

그곳에 새가 있으니 그 형상은 마치 까치와 같으나 푸른 몸에 흰 부리, 흰 눈에 흰 꼬리를 가지고 있다. 이름을 청경靑耕이라 하며 가히 역질을 막을 수 있다. 그 울음은 자신의 이름을 부르는 소리를 낸다.

又西北一百里, 日董理之山.

其上多松柏, 多美梓. 其陰多丹雘, 多金. 其獸多豹虎.

有鳥焉, 其狀如鵲, 青身白喙, 白目白尾, 名日青耕, 可以禦疫, 其鳴自叫.

청경(青耕)

【丹雘】雘은 돌에서 나는 油脂의 일종. 石脂.《說文》에 "雘, 善丹也"라 함. 고대 아주 중요한 顔料로 사용하였다 함. 丹雘은 붉은색 안료로 쓸 수 있음.
【青耕】疊韻連綿語의 새 이름.

425(5-11-13) 의고산依軲山

다시 동남쪽으로 30리에 의고산依軲山이 있다.

그 산 위에는 유수杻樹와 강수橿樹가 많으며, 사리수租梨樹가 많다.

그곳에 짐승이 있으니 그 형상은 개와 같으나 호랑이 발톱에 인갑鱗甲이 있다. 그 이름을 인獜이라 하며 높이 뛰어올라 먹이 덮치기를 잘한다. 이를 먹으면 풍비병風痺病에 걸리지 않는다.

又東南三十里, 曰依軲之山.

其上多杻橿, 多苴.

有獸焉, 其狀如犬, 虎爪有甲, 其名曰獜,

善駚𡗥, 食者不風.

인(獜)

【依軲之山】郭璞은 "軲, 音枯"라 함.

【杻橿】'杻'는 감탕나무, 혹은 冬靑이라고도 하며 본음은 '뉴.' 杻樹. '橿'은 역시 나무 이름으로 橿樹. 혹 감탕나무의 일종이라고 함. 郭璞은 "杻似棣而細葉, 一名土橿. 音紐; 橿, 木中車材, 音姜"이라 함. 杻樹(뉴슈)는 棠棣나무와 같으며 橿樹는 수레를 만드는 데에 사용하는 나무.

【苴】郭璞은 "未詳, 音 菹"라 하였고, 郝懿行은 "經內皆云'其木多苴', 疑苴卽'柤'之假借字也. 柤之借爲苴, 亦猶苢之借爲杞矣"라 하여 '柤', 즉 '柤梨樹'로 보았음.

【㺊】郭璞은 "言體有鱗甲, 㺊, 音吝"이라 함. 곽박 《圖讚》에 "有獸虎爪, 厥號
曰㺊. 好自跳撲, 鼓甲振奮. 若食其肉, 不覺風迅"이라 함.

【駚牟】소나 말 따위가 내닫고 들뛰는 모습을 말함. 郭璞은 "跳躍自撲也.
駚奮兩音"이라 함.

【不風】바람을 두려워하지 아니함. 그러나 風痹病으로 보는 것이 타당함.
郭璞은 "不畏天風"이라 하였으나, 汪紱은 "或云無風疾也"라 함.

426(5-11-14) 즉곡산卽谷山

다시 동남쪽으로 35리에 즉곡산卽谷山이 있다.

아름다운 옥이 많고 검은 표범이 많으며 산당나귀와 주록麈鹿이 많고, 또한 영양과 작奐이 많다.

그 산 남쪽에는 민옥珉玉이 많으며 산 북쪽에는 청확青雘이 많다.

又東南三十五里, 曰卽谷之山.

多美玉, 多玄豹, 多閭麈, 多麢奐.

其陽多珉, 其陰多青雘.

【玄豹】郭璞은 "黑豹也. 今卽荆州山中出黑虎也"라 하였으며, 袁珂는 "按: 郭注 '出'字, 乃'之'字之譌"라 함.

【閭】 산당나귀. 산노새. '閭'는 '驢'의 가차자. 羭, 山驢. 郭璞은 "閭卽羭也, 似驢 而岐蹄, 角如麢羊, 一名山驢.《周書》曰:「北唐以閭.」"라 함.

【麈】 큰 사슴의 일종. 고라니. 일명 駝鹿이라고도 함.

【奐】 짐승의 일종으로 모습은 토끼와 같으며 사슴의 발을 가지고 있다 함. 郭璞은 "奐, 似菟而鹿足, 青色, 音綽"이라 하여 '작'으로 읽음. 원음은 '착.'

【青雘】'雘'은 돌에서 나는 油脂의 일종. 石脂.《說文》에 "雘, 善丹也"라 함. 고대 아주 중요한 顔料로 사용하였다 함. 青雘은 푸른색 안료로 쓸 수 있음.

427(5-11-15) 계산雞山

다시 동남쪽으로 40리에 계산雞山이 있다.
  그 산 위에는 아름다운 자수梓樹가 많고, 뽕나무가 많으며 그곳의 풀은
주로 부추가 많다.

又東南四十里, 曰雞山.
其上多美梓, 多桑, 其草多韭.

【梓】 가래나무. 版木에 많이 사용되어 인쇄를 흔히 '上梓'라고도 함.
【韭】 '韮'로도 표기하며 식용 채소인 부추.

428(5-11-16) 고전산高前山

다시 동남쪽으로 50리에 고전산高前山이 있다.

그 산 위에는 물이 많으며 매우 차고 맑다. 이는 제대帝臺의 국물이다. 이를 마시면 마음의 통증이 없게 된다.

그 산 위에는 금이 있고 산 아래에는 자토赭土가 있다.

又東南五十里, 曰高前之山.

其上多水焉, 甚寒而清, 帝臺之漿也. 飲之者不心痛.

其上有金, 其下有赭.

【甚寒而清】郭璞은 "清, 或作潜"이라 함.
【帝臺之漿】天神의 이름. 袁珂는 "帝臺者, 蓋治理一方之小天帝也"라 함. 곽박
《圖讚》에 "帝臺之水, 飲蠲心病. 靈府是滌, 和神養性. 食可逍遙, 濯髮浴泳"
이라 함.

429(5-11-17) 유희산游戲山

다시 동남쪽으로 30리에 유희산游戲山이 있다.
유수杻樹, 강수橿樹, 곡수穀樹가 많으며 옥이 많고 봉석封石이 많다.

又東南三十里, 曰游戲之山.
多杻橿穀, 多玉, 多封石.

【杻橿】 '杻'는 감탕나무, 혹은 冬靑이라고도 하며 본음은 '뉴.' 杻樹. '橿'은
역시 나무 이름으로 橿樹. 혹 감탕나무의 일종이라고 함. 郭璞은 "杻似
棣而細葉, 一名土橿. 音紐; 橿, 木中車材, 音姜"이라 함. 杻樹(뉴슈)는 棠棣
나무와 같으며 橿樹는 수레를 만드는 데에 사용하는 나무.
【穀】 構와 같음. 構樹. 나무 이름. 그 열매가 곡식 낟알 같아 穀樹라 한다 함.
'穀'과 '構'는 고대 同聲이었으며 雙聲互訓으로 쓴 것. 그러나 郭璞 注에는 "穀,
楮也, 皮作紙. 璨曰:「穀亦名構, 名穀者, 以其實如穀也.」"라 함. 한편 郝懿行은
"陶宏景注《本草經》云:「穀卽今構樹也. 穀構同聲, 故穀亦名構.」"라 함.
【封石】 邽石과 같음. 약재로 쓰이는 암석으로 味甘, 無毒의 성질을 가지고
있음. 郝懿行은 "《本草別錄》云:「封石味甘, 無毒, 生常山及少室.」下文游戲
之山·嬰侯之山·豐山·服山·聲匈之山竝多此石."이라 함.

430(5-11-18) 종산從山

다시 동남쪽으로 35리에 종산從山이 있다.

그 산 위에는 소나무와 잣나무가 많고 산 아래에는 대나무가 많다.

종수從水가 그 산 위에서 발원하여 땅속으로 흘러 아래로 내려간다. 그 물에는 삼족별三足鼈이 많은데 꼬리가 갈라져 있다. 이를 먹으면 고역蠱疫이 없어진다.

又東南三十五里, 曰從山.

其上多松柏, 其下多竹.

從水出于其上, 潛于其下. 其中多三足鼈, 枝尾, 食之無蠱疫.

【三足鼈】郭璞은 "三足鼈, 名能. 見《爾雅》"라 함.

【蠱疫】'蠱'는 蠱惑病. '疫'은 '疾'의 오기로 봄. '蠱'는 원래 귀신이 있다고 믿어 그것이 작은 벌레처럼 작용하여 환각, 환청, 정신질환 등의 병을 일으키거나 사람의 정신을 혼미하게 하여 모든 것을 의심하게 한다고 여겼음. 오늘날 균이나 박테리아, 바이러스 따위, 혹은 정신병을 유발하는 어떤 원인균이나 물질을 말함. 郝懿行은 "〈北次三經〉(170)云:「人魚如䱱魚, 四足, 食之無痴疾.」此言'食者無蠱疾.」 蠱, 疑惑也. 癡, 不慧也. 其義同"이라 함.

【枝尾】꼬리가 나뭇가지 갈라지듯 갈라져 있음.

431(5-11-19) 영진산嬰磌山 인연

다시 동남쪽으로 30리에 영진산嬰磌山이 있다.

그 산 위에는 소나무와 잣나무가 많고 산 아래에는 자수梓樹와 춘목櫄木이 많다.

又東南三十里, 曰嬰磌之山.

其上多松柏, 其下多梓櫄.

【嬰磌之山】 郭璞은 "磌, 音眞"이라 하여 '진'으로 읽음. 그러나 247의 磌山도 역시 진산으로 읽음. 郝懿行은 "《玉篇》音餘郭同. 〈東次二經〉(247)磌山, 郭音'一眞反', 蓋'一'·'反'二字衍"이라 하여 역시 음이 '진'이어야 함.

【梓櫄】 '梓'는 가래나무. 흔히 고대 판목으로 이용하여 인쇄를 '上梓'라 함. '櫄'은 '杶', '椿'자와 같음. 참죽나무라 하며, 흔히 수레바퀴를 만드는 데에 사용한다 함.

432(5-11-20) 필산畢山

다시 동남쪽으로 30리에 필산畢山이 있다.

제원수帝苑水가 그 산에서 발원하여 동북쪽으로 흘러 시수視水로 들어간다. 그 물에는 수옥水玉이 많고 교蛟가 많다. 그 산 위에는 저부璿珸라는 옥이 많다.

又東南三十里, 曰畢山.

帝苑之水出焉, 東北流注于視. 其中多水玉, 多蛟. 其上多璿珸之玉.

【視】'瀙(친)'자의 오기로 봄. 郭璞은 "或曰視宜爲瀙, 瀙水今在南陽야"라 하였고, 汪紱은 "視當作瀙, 今南陽汝寧間有瀙水"라 함.

【蛟】蛟龍. 그러나 구체적으로 발이 넷이며 머리가 작고 허리가 가는 뱀의 일종으로 사람을 해치기도 한다 함. 열대지방의 큰 뱀. 郭璞은 "似蛇而四脚, 小頭細頸, 頸有白瘿, 大者十數圍, 卵如一二石甕, 能吞人"이라 함.

【璿珸】'저부'라 불리는 옥. 璿는 《集韻》에 反切로 '抽居切'(처/저)과 '通都切'(토/도) 두 음이 있음. 여기서는 잠정적으로 '저부'로 읽음. 이 옥은 구체적으로 어떤 형태인지 알 수 없음. 郭璞은 "璿珸, 玉名, 所未詳也"라 함. 郝懿行은 《說文》引孔子曰:「美哉! 璵璠. 遠而望之, 奐若也; 近而視之, 瑟若也. 一則理勝, 一則孚勝.」此經璿珸, 古字所無, 或卽璵璠之字, 當由聲轉. 若系理孚之文, 又爲形變也. 古書多假借, 疑此二義似爲近之"라 함.

433(5-11-21) 낙마산樂馬山

다시 동남쪽으로 20리에 낙마산樂馬山이 있다.

그곳에 짐승이 있으니 형상은 마치 휘彙와 같으며 온몸이 붉기가 마치 불덩어리 같다. 이름을 여㺄라 하며 이 짐승이 나타나면 그 나라에 큰 역질이 돈다.

又東南二十里, 曰樂馬之山.

有獸焉, 其狀如彙, 赤如丹火, 其名曰㺄, 見則其國大疫.

【彙】吳任臣은 "彙, 猬鼠也"라 함. 고슴도치의 일종. 刺蝟(刺猬). '彙'는 '蝟'의 本字라 함. 〈北次二經〉梁渠之山(163)에도 출현함.

【㺄】郭璞은 "音戾"라 하여 '려'로 읽음. 곽박《圖讚》에 "㺄狼之出, 兵不外擊. 雍和作恐, 㺄乃流疫. 同惡殊災, 氣各有適"이라 함.

434(5-11-22) 함산蔵山

다시 동남쪽으로 25리에 함산蔵山이 있다.

시수視水가 이 산에서 발원하여 동남쪽으로 흘러 여수汝水로 들어간다. 그 물에는 인어人魚가 많으며 교蛟가 많고, 힐頡이 많다.

又東南二十五里, 曰蔵山.

視水出焉, 東南流注于汝水. 其中多人魚, 多蛟, 多頡.

【蔵山】袁珂는 "蔵, 音緘"이라 하여 '함산'으로 읽음. 원음은 '침.'
【視水】'瀙水'의 오기로 봄. 郭璞은 "或曰視宜爲瀙, 瀙水今在南陽야"라 함.
【人魚】郭璞은 "如鯑魚四脚"이라 함. 陵魚(634), 龍魚(524) 등도 '人魚'라 불림.
【蛟】蛟龍. 그러나 구체적으로 발이 넷이며 머리가 작고 허리가 가는 뱀의 일종으로 사람을 해치기도 한다 함. 열대지방의 큰 뱀. 郭璞은 "似蛇而四脚, 小頭細頸, 頸有白瘿, 大者十數圍, 卵如一二石甕, 能吞人"이라 함.
【頡】일설에 수달(水獺)이라고도 하며 혹 검은 개, 혹은 푸른 개와 같이 생긴 물짐승이라고도 함. 郭璞은 "頡, 如靑狗"라 함. 303에는 "有獸焉, 名曰獢, 其狀 如獳犬而有鱗, 其毛如彘鬣"라 하여 '獢'로 쓰고 있음.

435(5-11-23) 영산嬰山

다시 동쪽으로 40리에 영산嬰山이 있다.
그 산 아래에는 청확靑䧹이 많고, 산 위에는 금과 옥이 많다.

又東四十里, 曰嬰山.
其下多靑䧹, 其上多金玉.

【靑䧹】 '䧹'은 돌에서 나는 油脂의 일종. 石脂. 《說文》에 "䧹, 善丹也"라 함.
고대 아주 중요한 顔料로 사용하였다 함. 靑䧹은 푸른색 안료로 쓸 수 있음.

436(5-11-24) 호수산虎首山

다시 동쪽으로 30리에 호수산虎首山이 있다.
사리수粗梨樹와 조수稠樹, 거수椐樹가 많다.

又東三十里, 曰虎首之山.
多苴稠椐.

【苴】郭璞은 "未詳, 音 菹"라 하였고, 郝懿行은 "經內皆云'其木多苴', 疑苴卽
'粗'之假借字也. 粗之借爲苴, 亦猶芑之借爲杞矣"라 하여 '粗', 즉 '粗梨樹'로
보았음.
【稠】조(稠)는 稠樹. 상록수의 일종이며 배의 삿대를 만드는 데에 사용한다 함.
郭璞은 "稠, 未詳也. 音彫"라 하여 '조'로 읽음. 원음은 '주.' 郝懿行은 《類篇》
云:「稠寒而不凋.」"라 함.
【椐】'椐'는 椐樹로 지팡이를 만드는데 사용한다 함.

437(5-11-25) 영후산嬰侯山

다시 동쪽으로 20리에 영후산嬰侯山이 있다.
그 산 위에는 봉석封石이 많으며, 산 아래에는 적석赤錫이 많다.

又東二十里, 日嬰侯之山.
其上多封石, 其下多赤錫.

【封石】邦石과 같음. 약재로 쓰이는 암석으로 味甘, 無毒의 성질을 가지고
있음. 郝懿行은 "《本草別錄》云:「封石味甘, 無毒, 生常山及少室.」下文游戲
之山·嬰侯之山·豐山·服山·聲匈之山竝多此石."이라 함.

438(5-11-26) 대숙산大尃山

다시 동쪽으로 50리에 대숙산大尃山이 있다.

살수殺水가 그 산에서 발원하여 동북쪽으로 흘러 시수視水로 들어간다. 그 물에는 백악토白堊土가 많다.

又東五十里, 曰大尃之山.

殺水出焉, 東北流中于視水, 其中多白堊.

【視水】灢水의 오기. 郝懿行은 "視當爲灢.《水經注》云:「灢水又東北, 殺水出 西南大尃之山, 東北流入于灢.」"이라 함.

439(5-11-27) 비산卑山

다시 동쪽으로 40리에 비산卑山이 있다.
　그 산 위에는 복숭아나무, 오얏나무, 사리수柤梨樹, 그리고 자수梓樹가
많으며, 뇌수欙樹가 많다.

又東四十里, 曰卑山.
其上多桃李苴梓, 多欙.

【苴】郭璞은 "未詳, 音 菹"라 하였고, 郝懿行은 "經內皆云'其木多苴', 疑苴卽
　　'柤'之假借字也. 柤之借爲苴, 亦猶芭之借爲杞矣"라 하여 '柤', 즉 '柤梨樹'로
　　보았음.
【梓】가래나무. 版木으로 많이 사용하여 인쇄를 흔히 '上梓'라 함.
【欙】紫藤樹. 등나무의 일종으로 줄기가 뻗어 그늘을 이룸. 郭璞은 "今虎豆貍
　　豆之屬, 欙, 一名縢. 音誄"라 하여 '뢰'로 읽음. 본음은 '류.' 그러나 《廣雅》
　　에는 "欙, 藤也"라 하여 '欙' 즉 등나무(藤)의 일종으로 보았음.

440(5-11-28) 의제산倚帝山

다시 동쪽으로 30리에 의제산倚帝山이 있다.

그 산 위에는 옥이 많고 산 아래에는 금이 많다.

그곳에 짐승이 있으니 그 형상은 마치 폐서獄鼠와 같으며 흰 귀에 흰 부리를 가지고 있다. 이름을 저여狙如라 하며 이 짐승이 나타나면 그 나라에 큰 전쟁이 일어난다.

又東三十里, 曰倚帝之山.

其上多玉, 其下多金.

有獸焉, 狀如獄鼠, 白耳白喙, 名曰狙如,

見則其國有大兵.

저여(狙如)

【獄鼠】郭璞은 "《爾雅》說鼠有十三種, 中有此鼠, 形所未詳也, 音狗吠之吠"라 함.

【狙如】汪紱은 "狙, 音蛆"라 함. 곽박《圖讚》에 "狙如微蟲, 厥體無害. 見則師與, 兩陣交會. 物之所感, 焉有小大?"라 함.

441(5-11-29) 예산鯢山

다시 동쪽으로 30리에 예산鯢山이 있다.

예수鯢水가 이 산 위에서 발원하여 땅속에 잠겨 아래로 흐른다. 그 물에는 아름다운 악토堊土가 많다.

그 산 위에는 금이 많으며 산 아래에는 청확靑雘이 많다.

又東三十里, 曰鯢山.

鯢水出于其上, 潛于其下, 其中多美堊.

其上多金, 其下多靑雘.

【鯢山】郭璞은 "鯢, 音倪"라 함.
【靑雘】'雘'은 돌에서 나는 油脂의 일종. 石脂.《說文》에 "雘, 善丹也"라 함.
고대 아주 중요한 顏料로 사용하였다 함. 靑雘은 푸른색 안료로 쓸 수 있음.

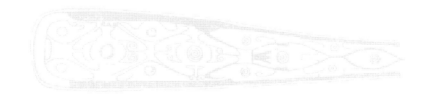

442(5-11-30) 아산雅山

다시 동쪽으로 30리에 아산雅山이 있다.

예수澧水가 그 산에서 발원하여 동쪽으로 흘러 시수視水로 들어간다. 그 물에는 대어大魚가 많다.

그 산 위에는 아름다운 뽕나무가 많으며 산 아래에는 사리수柤梨樹가 많고 적금赤金이 많다.

又東三十里, 曰雅山.

澧水出焉, 東流注于視水. 其中多大魚.

其上多美桑, 其下多茝, 多赤金.

【澧水】郭璞은 "音禮, 今澧水出南陽"이라 함.

【視水】郝懿行은 '況水'가 아닌가 여겼음.

【茝】郭璞은 "未詳, 音 蒩"라 하였고, 郝懿行은 "經內皆云'其木多茝', 疑茝卽 '柤'之假借字也. 柤之借爲茝, 亦猶芑之借爲杞矣"라 하여 '柤', 즉 '柤梨樹'로 보았음.

【赤金】구리(銅)를 뜻함. 郭璞 주에 "赤金, 銅也"라 함. 그러나 379의 郝懿行 〈箋疏〉에 "銅與赤金竝見, 非一物明矣. 郭氏誤注"라 하여 구리와 赤金은 서로 다른 물건이라 하였음.

443(5-11-31) 선산宣山

다시 동쪽으로 55리에 선산宣山이 있다.

윤수淪水가 그 산에서 발원하여 동남쪽으로 흘러 시수視水로 들어간다. 그 물에는 교蛟가 많다.

그 산 위에 뽕나무가 있어 그 크기가 50척이나 되며 그 가지는 사방으로 뻗어나 있다. 그 잎은 크기가 한 자 남짓 되며 붉은 결에 노란 꽃, 푸른 꽃받침을 하고 있다. 이름을 제녀상帝女桑이라 한다.

又東五十五里, 曰宣山.

淪水出焉, 東南流注于視水. 其中多蛟.

其上有桑焉, 大五十尺, 其枝四衢, 其葉大尺餘, 赤理黃華靑柎, 名曰帝女之桑.

【五十五里】 '五十里'로 보아야 함. 〈宋本〉, 〈吳任臣本〉, 〈汪紱本〉, 〈畢沅本〉, 〈百子全書本〉 등에 모두 '五十里'로 되어 있음.
【視水】 郝懿行은 '瀙水'여야 한다고 여겼음.
【蛟】 蛟龍. 그러나 구체적으로 발이 넷이며 머리가 작고 허리가 가는 뱀의 일종으로 사람을 해치기도 한다 함. 열대지방의 큰 뱀. 郭璞은 "似蛇而四脚, 小頭細頸, 頸有白瘿, 大者十數圍, 卵如一二石甕, 能吞人"이라 함.
【大五十尺】 郭璞은 "圍五丈也"라 함.
【其枝四衢】 郭璞은 "言枝交互四出"이라 함.

【黃華】《藝文類聚》(88)에는 '靑華'로,《太平御覽》(955)에는 '靑葉'으로 되어 있음.
【靑柎】'柎'는 꽃받침(花萼)을 말함. 푸른 꽃받침(花萼房)이 있음.
【帝女之桑】郭璞은 "婦女主蠶, 故以名桑"이라 하였고, 袁珂는 "按:《太平御覽》
(921)引《廣異記》云:「南方赤帝女學道得仙, 居南陽崿山桑樹上, 赤帝以火焚之,
女卽昇天, 因名曰帝女桑.」畢沅云:「按《水經注》, 宣山在今河南泌陽縣界, 今
失名.」泌陽縣, 漢時稱比陽縣, 屬南陽郡, 則宣山卽崿山矣, 宣山帝女之桑卽崿
山帝女桑也. 赤帝女居此桑火焚昇天, 故桑以帝女而名, 郭釋以'婦女主蠶'云云,
殊未諦也"라 함. 곽박《圖讚》에 "爰有洪桑, 生瀆淪潭. 厥圍五丈, 枝相交參.
園客是採, 帝女所蠶"이라 함.

444(5-11-32) 형산衡山

다시 동쪽으로 45리에 형산衡山이 있다.

그 산 위에는 청확青雘이 많고 뽕나무가 많다. 그곳의 새는 주로 구욕鸜鵒이 많다.

又東四十五里, 曰衡山.

其上多靑雘, 多桑. 其鳥多鸜鵒.

【衡山】郭璞은 "今衡山在衡陽湘南縣, 南嶽也. 俗謂之岣嶁山"이라 하였으나,
袁珂는 "按: 此衡山非南嶽衡山, 郭注失之. 〈海內經〉云:「南海之內有衡山.」(852)
郭注南嶽, 卽此山也"라 하여 의견을 달리 하고 있음. 같은 이름의 衡山은
376, 852 등 세 곳이 있음.

【靑雘】'雘'은 돌에서 나는 油脂의 일종. 石脂.《說文》에 "雘, 善丹也"라 함.
고대 아주 중요한 顏料로 사용하였다 함. 靑雘은 푸른색 안료로 쓸 수 있음.

【鸜鵒】鴝鵒으로도 표기하며 속칭 八哥. 앵무새의 일종으로 능히 사람의
말을 흉내냄. 九官鳥라고도 함. 郭璞은 "鴝鵒也. 傳曰:「鴝鵒來巢.」音臞"라
하였고, 汪紱은 "鸜鵒, 八哥也"라 함.

445(5-11-33) 풍산豐山

다시 동쪽으로 40리에 풍산豐山이 있다.

그 산 위에 봉석封石이 많으며 그곳의 나무는 주로 뽕나무가 많고, 양도羊桃가 많다. 양도는 생김새가 복숭아 같으나 줄기가 네모져 있다. 이로써 피부의 종창을 치료할 수 있다.

又東四十里, 曰豐山.

其上多封石, 其木多桑, 多羊桃, 狀如桃而方莖, 可以爲皮張.

【豐山】 豐山은 418에도 있으며 이에 대해 袁珂는 "按: 此經上文已有豐山(418), 此山蓋與連麓而別爲一山, 非重出也"라 함.
【封石】 玭石과 같음. 약재로 쓰이는 암석으로 味甘, 無毒의 성질을 가지고 있음. 郝懿行은 《本草別錄》云: 「封石味甘, 無毒, 生常山及少室.」 下文游戲之山・嬰侯之山・豐山・服山・聲匈之山竝多此石."이라 함.
【羊桃】 郭璞은 "一名鬼桃"라 함.
【皮張】 피부가 팽창하는 병. '張'은 '脹'과 같음. 郭璞은 "治皮腫起"라 함.

446(5-11-34) 구산嫗山

다시 동쪽으로 70리에 구산嫗山이 있다.

그 산 위에는 아름다운 옥이 많고 산 아래에는 금이 많으며, 그곳의
풀은 주로 계곡초雞穀草가 많다.

又東七十里, 曰嫗山.

其上多美玉, 其下多金, 其草多雞穀.

【雞穀】雞穀草. 〈中次十一經〉(419) 免牀之山에 "其陽多鐵, 其木多櫧芋, 其草
多雞穀, 其本雞卵, 其味酸甘, 食者利于人"라 함.

447(5-11-35) 선산鮮山

다시 동쪽으로 30리에 선산鮮山이 있다.

그곳의 나무는 주로 유수栖樹, 유수杻樹, 사리수柤梨樹가 많으며, 그곳의 풀은 주로 문동虋冬이 많다.

그 산 남쪽에는 금이 많이 나고 북쪽에는 철이 많이 난다.

그곳에 짐승이 있으니 그 형상은 마치 막견膜犬과 같으며, 붉은 주둥이, 붉은 눈에 흰 꼬리를 가지고 있다. 이 짐승이 나타나면 그 읍에 화재가 일어난다. 이름을 이즉㹨卽이라 한다.

이즉(㹨卽)

又東三十里, 曰鮮山. 其木多楢杻苴, 其草多蘆冬.

其陽多金, 其陰多鐵.

有獸焉, 其狀如膜大, 赤喙·赤目·白尾, 見則其邑有火, 名曰㹨卽.

【苴】郭璞은 "未詳, 音 菹"라 하였고, 郝懿行은 "經內皆云'其木多苴', 疑苴卽 '柤'之假借字也. 柤之借爲苴, 亦猶芑之借爲杞矣"라 하여 '柤', 즉 '柤梨樹'로 보았음.

【蘆冬】'虋冬'의 오기. 약초의 이름으로 '門冬', 혹 '滿冬'이라고도 함. 원문 虋는 문(蘆)의 오기. 지금은 假借하여 '門'자로 씀. 天門冬, 麥門冬 등이 있음. 袁珂는 "按: 虋當爲蘆, 音門. 俗亦作門. 門冬有二種. 一麥門冬, 一天門冬, 均入藥用"이라 함. 이에 따라 臺灣 〈三民本〉 등에는 모두 '蘆'으로 고쳐져 있음.

【膜大】'膜犬'의 오자. 狼狗의 일종으로 매우 사납다 함. 郝懿行은 "'大'當作 '犬'字之譌, 《廣韻》作犬, 可證. 膜犬者, 郭注《穆天子傳》云:「西膜沙漠之鄉, 是則膜犬.」卽西膜之犬, 今其犬高大獿毛, 猛悍多力也"라 함.

【狢卽】郭璞은 "狢, 音移"라 함. 곽박 《圖讚》에는 "梁渠致兵, 狢卽起災. 駅餘辟火, 物各有能. 聞獜之見, 大風乃來"라 함.

448(5-11-36) 장산章山

다시 동쪽으로 30리에 장산章山이 있다.

그 산 남쪽에는 금이 많고 북쪽에는 아름다운 돌이 많다.

고수皐水가 그 산에서 발원하여 동쪽으로 흘러 풍수豐水로 들어간다.
그 물에는 취석脃石이 많다.

又東三十里, 曰章山.

其陽多金, 其陰多美石.

皐水出焉, 東流注于豐水, 其中多脃石.

【章山】郭璞은 "或作童山"이라 하였으나 郝懿行은 "經章山當爲皐山, 注童山當
   爲章山, 竝字形之譌也. 見《水經注》"라 하였고 王念孫도 郝懿行 주와 같음.
【脃石】脆石과 같음. 석질이 너무 연하여 잘 부서지고 잘라지며 얇음. 郭璞은
   "未聞"이라 하였고, 郝懿行은 《說文》云:「脃, 小耎易斷也.」此石耎薄易脆,
   故以名焉"이라 함. 袁珂는 "按: 脃, 俗作脆, 脃石, 卽脆石也"라 함.

449(5-11-37) 대지산大支山

다시 동쪽으로 25리에 대지산大支山이 있다.

그 산 남쪽에는 금이 많으며, 그곳의 나무는 주로 곡수穀樹와 작수柞樹가
많다. 풀과 나무는 없다.

又東二十五里, 曰大支之山.

其陽多金, 其木多穀柞, 無草木.

【穀】構와 같음. 構樹. 나무 이름. 그 열매가 곡식 낟알 같아 穀樹라 한다 함.
'穀'과 '構'는 고대 同聲이었으며 雙聲互訓으로 쓴 것. 그러나 郭璞 注에는 "穀,
楮也, 皮作紙. 璨曰:「穀亦名構, 名穀者, 以其實如穀也.」"라 함. 한편 郝懿行은
"陶宏景注《本草經》云:「穀卽今構樹也. 穀構同聲, 故穀亦名構.」"라 함.

【柞】櫟樹의 다른 이름. 郭璞은 "柞, 櫟"이라 함. 상수리나무, 떡갈나무의 일종.

【無草木】'無草'여야 함. 〈宋本〉, 〈藏經本〉, 何焯〈校注本〉 등에는 모두 '木'자가
없으며 郝懿行은 "木字衍, 〈藏經本〉無之"라 함.

450(5-11-38) 구오산區吳山

다시 동쪽으로 50리에 구오산區吳山이 있다.
그곳의 나무는 주로 사리수柤梨樹가 많다.

又東五十里, 曰區吳之山.
其木多苴.

【苴】郭璞은 "未詳, 音 菹"라 하였고, 郝懿行은 "經內皆云'其木多苴', 疑苴卽
'柤'之假借字也. 柤之借爲苴, 亦猶芑之借爲杞矣"라 하여 '柤', 즉 '柤梨樹'로
보았음.

451(5-11-39) 성흉산聲匈山

다시 동쪽으로 50리에 성흉산聲匈山이 있다.

그곳의 나무는 주로 곡수穀樹가 많으며 옥이 많고 산 위에는 봉석封石이
많다.

又東五十里, 曰聲匈之山.

其木多穀, 多玉, 上多封石.

【穀】構와 같음. 構樹. 나무 이름. 그 열매가 곡식 낟알 같아 穀樹라 한다 함.
'穀'과 '構'는 고대 同聲이었으며 雙聲互訓으로 쓴 것. 그러나 郭璞 注에는 "穀,
楮也, 皮作紙. 璨曰:「穀亦名構, 名穀者, 以其實如穀也.」"라 함. 한편 郝懿行은
"陶宏景注《本草經》云:「穀卽今構樹也. 穀構同聲, 故穀亦名構.」"라 함.

【封石】邽石과 같음. 약재로 쓰이는 암석으로 味甘, 無毒의 성질을 가지고
있음. 郝懿行은 "《本草別錄》云:「封石味甘, 無毒, 生常山及少室.」下文游戲
之山・嬰侯之山・豐山・服山・聲匈之山竝多此石"이라 함.

452(5-11-40) 대외산大騩山

다시 동쪽으로 50리에 대외산大騩山이 있다.
그 산 남쪽에는 적금赤金이 많고, 산 북쪽에는 지석砥石이 많다.

又東五十里, 曰大騩之山.
其陽多赤金, 其陰多砥石.

【大騩之山】이미 〈中次八經〉(360)에 '大騩山'이 있으나 같은 산은 아닌 것으로
보임. '騩'는 '외'로 읽음. 郭璞은 "騩, 音巍: 一音隗囂之隗"라 함. '騩'의
본음은 '귀.' 그 외 '騩山'이라는 이름도 062, 100, 297, 399 등에 보임.
【赤金】구리(銅)를 뜻함. 郭璞 주에 "赤金, 銅也"라 함. 그러나 379의 郝懿行
〈箋疏〉에 "銅與赤金竝見, 非一物明矣. 郭氏誤注"라 하여 구리와 赤金은 서로
다른 물건이라 하였음.
【砥石】숫돌을 만들 수 있는 돌. 질이 미세한 돌을 '砥'라 하며, 거친 돌을
'礪'라 한다 함. 郭璞은 "磨石也, 精爲砥, 粗爲礪"라 함.

453(5-11-41) 종구산踵臼山

다시 동쪽으로 10리에 종구산踵臼山이 있다.
풀이나 나무가 자라지 않는다.

又東十里, 曰踵臼之山.
無草木.

454(5-11-42) 역석산歷石山

다시 동쪽으로 70리에 역석산歷石山이 있다.

그곳의 나무는 주로 두형杜荊과 구기枸杞가 많다.

그 산 남쪽에는 황금이 많고 북쪽에는 지석砥石이 많다.

그곳에 짐승이 있으니 그 형상은 마치 삵과 같으나 흰 머리에 호랑이 발톱을 하고 있다. 이름을 양거梁渠라 하며 이 짐승이 나타나면 그 나라에 큰 전쟁이 일어난다.

又東七十里, 曰歷石之山.

其木多荊芑.

其陽多黃金, 其陰多砥石.

有獸焉, 其狀如狸而白首虎爪, 名曰梁渠, 見則其國有大兵.

【歷石之山】 郭璞은 "歷, 或作磨"라 함.

【砥】 숫돌을 만들 수 있는 돌. 질이 미세한 돌을 '砥'라 하며, 거친 돌을 '礪'라 한다 함. 郭璞은 "磨石也, 精爲砥, 粗爲礪"라 함.

455(5-11-43) 구산求山

다시 동남쪽으로 1백 리에 구산求山이 있다.

구수求水가 그 산 위에서 발원하여 땅속을 흘러 아래로 내려간다. 그 물에는 아름다운 자토赭土가 있다.

그곳의 나무는 주로 사리수柤梨樹가 많으며 미죽籲竹이 많다.

그 산 남쪽에는 금이 많고 북쪽에는 철이 많다.

又東南一百里, 曰求山.

求水出于其上, 潛于其下, 中有美赭. 其木多苴, 多籲.

其陽多金, 其陰多鐵.

【苴】郭璞은 "未詳, 音 菹"라 하였고, 郝懿行은 "經內皆云'其木多苴', 疑苴卽 '柤'之假借字也. 柤之借爲苴, 亦猶芑之借爲杞矣"라 하여 '柤', 즉 '柤梨樹'로 보았음.

【籲】대나무 이름. 籲竹. 화살대로 사용함. 郭璞은 "篠屬"이라 하였고, 郝懿行은 "篠, 箭, 見《爾雅》. 中箭也"라 함.

456(5-11-44) 축양산丑陽山

다시 동쪽으로 2백 리에 축양산丑陽山이 있다.

그 산 위에는 주수椆樹와 거수椐樹가 많다.

그곳에 새가 있으니 그 형상은 마치 까마귀와 같으며 붉은 다리를 가지고 있다. 이름을 지도𩾌𩾌라 하며 이 새로써 화재를 막을 수 있다.

又東二百里, 曰丑陽之山.

其上多椆椐.

有鳥焉, 其狀如烏而赤足, 名曰𩾌𩾌,

可以禦火.

지도(𩾌𩾌)

【𩾌𩾌】袁珂는 "按: 𩾌𩾌音枳徒, 宋本, 毛扆本, 汪紱本 竝作𩾌餘"라 함. 곽박 《圖讚》에 "梁渠致兵, 狑即起災. 𩾌餘辟火, 物各有能. 聞獜之見, 大風乃來"라 함.

457(5-11-45) 오산奧山

다시 동쪽으로 3백 리에 오산奧山이 있다.

그 산 위에는 잣나무와 유수杻樹, 강수橿樹가 많으며, 산 남쪽에는 저부
璿珸라는 옥이 많다.

오수奧水가 그 산에서 발원하여 동쪽으로 흘러 시수視水로 들어간다.

又東三百里, 曰奧山.

其上多柏杻橿, 其陽多璿珸之玉.

奧水出焉, 東流注于視水.

【杻橿】'杻'는 감탕나무, 혹은 冬靑이라고도 하며 본음은 '뉴.' 杻樹. '橿'은
역시 나무 이름으로 橿樹. 혹 감탕나무의 일종이라고 함. 郭璞은 "杻似
棣而細葉, 一名土橿. 音紐; 橿, 木中車材, 音姜"이라 함. 杻樹(뉴슈)는 棠棣
나무와 같으며 橿樹는 수레를 만드는 데에 사용하는 나무.

【璿珸】'저부'라 불리는 옥. 璿는 《集韻》에 反切로 '抽居切'(처/저)과 '通都切'
(토/도) 두 음이 있음. 여기서는 잠정적으로 '저부'로 읽음. 이 옥은 구체적으로
어떤 형태인지 알 수 없음. 郭璞은 "璿珸, 玉名, 所未詳也"라 함. 郝懿行은
"《說文》引孔子曰:「美哉! 瑰瑶. 遠而望之, 奐若也; 近而視之, 瑟若也. 一則
理勝, 一則孚勝.」此經璿珸, 古字所無, 或卽瑰瑶之字, 當由聲轉. 若系理孚之文,
又爲形變也. 古書多假借, 疑此二義似爲近之"라 함.

【視水】郝懿行은 '瀨水'로 보았음.

458(5-11-46) 복산服山

다시 동쪽으로 35리에 복산服山이 있다.

그곳의 나무는 주로 사리수柤梨樹가 많으며 산 위에는 봉석封石이 많고 산 아래에는 적석赤錫이 많다.

又東三十五里, 曰服山.

其木多苴, 其上多封石, 其下多赤錫.

【苴】郭璞은 "未詳, 音 菹"라 하였고, 郝懿行은 "經內皆云'其木多苴', 疑苴卽 '柤'之假借字也. 柤之借爲苴, 亦猶芑之借爲杞矣"라 하여 '柤', 즉 '柤梨樹'로 보았음.

【封石】邽石과 같음. 약재로 쓰이는 암석으로 味甘, 無毒의 성질을 가지고 있음. 郝懿行은 "《本草別錄》云:「封石味甘, 無毒, 生常山及少室」下文游戲 之山·嬰侯之山·豐山·服山·聲匈之山竝多此石"이라 함.

459(5-11-47) 묘산杳山

다시 동쪽으로 1백10리에 묘산杳山이 있다.
그 산 위에는 가영초嘉榮草가 많으며 음과 옥이 많다.

又東百十里, 曰杳山.
其上多嘉榮草, 多金玉.

【又東百十里】三百里. 〈宋本〉, 〈毛扆本〉, 吳寬〈抄本〉, 〈吳任臣本〉. 畢沅〈校注本〉,
〈百子全書本〉 등에는 모두 '三百里'로 되어 있음.
【嘉榮】풀 이름. 구체적으로는 알 수 없음. 349에 "其上有草焉, 生而秀, 其高
丈餘, 赤葉黃華, 華而不實, 其名曰嘉榮, 服之者不霆"이라 함.

460(5-11-48) 궤산几山

다시 동쪽으로 3백50리에 궤산几山이 있다.

그곳의 나무는 주로 유수楉樹, 단수檀樹, 유수杻樹가 많으며, 그곳의
풀은 두로 향초香草가 많다.

그곳에 짐승이 있으니 그 형상은 마치 돼지와 같으며 노란 몸에 흰 머리,
흰 꼬리를 가지고 있다. 이름을 문린聞獜이라 하며 이 짐승이 나타나면
천하에 큰 바람이 분다.

又東三百五十里, 曰几山.

其木多楉檀杻, 其草多香.

有獸焉, 其狀如彘, 黃身·白頭·白尾,

名曰聞獜, 見則天下大風.

문린(聞獜)

【其草多香】郝懿行은 "其草多香, 卽如下文洞庭之山草多葌·蘪蕪·芍藥·芎藭
之屬也"라 함.

【聞獜】獜은 '獜', '𤟤'과 같음. 郝懿行은 "獜, 音鄰, 獜, 亦作𤟤"이라 함. 곽박
《圖讚》에 "梁渠致兵, 移卽起災. 駚餘辟火, 物各有能. 聞獜之見, 大風乃來"라 함.

461(5-11-49) 형산荊山 산계

무릇 형산荊山 산계의 시작은 익망산翼望山으로부터 궤산几山에 이르기까지 48개의 산이며 3천7백32리이다.

그곳의 신들은 형상이 모두 돼지 몸에 사람 머리를 하고 있다.

그들에게 제사를 올릴 때에는 모물毛物로 수탉 한 마리로써 기도하고 규옥珪玉 하나를 땅에 묻어준다. 서미糈米는 다섯 종류의 정곡精穀을 사용한다.

화산禾山은 그 산들의 수령이다. 이 신에게 제사를 올릴 때에는 태뢰太牢를 갖추어 희생을 거꾸로 하여 땅에 묻는다. 그리고 벽옥璧玉을 사용하며 희생으로 태뢰에서 소를 반드시 써야 하는 것은 아니다.

도산堵山과 옥산玉山은 그 산들의 총재이다. 모두 희생을 거꾸로 하여 땅에 묻는 방법으로 제사를 올리며 소뢰少牢로써 하고 길옥吉玉을 그 둘레에 진열한다.

凡荊山之首, 自翼望之山至于几山. 凡四十八山, 三千七百三十二里.

其神狀皆彘身人首.

其祠: 毛用一雄雞祈, 瘞用一珪, 糈用五種之精.

禾山, 帝也. 其祠: 太牢之具, 羞瘞倒毛, 用一璧, 牛無常.

堵山·玉山, 冢也. 皆倒祠, 羞毛少牢, 嬰毛吉玉.

【瘞用一珪】'瘞嬰用一珪'여야 한다고 여겼음.

【糈用五種之精】郭璞은 "備五穀之美者"라 함. 그러나 袁珂는 '精'자는 '糈'자의 오기가 아닌가 여겼음.

【禾山】이 산 이름은 앞에 없음. 帝囷山의 脫誤이거나 求山을 잘못 표기한 것이 아닌가 함. 郝懿行은 "上文無禾山, 或云帝囷山之脫文, 或云求山之誤文"이라 함.

【倒毛】제사에 사용한 毛物을 거꾸로 하여 묻음. 郝懿行은 "薦羞反倒牲貍之也"라 함.

【用一璧】역시 '嬰用一璧'이어야 한다고 보았음. '嬰'자가 누락되었음.

【牛無常】반드시 언제나 세 가지 희생을 모두 갖출 필요는 없음. 汪紱은 "不必犧牷具也"라 함.

【堵山·玉山】郝懿行은 "堵山見〈中次十經〉(346, 中次七經임, '十'은 '七'의 오자); 玉山見〈中次八·九經〉(380, 392), 此經都無此二山, 未審何字之譌"라 함.

【倒祠】희생 毛物을 거꾸로 하여 묻는 것으로써 제사를 올림. 郝懿行은 "倒祠, 亦謂倒毛也"라 함.

【羞毛少牢, 嬰毛吉玉】'羞用少牢, 嬰用吉玉'의 오기. 두 곳의 '毛'자는 모두 '用'자여야 함. 385의 注를 볼 것. 袁珂는 "江紹原《中國古代旅行之研究》謂當系'嬰用'之誤, 是也"라 함.

5-12. 中次十二經

〈洞庭山 帝二女〉明 蔣應鎬 圖本

462(5-12-1) 편우산篇遇山

중앙으로의 열두 번째 경유하게 되는 동정산洞庭山 산계의 시작은 편우산 篇遇山이다.

풀이나 나무가 자라지 않으며 황금이 많다.

中次十二經洞庭山之首, 曰篇遇之山.

無草木, 多黃金.

【篇遇山】郭璞은 "篇, 或作肩"이라 함.

463(5-12-2) 운산雲山

다시 동남쪽으로 50리에 운산雲山이 있다.

풀이나 나무가 자라지 않는다.

계죽桂竹이 있어 심한 독이 있다. 사람을 상하게 하며 사람이 그 나무에 다치면 반드시 죽는다.

그 산 위에는 황금이 많고 산 아래에는 저부璵珸라는 옥이 많다.

又東南五十里, 曰雲山.

無草木.

有桂竹, 甚毒, 傷人必死.

其上多黃金, 其下多璵珸之玉.

【雲山】袁珂는 "按:《初學記》(28)引此經云:「雲山之上, 其實乾腊.」又引郭注
云:「乾腊, 梅也.」今經無此文, 蓋脫"이라 하여 이 뒤에 '之上, 其實乾腊'의
6글자가 더 있었던 것으로 보았음.

【璵珸】'저부'라 불리는 옥. 璵는《集韻》에 反切로 '抽居切'(처/저)과 '通都切'
(토/도) 두 음이 있음. 여기서는 잠정적으로 '저부'로 읽음. 이 옥은 구체적으로
어떤 형태인지 알 수 없음. 郭璞은 "璵珸, 玉名, 所未詳也"라 함. 郝懿行은
"《說文》引孔子曰:「美哉! 璵璠. 遠而望之, 奐若也; 近而視之, 瑟若也. 一則
理勝, 一則孚勝.」此經璵珸, 古字所無, 或卽璵璠之字, 當由聲轉. 若系理孚之文,
又爲形變也. 古書多假借, 疑此二義似爲近之"라 함.

464(5-12-3) 구산龜山

다시 동남쪽으로 1백30리에 구산龜山이 있다.

그 산의 나무는 주로 곡수穀樹, 작수柞樹, 주수椆樹, 거수椐樹가 많다.

산 위에는 황금이 많고 산 아래에는 청웅황靑雄黃이 많으며, 부죽扶竹이 많다.

又東南一百三十里, 曰龜山.

其木多穀柞椆椐.

其上多黃金, 其下多靑雄黃, 多扶竹.

【穀】構와 같음. 構樹. 나무 이름. 그 열매가 곡식 낟알 같아 穀樹라 한다 함. '穀'과 '構'는 고대 同聲이었으며 雙聲互訓으로 쓴 것. 그러나 郭璞 注에는 "穀, 楮也, 皮作紙. 璨曰:「穀亦名構, 名穀者, 以其實如穀也.」"라 함. 한편 郝懿行은 "陶宏景注《本草經》云:「穀卽今構樹也. 穀構同聲, 故穀亦名構.」"라 함.

【柞】櫟樹의 다른 이름. 郭璞은 "柞, 櫟"이라 함. 상수리나무, 떡갈나무의 일종.

【靑雄黃】吳任臣의 〈山海經廣注〉에 "蘇頌云:「階州山中, 雄黃有靑黑色而堅者, 名曰薰黃.」 靑雄黃意卽此也"라 하였음. 그러나 袁珂는 '靑'과 '雄黃'은 서로 다른 두 가지 물건으로 '靑'은 '石靑'을 가리키는 것으로 보았음. 郭璞도 "或曰空靑·曾靑之屬"이라 함.

【扶竹】邛竹. 마디에 옹이가 많으며 단단하여 노인들의 지팡이로 사용함. 扶老竹이라고도 함. 郭璞은 "邛竹也. 高節實中, 中杖也, 名之扶老竹"이라 함.

465(5-12-4) 내산內山

다시 동쪽으로 70리에 내산內山이 있다.
계죽筆竹이 많고, 황금과 구리, 철이 많이 난다. 나무는 없다.

又東七十里, 曰內山.
多筆竹, 多黃金銅鐵, 無木.

【筆竹】桂陽에서 나는 대나무. 郝懿行은 "筆亦當爲桂, 桂陽所生竹, 因以爲名也"
라 함.

466(5-12-5) 풍백산風伯山

다시 동남쪽으로 50리에 풍백산風伯山이 있다.

그 산 위에는 금과 옥이 많으며 산 아래에는 산석痠石과 문석文石이 많으며 철이 많다. 그리고 그곳의 나무는 주로 버드나무, 유수杻樹, 단수檀樹, 저수楮樹가 많다.

그 산 동쪽에 수풀이 있어 이름을 망부림莽浮林이라 한다. 그곳에는 아름다운 나무와 새, 짐승이 많다.

又東南五十里, 曰風伯之山.

其上多金玉, 其下多痠石·文石, 多鐵. 其木多柳杻檀楮.

其東有林焉, 名曰莽浮之林, 多美木鳥獸.

【風伯之山】 袁珂는 "《初學記》(28)引此作'鳳伯之山', 風, 鳳古本一字也"라 함.
【痠石】 郭璞은 "未詳痠石之義"라 하였고, 郝懿行은 "《廣韻》云:「痠, 素官切, 音酸.」 《廣雅》云:「痠, 痛也.」"라 함.

467(5-12-6) 부부산夫夫山

다시 동쪽으로 1백50리에 부부산夫夫山이 있다.

그 산 위에는 황금이 많으며 산 아래에는 청웅황靑雄黃이 많다.

그곳의 나무는 주로 뽕나무와 저수楮樹가 많으며 그곳의 풀은 주로 대나무와 계고초雞鼓草가 많다.

우아于兒라는 신이 그곳에 거주하며 그 형상은 사람의 몸에 두 마리의 뱀을 손에 쥐고 있다. 항상 강연江淵에서 노닐기를 좋아하며 그가 출입할 때면 빛이 난다.

又東一百五十里, 曰夫夫之山.

其上多黃金, 其下多靑雄黃.

其木多桑楮, 其草多竹·雞鼓.

神于兒居之, 其狀人身而身操兩蛇, 常遊于江淵, 出入有光.

우아(于兒)

【夫夫之山】 郝懿行은 "吳任臣氏云, 王崇慶《釋文》本作大夫之山, 《續通考》引此亦作大夫山. 又按: 秦繹山碑及漢印篆文大夫都作夫夫, 則二字古相通也"라 함.

【靑雄黃】 吳任臣의 〈山海經廣注〉에 "蘇頌云:「階州山中, 雄黃有靑黑色而堅者, 名曰薰黃.」靑雄黃意卽此也"라 하였음. 그러나 袁珂는 '靑'과 '雄黃'은 서로 다른 두 가지 물건으로 '靑'은 '石靑'을 가리키는 것으로 보았음. 郭璞도 "或曰空靑·曾靑之屬"이라 함.

【雞鼓】 '鼓'는 '穀'자와 같음. 雞穀草. 〈中次十一經〉(419) 免牀之山에 "其陽多鐵,
其木多櫧芋, 其草多鷄穀, 其本鷄卵, 其味酸甘, 食者利于人"라 함. 畢沅은
"卽上雞穀草, 穀·鼓聲相近"이라 함.

【于兒】 신의 이름. 곽박 《圖讚》에 "于兒如人, 蛇頭有兩. 常遊江淵, 見于洞廣.
乍潛乍出, 神光忽恍"이라 함.

【身操兩蛇】 '手操兩蛇'로 보아야 함. 袁珂는 "按: 經文'身操兩蛇', 汪紱本·畢沅
校本作'手操兩蛇', 是也, 當從改"라 함.

468(5-12-7) 동정산洞庭山

다시 동남쪽으로 1백20리에 동정산洞庭山이 있다.

그 산 위에는 황금이 많으며 산 아래에는 은과 철이 많다.

그곳의 나무는 주로 사수柤樹, 배나무, 귤나무, 유자나무가 많으며 그곳의 풀은 주로 간초蘪草, 미무蘪蕪, 작약芍藥, 궁궁芎藭이 많다.

천제의 둘째 딸이 그곳에 살고 있으며 이는 항상 강연江淵에서 노닌다.

예수澧水와 원수沅水의 바람이 소수瀟水와 상수湘水의 못에 교차하여 불어온다. 그곳은 구강九江이 모여드는 곳으로 그가 출입할 때면 반드시 회오리바람이 일어나며 폭우가 쏟아진다.

이곳에는 괴이한 신이 많으며 그 형상은 마치 사람과 같으며 뱀을 머리에 이고 있고, 좌우 양손에 뱀을 쥐고 있다. 그곳에는 괴이한 새가 많다.

又東南一百二十里, 曰洞庭之山.

其上多黃金, 其下多銀鐵.

其木多柤梨橘櫾, 其草多葌·蘪蕪·芍藥·芎藭.

帝之二女居之, 是常遊于江淵.

澧沅之風, 交瀟湘之淵, 是在九江之閒, 出入必以飄風暴雨.

是多怪神, 狀如人而載蛇, 左右手操蛇. 多怪鳥.

제이녀(帝二女)

【柤】산사나무. '柤'는 '楂'와 같음. 山楂樹.

【帝之二女】요임금의 두 딸 娥皇과 女英. 郭璞은 "天帝之二女而處江爲神也"라
하였고, 汪紱은 "帝之二女, 謂堯之二女以妻舜者娥皇·女英也. 相傳謂舜南巡狩,
崩于蒼梧, 二妃奔赴哭之, 殞于湘江, 遂爲湘水之神. 屈原〈九歌〉所稱湘君·
湘夫人是也"라 함. 袁珂는 "按: 堯之二女卽天帝之二女也. 蓋古神話中堯
亦天帝也, 二說不背"라 함. 곽박《圖讚》에 "神之二女, 爰宅洞庭. 遊化五江,
恍惚窈冥. 號曰夫人, 是維湘靈"이라 함.

【載蛇】'載'는 '戴'와 같음. 郝懿行은 "載亦戴也, 古字通"이라 함.

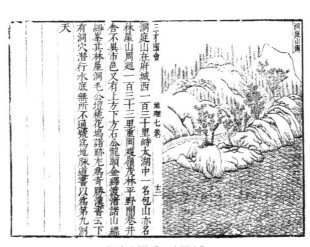

洞庭山圖《三才圖會》

469(5-12-8) 폭산暴山

다시 동남쪽으로 1백80리에 폭산暴山이 있다.
　그곳의 나무는 주로 종수欀樹, 남수栭樹, 형수荊樹, 기수芑樹, 죽전竹箭과 미죽籚竹, 균죽箘竹이 많다.
　그 산 위에는 황금과 옥이 많으며 산 아래에는 문석文石과 철이 많다. 그곳의 짐승은 주로 미록麋鹿과 사슴, 궤록麜鹿, 그리고 취조就鳥가 많다.

又東南一百八十里, 曰暴山.
其木多欀栭荊芑竹箭籚箘.
其上多黃金玉, 其下多文石·鐵. 其獸多麋鹿麜就.

【暴山】《文選》鷦鷯賦에는 '景山'으로 되어 있음.
【箘】대나무의 일종으로 화살을 만드는 데에 쓰임.
【栭】'栭'은 '枏', '楠'자의 異體字, 楠樹. 郭璞은 "栭, 大木, 葉似桑, 今作楠, 音南"
　이라 함.
【竹箭】箭竹. 郭璞은 "箭, 篠也"라 하였으며 篠는 小竹을 가리킴. 당시 어순을
　바꾸어 물건 이름을 정하는 소수민족 언어 환경을 보여주는 것이라고도 함.
【籚箘】箭竹과 미죽. 모두 가는 대나무로 화살대를 만들 수 있으며 그 죽순은
　식용으로 함. 郭璞은 "今漢中郡出籚竹, 厚裏而長節, 根深, 筍冬生地中, 人掘
　取食之. 籚音媚"라 함.
【麜】'麂'와 같음. 큰 노루. 袁珂는 "麜, 音几, 卽麂"라 함.
【就】'鷲'의 가차자. 수리, 무수리, 독수리 따위. 郭璞은 "就, 鵰也. 見《廣雅》"
　라 함. 한편 王念孫은 '其鳥多就'로 교정하였음.

470(5-12-9) 즉공산卽公山

다시 동남쪽으로 2백 리에 즉공산卽公山이 있다.

그 산 위에는 황금이 많고 산 아래에는 저부璩珘라는 옥이 많다. 그곳의 나무는 주로 버드나무, 유수杻樹, 단수檀樹와 뽕나무가 많다.

그곳에 짐승이 있으니 그 형상은 마치 거북과 같으나 흰 몸에 붉은 머리를 하고 있으며 이름을 궤蚑라 한다. 이로써 가히 화재를 막을 수 있다.

又東南二百里, 曰卽公之山.

其上多黃金, 其下多璩珘之玉. 其木多柳杻檀桑.

有獸焉, 其狀如龜, 而白身赤首, 名曰蚑, 是可以禦火.

【卽公之山】《史記》司馬相如列傳의 索隱에는 ‘卽山’이라 함.
【璩珘】‘저부’라 불리는 옥. 璩는《集韻》에 反切로 ‘抽居切’(처/저)과 ‘通都切’ (토/도) 두 음이 있음. 여기서는 잠정적으로 ‘저부’로 읽음. 이 옥은 구체적으로 어떤 형태인지 알 수 없음. 郭璞은 “璩珘, 玉名, 所未詳也”라 함. 郝懿行은 “《說文》引孔子曰:「美哉! 璵璠. 遠而望之, 奐若也; 近而視之, 瑟若也. 一則 理勝, 一則孚勝」 此經璩珘, 古字所無, 或卽璵璠之字, 當由聲轉. 若系理孚之文, 又爲形變也. 古書多假借, 疑此二義似爲近之”라 함.
【蚑】郭璞은 “音詭”라 하여 ‘궤’로 읽음.

471(5-12-10) 요산堯山

다시 동남쪽으로 1백59리에 요산堯山이 있다.

그 산 북쪽에는 노란색의 악토堊土가 많으며 남쪽에는 황금이 많다.

그곳의 나무로는 주로 형수荊樹, 기수芑樹, 버드나무, 단수檀樹가 많으며, 그곳의 풀은 주로 서예藷藇와 삽주가 많다.

又東南一百五十九里, 有堯山.

其陰多黃堊, 其陽多黃金.

其木多荊芑柳檀, 其草多藷藇荒.

【堯山】郝懿行은 "《初學記》(24)引王韶之《始興記》云:「含洭縣有堯山, 堯巡狩至於此, 立行臺.」蓋卽斯山也"라 함.

【藷藇】'서예'로 읽음. 본음은 '저서.' 山藥. 약초의 일종. 郭璞은 "根似羊蹏, 可食, 曙豫二音. 今江南單呼爲藷, 音儲, 語有輕重耳"이라 하였으나 郝懿行은 "《廣雅》云:「藷藇, 署預也.」《本草》云:「薯蕷, 一名山芋.」皆卽今之山藥也. 此言草藷藇, 別於木藷藇也"라 함.

472(5-12-11) 강부산江浮山

다시 동남쪽으로 1백 리에 강부산江浮山이 있다.

그 산에는 은과 지려砥礪가 많으며 풀이나 나무는 없다. 그곳의 짐승
으로는 주로 돼지와 사슴이 많다.

又東南一百里, 曰江浮之山.

其上多銀砥礪, 無草木. 其獸多豕鹿.

【江浮之山】郝懿行은 "江浮山亦堯山之連麓"이라 함.

【砥礪】숫돌을 만들 수 있는 돌. 질이 미세한 돌을 '砥'라 하며, 거친 돌을
'礪'라 한다 함. 郭璞은 "磨石也, 精爲砥, 粗爲礪"라 함.

473(5-12-12) 진릉산眞陵山

다시 동쪽으로 2백 리에 진릉산眞陵山이 있다.

그 산 위에는 황금이 많으며 산 아래에는 옥이 많다.

그곳의 나무는 주로 곡수穀樹와 작수柞樹, 버드나무, 유수杻樹가 많고, 그곳의 풀은 주로 영초榮草가 많다.

又東二百里, 曰眞陵之山.

其上多黃金, 其下多玉.

其木多穀柞柳杻, 其草多榮草.

【東二百里】畢沅의〈校注本〉에는 '東南二百里'로 되어 있음.

【穀】構와 같음. 構樹. 나무 이름. 그 열매가 곡식 낟알 같아 穀樹라 한다 함. '穀'과 '構'는 고대 同聲이었으며 雙聲互訓으로 쓴 것. 그러나 郭璞 注에는 "穀, 楮也, 皮作紙. 璨曰: 「穀亦名構, 名穀者, 以其實如穀也.」"라 함. 한편 郝懿行은 "陶宏景注《本草經》云: 「穀卽今構樹也. 穀構同聲, 故穀亦名構.」"라 함.

【柞】櫟樹의 다른 이름. 郭璞은 "柞, 櫟"이라 함. 상수리나무, 떡갈나무의 일종.

【榮草】袁珂는 "榮草已見上文〈中山經〉首鼓鐙之山"(283)이라 함.

474(5-12-13) 양제산陽帝山

다시 동남쪽으로 1백20리에 양제산陽帝山이 있다.

그곳에는 아름다운 구리가 많다. 그곳의 나무는 주로 강수櫃樹, 유수杻樹, 염수壓樹, 저수楮樹가 많으며, 그곳의 짐승은 주로 영양과 사향麝香 노루가 많다.

又東南一百二十里, 曰陽帝之山.

多美銅. 其木多櫃杻壓楮, 其獸多麢麝.

【壓】 山桑樹. 산뽕나무. 袁珂는 "壓, 山桑也, 音掩"이라 하여 '엄/염'으로 읽음.

475(5-12-14) 시상산柴桑山

다시 남쪽으로 90리에 시상산柴桑山이 있다.

그 산 위에는 은이 많으며 산 아래에는 벽옥碧玉이 많고, 영석泠石과 자토赭土가 많다.

그곳의 나무는 주로 버드나무와 기수芑樹, 저수楮樹, 뽕나무가 많으며, 그곳의 짐승은 주로 미록麋鹿과 사슴이 많다. 그리고 백사白蛇와 비사飛蛇가 많다.

又南九十里, 曰柴桑之山.

其上多銀, 其下多碧, 多泠石·赭.

其木多柳芑楮桑, 其獸多麋鹿, 多白蛇·飛蛇.

【柴桑之山】郭璞은 "今在潯陽柴桑縣南. 共廬山相連也"라 하였고, 袁珂는 "按: 柴桑山在今江西省九江縣西南"이라 함.

【泠石】'泠石'의 오기로 봄. 郭璞은 "泠石, 未聞也. 泠, 或作涂"라 하였고, 郝懿行은 "泠當爲泠, 〈西次四經〉(112)'號山多泠石'是也. 郭云'泠或作涂', 涂亦借作泥涂字, 泠又訓泥, 二字義同, 故得通用. 又'涂'或'淦'字之譌也.《說文》泠·淦同"이라 함. 袁珂는 "按: 王念孫亦校改泠作'泠'·'涂'作'淦'. 吳寬抄本作'泠石', 非"라 함. 泠石은 石質이 물러 진흙 형태를 띤 암석.

【飛蛇】郭璞은 "卽螣蛇, 乘霧而飛者"라 하였고, 袁珂는 "按: 螣蛇亦作騰蛇, 《韓非子》十過篇云: '昔者, 皇帝合鬼神于西泰山之上, 騰蛇伏地.' 卽此"라 함. 곽박《圖讚》에는 "騰蛇配龍, 因霧而躍. 雖欲登天, 雲罷陸略. 伏非啓體, 難以云託"이라 함.

476(5-12-15) 영여산榮余山

다시 동쪽으로 2백30리에 영여산榮余山이 있다.

그 산 위에는 구리가 많으며 산 아래에는 은이 많다.

그곳의 나무는 주로 버드나무와 기수芑樹가 많으며, 그곳의 벌레는 주로 괴이한 뱀과 괴이한 벌레가 많다.

又東二百三十里, 曰榮余之山.

其上多銅, 其下多銀.

其木多柳芑, 其蟲多怪蛇怪蟲.

【東二百三十里】〈宋本〉, 〈毛扆本〉 등에는 '東南二百三十里'로 되어 있음.
【其蟲多怪蛇怪蟲】郝懿行은 "〈海外南經〉云:「南山人以蟲爲蛇.」"라 함.

477(5-12-16) 동정산洞庭山 산계

무릇 동정산洞庭山 산계의 시작은 편우산篇遇山으로부터 영여산榮余山에 이르기까지 모두 15개의 산이며 2천8백 리이다.

그곳의 신들은 형상이 모두 새의 몸에 용의 머리를 하고 있다.

그들에게 제사를 올릴 때에는 모물毛物로 수탉 한 마리와 암퇘지 한 마리를 잡아 피를 바르며 서미糈米는 도미稌米를 사용한다.

무릇 부부산夫夫山과 즉공산卽公山, 요산堯山, 양제산陽帝山은 모두가 산들의 총재이다. 이들에게 제사를 올릴 때에는 모두 희생을 잡아 진열하였다가 이를 땅에 묻는다. 그리고 기도할 때에는 술을 사용하며 모물은 소뢰少牢로써 하며 길옥吉玉 하나를 주위에 진열한다.

동정산洞庭山, 영여산榮余山은 그 산들의 신이다. 이들에게 제사를 올릴 때에는 모두가 희생을 잡아 진열하였다가 이를 땅에 묻으며 기도할 때에는 술을 사용하고 태뢰太牢로써 제사를 올린다. 규옥圭玉과 벽옥璧玉 열다섯 개를 주위에 진열하며 이를 다섯 가지 무늬로 그들을 채색한다.

凡洞庭山之首, 自篇遇之山至于榮余之山. 凡十五山, 二千八百里.

其神狀皆鳥身而龍首.

其祠: 毛用一雄雞·一牝豚刉, 糈用稌.

凡夫夫之山·卽公之山·堯山·陽帝之山, 皆冢也. 其祠: 皆肆瘞, 祈用酒, 毛用少牢, 嬰毛一吉玉.

洞庭·榮余山, 神也. 其祠: 皆肆瘞, 祈酒太牢祠, 嬰用圭璧十五, 五采惠之.

【刉】'끊다'의 뜻. 郭璞은 "刉亦割刺之名"이라 하였고, 郝懿行은 "《說文》云: 「刉, 划傷也, 一曰斷也.」"라 함.
【皆肆瘞】모두 진열하였다가 이를 땅에 묻음. 郭璞은 "肆, 陳之也. 陳牲玉而後薶藏之"라 함. '肆'는 펼쳐서 진열함.
【嬰毛一吉玉】'嬰用一吉玉'의 오기. 袁珂는 "江紹原《中國古代旅行之研究》謂當系'嬰用'之誤, 是也"라 함.
【皆肆瘞】郭璞은 "肆竟然後依前薶之也"라 함.
【五采惠之】다섯 가지 색채의 비단으로 이를 장식함. '惠'는 '繪飾'의 뜻. 비단으로 장식함을 뜻함. 郭璞은 "惠, 猶飾也. 方言也"라 하였고, 郝懿行은 "惠義同藻繪之繪, 皆同聲假借字也"라 함.

478(5-12-17) 중앙을 경유하는 산들

중앙을 경유하는 산은 모두 크게 보아 모두 197개의 산이며 2만 1천 3백71리이다.

右中經之山. 大凡百九十七山, 二萬一千三百七十一里.

【百九十七山】郝懿行은 "校經文, 當有百九十八山, 今除〈中次五經〉內闕一山, 乃得百九十七山"이라 함.
【二萬一千三百七十一里】郝懿行은 "今二萬九千五百九十八里"라 함.

479(5-12-18) 천하의 명산

　무릇 천하의 명산은 모두 5천3백70개이며 땅의 각 곳에 퍼져 있고, 그 거리는 대체로 6만 4천56리이다.

大凡天下名山五千三百七十, 居地, 大凡六萬四千五十六里.

【五千三百七十】袁珂는 "按：《後漢書》郡國志劉昭注引此經作'名山五千三百五十'"이라 함.

480(5-12-19) 오장五臟

우禹가 말하였다.

"천하의 명산은 경유할 수 있는 산이 5천3백70개이며 그 거리는 6만 4천 56리이다. 이들이 땅 여러 곳에 퍼져 있는 것이다. 여기서 《오장五臟》이라 한 것은 그 큰 것만을 말한 것이며, 대체로 그 나머지 작은 산들은 심히 많다. 이들을 일일이 기록하기에는 부족하다.

천지의 동서 길이는 2만 8천 리이며, 남북의 거리는 2만 6천 리이다. 그들 산에서 나오는 물은 8천 리를 흐르며, 그 흐르는 물을 받아주는 거리도 8천 리이다. 구리나 가는 산이 4백67개 산이며 철이 나오는 산이 3천6백90개이다. 이는 천지를 구분하는 방법이며, 그곳에 심는 오곡에 의거하기도 한다. 이 때문에 창과 방패의 전쟁이 일어나기도 하며, 칼과 창을 써서 싸움을 일으키기도 하는 것이다.

이러한 싸움에 능한 자는 여유가 있게 되며, 졸렬한 자는 부족하게 된다. 태산太山을 봉하는 예를 올리고, 양보梁父에 봉선을 한 군주가 72인이나 되었다. 어떤 이는 그 대수代數를 잃기도 하였지만 모두가 이들 산 안에서 일어난 일이니 이를 일러 국가의 재용이라 한다.

禹曰: 天下名山. 經五千三百七十山. 六萬四千五十六里, 居地也. 言其《五臟》, 蓋其餘小山甚衆, 不足記云.

天地之東西二萬八千里, 南北二萬六千里, 出水之山者八千里, 受水者八千里, 出銅之山四百六十七, 出鐵之山

三千六百九十. 此天地之所分壤樹穀也, 戈矛之所發也, 刀鎩
之所起也.

　能者有餘, 拙者不足. 封于太山. 선우양부, 七十二家, 得失
之數, 皆在此內, 是謂國用.

【禹曰: 天下名山, 經】‘經’은 ‘經典’의 뜻이 아닌 ‘經過’나 ‘經由’, ‘經歷’의 뜻임.
郝懿行은 “經, 言禹所經過也”라 하였으며, 袁珂는 “按: 郝說是也, 此亦《山
海經》之經, 不作‘經典’解, 而只能作‘經歷’·‘經過’解之確解也”라 하여 자신의
《山海經校注》를 근거로 제시하고 있음. 한편 《後漢書》郡國志 劉昭 주에
이를 인용하여 “名山五千三百五十, 經六萬四千五十六里”라 하여 ‘經’자의
뜻을 분명히 하고 있음.

【五藏】‘藏’은 ‘藏’과 같음. 다섯 가지 藏經. 즉 동서남북중앙의 다섯 山系,
山脈, 山經. 郝懿行은 “藏, 古字作臧, 才浪切.《漢書》云:「山海天地之臧」 故此
經稱五藏”이라 함.

【出鐵之山三千六百九十】劉昭 주의 〈郡國志〉에는 “三千六百九”라 하여 ‘十’자가
없음.

【刀鎩】칼과 창. ‘鎩’(쇄)는 자루가 긴 창. 고대 화폐로 사용하였음. 袁珂는
“按:《管子》地數篇. 作刀幣, 于義爲長”이라 함.

【能者有餘, 拙者不足】《管子》地數篇에 “儉則有餘, 奢則不足”이라 함.

【七十二家】郭璞은 “《管子》地數云:「封禪之王, 七十二家」者也”라 함. 이는
실제 管仲이 桓公에게 한 말이며 禹의 말은 아님.

【是謂國用】畢沅은 “自此天地分壤樹穀者已下, 當是周秦人釋語, 舊本亂入經文”
이라 하여 ‘天地分壤’부터 끝까지는 周秦시대 사람들의 해석한 문장이여
이것이 마구 본문에 끼어든 것이라 하였으며, 郝懿行은 나아가 “今按: 自禹
曰已下, 蓋皆周人相傳舊語, 故管子援入〈地數篇〉, 而校書者附著〈五藏山經〉
之末”이라 하여 ‘禹曰’이하 모든 문장이 모두 周代 서로 전해오던 말이
었으며 이것이 《管子》地數篇에 들어가게 되었고 《산해경》을 교정하던
사람들이 〈五藏山經〉의 말미에 붙여 넣은 것이라 하였음.

481(5-12-20) 오장산경五臧山經

이상 《오장산경五臧山經》 5편篇은 모두 1만 5천5백3자이다.

右《五臧山經》五篇, 大凡一萬五千五百三字.

【五臧山經】 '臧'은 '藏'과 같음. 다섯 가지 藏經. 즉 동서남북중앙의 다섯 山系,
山脈, 山經. 이제까지의 〈南山經〉, 〈西山經〉, 〈北山經〉, 〈東山經〉, 〈中山經〉의
다섯 편으로 구분하여 설명하였음을 말함.
【一萬五千五百三字】 郝懿行은 "今二萬一千二百六十五字"라 하여 글자의
통계가 다름.

卷六 海外南經

〈滅蒙鳥周邊〉明 蔣應鎬 圖本

482(6-1) 육합六合과 사해四海

땅이 싣고 있는 것은 육합六合의 사이이며 사해四海 안이다. 이곳은 해와 달이 비추고 별들이 지나가 날줄이 되며, 사시가 지나가며 날줄이 된다. 그리하여 태세성太歲星을 기준으로 하는 것이다.

신령神靈이 내려준 생명은 각기 물건마다 다른 형상을 하고 있으며 혹은 일찍 죽는 것도 있고 혹은 오래 장수하는 것도 있다. 오직 성인만이 그 도에 능히 소통할 수 있는 것이다.

地之所載, 六合之閒, 四海之內, 照之以日月, 經之以星辰, 紀之以四時, 要之以太歲.

神靈所生, 其物異形, 或夭或壽, 唯聖人能通其道.

【地之所載~要之以太歲】《淮南子》地形訓에 이 문장을 싣고 있음.
【六合】천지상하와 사방. 온 天下, 혹은 宇宙 전체를 말함. 郭璞은 "四方上下 爲六合也"라 함.
【星辰】별들의 길을 四面八方으로 연결하여 공간과 시간을 구분함을 뜻함.
【四時】春夏秋冬. 시간을 사시와 다시 그 아래 단위로 나누어 구분함을 말함.
【要之以太歲】太歲는 太歲星. 고대 歲星과 상응하여 천문학에서 기준을 삼도록 정한 별. 혹은 木星을 일컫는 말이라고도 함.《淮南子》의 高誘 주에 "要, 正也, 以太歲所在, 正天時也"라 함.

【神靈所生, 其物異形】畢沅은 "《列子》湯問篇'夏革曰大禹曰六合之間'云云凡
四十七字, 正用此文"이라 하여 《列子》의 문장이 바로 이것이라 함. 이에
대해 袁珂는 "畢說是也. 畢所云'凡四十七字', 乃指本段自'六合指間'至'唯聖人
能通其道'全文四十七自. 唯〈湯問篇〉'其物異形'作'其物其形', 與下文'或夭或壽'
正對, 于義爲長"이라 함.

【聖人能通其道】성인만이 이러한 시공의 원리와 우주 운행의 질서, 도리를
알고 있음. 郭璞은 "言自非窮理盡性者, 則不能原其情狀"이라 하였고, 袁珂는
"按: 郭注'情狀', 〈宋本〉·明〈藏經本〉·〈汪紱本〉·〈吳任臣本〉·〈畢沅校本〉·〈百子
全書本〉均作'情變', 作'情變'是也"라 하여 '情狀'은 '情變'이어야 한다고 하였음.

483(6-2) 해외남경

바다 밖의 서남쪽 귀퉁이로부터 동남쪽 귀퉁이까지이다.

海外自西南陬至東南陬者.

【陬】구석, 귀퉁이, 모퉁이, 끝. 郭璞은 "陬, 猶隅也. 音騶"라 함.
【海外自西南陬至東南陬者】袁珂는 "按:《山海經》海外各經以下文字, 意皆是
  因圖以爲文, 先有圖畫, 後有文字, 文字僅乃圖畫之說明, 故首出此表示方位語"
  라 하여 원래《산해경》은 그림이 먼저였으며 이를 설명한 것에 불과하여
  그 때문에 이처럼 간단히 방위를 밝힌 것이라 함.

484(6-3) 결흉국結匈國

결흉국結匈國이 그 남쪽에 있다. 그 사람들은 가슴 부위가 닭 가슴처럼 튀어나와 있다.

結匈國在其西南, 其爲人結匈.

【結匈國】 '匈'은 '胸'과 같음. 雞胸. 닭의 가슴처럼 앞이 튀어나온 모습. 畢沅은 "《淮南子》地形訓有結胸民, 作匈, 非"라 하였으나 袁珂는 按: "《淮南子》地形篇海外三十六國, 自西南至東南方, 有結胸民, 匈·胸古今字耳, 未必卽非"라 함.

【其爲人結匈】 郭璞은 "臆前膚出, 如人結喉也"라 하였고, 郝懿行은 "《說文》云: 「膚. 骨差也. 讀與跌同.」 郭注 《爾雅》犦牛云: 「領上肉暴膚起.」 義與此同"이라 함. 그러나 袁珂는 이들의 생김새에 대해 혹 지금의 닭 가슴과 같은 것이 아닌가 하여 "按: 結匈, 疑卽今之 所謂雞胸. 《史記》秦本紀稱「秦王爲人……摯鳥膺」, 或卽 此也"라 함.

결흉국(結匈國)

485(6-4) 남산南山

남산南山이 그 동남쪽에 있다. 이 산으로부터 벌레를 모두 뱀이라 부르며 뱀을 물고기라 부른다.

일설에 이 남산은 결흉국의 동남쪽에 있다고도 한다.

南山在其東南, 自此山來, 蟲爲蛇, 蛇號爲魚.
一曰南山在結匈東南.

【蟲爲蛇, 蛇號爲魚】郭璞은 "以蟲爲蛇, 以蛇爲魚"라 하였고, 郝懿行은 "今東齊人亦號蛇爲蟲也.《埤雅》云:「《恩平郡譜》蛇謂之訛.」蓋蛇古字作它, 與訛聲相近. 訛聲轉爲魚, 故蛇復號魚矣"라 함. 곽박《圖讚》에는 "賤舞定貢, 貴無常珍. 物不自物, 自物由人. 萬事皆然, 豈伊蛇鱗"이라 함.

【一曰】畢沅은 "凡'一曰'云者, 是劉秀校此經時附著所見他本異文也. 舊亂入經文, 當由郭注此經時升爲大字"라 하여 劉秀가《山海經》을 교정할 때 다른 판본을 보고 주석으로 붙여 놓은 것이 경문에 들어온 것이며, 곽박이 주를 쓸 때 큰 글씨로 하여 경문의 본문과 같은 등급으로 격상시킨 것이라 함.

486(6-5) 비익조比翼鳥

비익조比翼鳥가 그 동쪽에 있다. 그 새는 푸르고 붉은색이며 두 새가 날개를 나란히 하여 난다.

일설에는 남산 동쪽에 있다고도 한다.

比翼鳥在其東, 其爲鳥靑赤, 兩鳥比翼.

一曰在南山東.

【比翼鳥】 두 마리가 날개를 함께 하여야 날 수 있다는 상상의 새. 鶼鶼鳥, 蠻蠻이 바로 이 새임. 〈西次三經〉 崇吾山(082)에 "有鳥焉, 其狀如鳧, 而一翼一目, 相得乃飛, 名曰蠻蠻, 見則天下大水"라 함. 吳任臣은 "卽蠻蠻也"라 하였고, 袁珂는 "按:《周書》王會篇云:「巴人以比翼鳥.」 孔晁注云:「巴人, 在南者, 比翼鳥, 不比不飛, 其名曰鶼鶼.」 鶼鶼蓋卽蠻蠻之音轉也"라 함.

487(6-6) 우민국羽民國

우민국羽民國이 그 동남쪽에 있다. 그 사람들은 머리가 길며 몸에 깃이 나 있다.

일설에는 비익조가 있는 동남쪽에 있으며 그곳 사람들은 뺨이 길다고도 한다.

우민국(羽民國)

羽民國在其東南, 其爲人長頭, 身生羽.
一曰在比翼鳥東南, 其爲人長頰.

【羽民國】 郭璞은 "能飛不能遠, 卵生, 畫似仙人也"라 하였고, 袁珂는 "按: 《淮南子》地形篇有羽民"이라 함. 곽박 《圖讚》에는 "鳥喙長頰, 羽生則卵. 矯翼而翔, 龍飛不遠. 人維倮屬, 何狀之反?"이라 함.

【其爲人長頭】 郭璞은 "《啓筮》曰: 「羽民之狀, 鳥喙赤目而白首.」"라 하였고, 郝懿行은 "《文選》鸚鵡賦注引《歸藏啓筮》曰: 「金水之子, 其名曰羽蒙, 是生百鳥.」 卽此也. 羽民·羽蒙聲相轉"이라 하여 '羽蒙'과 같다고 하였음.

488(6-7) 신인神人

열여섯 명의 신인神人이 있으며 그들은 팔이 서로 이어져 붙어 있다. 천제를 위하여 그들은 그 광야에서 밤을 지키고 있다. 우민국의 동쪽에 있다.

그곳 사람들은 작은 뺨에 붉은 어깨를 하고 있으며 모두 합하여 열여섯 사람이다.

有神人二八, 連臂, 爲帝司夜于此野. 在羽民東.

其爲人小頰赤肩, 盡十六人.

【有神人二八】郭璞은 "晝隱夜見"이라 하였고 楊愼은 "南中夷方或有之, 土人謂之夜游神, 亦不怪也"라 하였으며, 袁珂는 "按: 《淮南子》地形篇云: 「有神二人, 連臂爲帝候夜, 在其西南方」 高誘注云: 「連臂大呼夜行」 '人'當是'八'字之譌, '大呼'卽其異聞也"라 하여 '神人二人'이어야 한다고 보았음. 곽박 《圖讚》에 "羽民之東, 有神司夜. 二八連臂, 自相羈駕. 晝隱宵出, 詭時淪化"라 함.

【其爲人小頰赤肩】郭璞은 "當脾上正赤也"라 하였고, 袁珂는 "按: 郭注'脾', 〈宋本〉·〈吳寬抄本〉·〈毛扆校本〉作'胛', 明〈藏經本〉同, 作'胛'是也. 胛, 肩胛, 與經文赤肩之肩, 義正相應"이라 함.

【盡十六人】郭璞은 "疑此後人所增益語耳"라 하였고, 畢沅은 "郭說是也, 此或秀(劉秀)釋'二八神'之文"이라 하여 이는 후인이 덧붙인 것이 삽입된 것으로 보았음.

489(6-8) 필방조 畢方鳥

필방조畢方鳥가 그 동쪽에 있다. 청수靑水의 서쪽이며 이곳의 새들은
사람 얼굴에 다리가 하나이다.
일설에는 열여섯 명 신들이 사는 동쪽이라고도 한다.

畢方鳥在其東, 靑水西, 其爲鳥人面一脚.
一曰在二八神東.

【畢方鳥在其東, 靑水西】袁珂는 "按: 畢方鳥又見〈西次三經〉章莪之山.(096)
《淮南子》氾論篇云:「木生畢方」高誘注:「畢方, 木之精也. 狀如鳥, 靑色, 赤脚,
一足, 不食五穀」《文選》東京賦薛綜注:「畢方, 老父神, 如鳥, 兩足一翼, 常銜
火在人家作怪災也.」說均與此小異. '靑水西'者,〈海外西經〉云:「靑水出昆侖
西南隅以東, 又北又西南過畢方鳥東」(600)也"라 함.
【人面】郝懿行은 "〈西次三經〉(096)說畢方鳥, 不言'人面'"이라 하여 '人面'이라는
두 글자는 없어야 한다고 보았음. 이에 대해 吳承志는 "畢方人面, 人面涉下
讙頭國人面有翼鳥喙而衍"이라 함.

490(6-9) 환두국讙頭國

환두국讙頭國이 그 남쪽에 있다. 그 나라 사람들은 사람의 얼굴에
날개가 있으며 새의 부리를 하고 있다. 마침 물고기를 잡고 있었다.
　일설에는 필방의 동쪽에 있다고도 하며 혹은 환주국讙朱國이라고도
부른다.

讙頭國在其南, 其爲人人面有翼, 鳥喙, 方捕魚.
一曰在畢方東. 或曰讙朱國.

【讙頭國】讙兜國과 같은 것으로 보기도 함. "讙兜,　
堯臣, 有罪, 自投南海而死, 帝憐之, 使其子居南海而
祠之. 畫亦似仙人也"라 하여 讙兜國으로 보았으나,
袁珂는 "按:《淮南子》地形篇有讙頭國"이라 하여 달리
보았음. 곽박《圖讚》에는 "讙國鳥喙, 行則杖羽. 潛于
海濱, 維食稇秔. 實爲嘉穀, 所謂濡黍"라 함.

환두국(讙頭國)

【讙朱國】혹 驩兜, 驩頭, 驩朱, 丹朱, 讙朱 이 다섯은 같은 말이라 보기도
하나 이설이 있음. 袁珂는 "按: 鄒漢勛《讀書偶識》(2)云:「驩兜(舜典·孟子)·
驩頭·驩朱(山海經·尙書大傳)·丹朱(益稷): 五者一也, 古字通用.」若然, 卽讙
頭國或讙朱國者, 當直可名爲丹朱國矣"라 함.

491(6-10) 염화국厭火國

염화국厭火國이 그 남쪽에 있다. 그들은 짐승의 몸에 검은색이며 입에서 불을 뿜어낸다.

일설에는 환주국讙朱國의 동쪽에 있다고도 한다.

厭火國在其南, 獸身黑色, 火出其口中.
一曰在讙朱東.

염화국(厭火國)

【厭火國】王念孫은 '厭火'여야 한다고 보았음. 袁珂는 "按: 厭, 飽也, 足也. 經文其'國', 王念孫校然'國'字, 是也"라 함. 곽박《圖讚》에는 "有人獸體, 厥狀怪譎. 吐納炎精, 火隨氣烈. 推之舞奇, 理有不熱"이라 함.

【獸身黑色, 火出其口中】王念孫은 "《類聚》(80)引此無'生'字, 《御覽》南蠻六同. 又'獸身'上有'其爲人'三字, 《御覽》火部二引無'生'字"라 하였고, 袁珂는 "按: 無'生'字是也. 《博物志》外國云: 「厭光國民, 光出口中, 形盡似猨猴, 黑色.」 '厭火'作'厭光', 亦無'生'字, '生'字實衍"이라 함.

492(6-11) 삼주수三株樹

삼주수(三株樹, 三珠樹)가 염화국 북쪽에 있다. 그 나무는 적수赤水가에서 자라며 그 나무의 생김새는 잣나무와 같으며 잎이 모두 구슬이다.

일설에는 그 나무의 생김새가 혜성彗星과 같다고도 한다.

三株樹在厭火北, 生赤水上, 其爲樹如柏, 葉皆爲珠.
一曰其爲樹若彗.

【三株樹】‘三珠樹’의 오기. 郝懿行은 "《初學記》(27)引此經作‘珠’, 《淮南》地形訓及《博物志》同"이라 하였고, 袁珂는 "作‘珠’是也. 陶潛〈讀山海經詩〉云:「粲粲三珠樹, 寄生赤水陰.」字正作‘珠’"라 함. 郝懿行은 다시 "《莊子》天地篇云:「皇帝游乎赤水之北, 遺其玄珠.」蓋本此爲說也"라 함. 곽박《圖讚》에는 "三珠所生, 赤水之際. 翹葉柏竦, 美壯若彗. 濯彩丹波, 自相霞映"이라 함.

【葉皆爲珠】袁珂는 "經文‘葉’, 《太平御覽》(954)引作‘實’, 《初學記》(27)仍作‘葉’"이라 함.

【彗】彗星. 꼬리가 있어 마치 빗자루와 같아 붙여진 이름. ‘箒星’이라고도 함. 郭璞은 "如惠星狀"이라 하였고, 郝懿行은 "彗, 埽竹也. 見《說文》, 彗星爲欃槍, 見《爾雅》"라 함.

493(6-12) 삼묘국三苗國

삼묘국三苗國이 적수赤水의 동쪽에 있다. 이곳 사람들은 서로 뒤따르며 함께 이동한다고 한다.

일설에는 이 나라가 바로 삼모국三毛國이라고도 한다.

三苗國在赤水東, 其爲人相隨.

一曰三毛國.

【三苗國】郭璞은 "昔堯以天下讓舜, 三苗之君非之, 堯殺之, 有苗之民, 叛入南海, 爲三苗國"이라 하였고, 袁珂는 "按:《淮南子》地形篇有三苗民"이라 함.

【其爲人相隨】袁珂는 "按: 相隨者, 當卽相隨遠徙南海之象也"라 하여 남해로 갈 때 줄을 서서 함께 간 모습을 말한 것이라 하였음.

【三毛國】畢沅은 "苗·毛音相近"이라 함.

494(6-13) 질국戩國

질국戩國이 그 동쪽에 있다. 그 나라 사람들은 모두 노란 피부이며 능히 활을 잡고 뱀을 쏠 수 있다.

일설에는 질국은 삼모국의 동쪽에 있다고도 한다.

戩國在其東, 其爲人黃, 能操弓射蛇.

一曰戩國在三毛東.

【戩國】郭璞은 "戩, 音秩, 亦音替"라 하여 '질/체' 두 음이 있다 하였음. 곽박 《圖讚》에는 "不蠶不絲, 不稼不穡. 百獸率儛, 羣鳥拊翼. 是號戩民, 自然衣食" 이라 함.

【其爲人黃, 能操弓射蛇】郭璞은 "〈大荒經〉云, 此國自然有五穀衣服"(727)이라 하였고, 袁珂는 "按: 〈大荒南經〉(727)云:「有戩民之國, 帝舜生無淫, 無淫降 戩處, 是謂無戩民, 無戩民朌姓, 食穀, 不績不經, 服也. 不稼不穡, 食也"라 하여 곽박의 주는 이를 말한 것이라 함.

【一曰戩國在三毛東】袁珂는 "按: 此'戩'字當別是一字. 經文中凡有'一曰'云者, 均校書人取別本所見異文而附著之者, 苟國名不異, 則僅須書'在某某東', '在某 某西'而已. 無緣復著此同名之國之理.《太平御覽》(790)引此經作'一曰盛國', 作 '盛國'是也"라 하여 여기서의 '戩國'은 '盛'이 아닌가 하였음. 다음장의 주를 볼 것.

495(6-14) 관흉국貫匈國

관흉국貫匈國이 그 동쪽에 있다. 그곳 사람들은 가슴에 구멍이 나 있다.
일설에는 질국의 동쪽에 있다고도 한다.

貫匈國在其東, 其爲人匈有竅.
一曰在載國東.

【貫匈國】'匈'은 '胸'과 같음. 가슴이 뚫려 있는 사람들이 사는 곳. 郭璞은
《尸子》曰:「四夷之民有貫匈者, 有深目者, 有長肱者, 黃帝之德常致之」《異物志》
曰:「穿匈之國去其衣則無自然者」蓋似效此貫匈人也」
라 하였고, 袁珂는《淮南子》地形篇有穿胸民, 高誘注
云:「胸前穿孔達背」라 함. 곽박《圖讚》에는 "鑠金
洪爐, 灑成萬品. 造物無私, 各任所稟. 歸於曲成, 是見
兆眹"이라 함.
【其爲人匈有竅】袁珂는 "元周致中纂《異域志》云:
「穿胸國, 在盛海東, 胸有竅, 尊者去衣,
令卑者以竹木貫胸抬之」傳說雖有增飾, 然'盛海'必因'盛國'而來,
足證前載國《太平御覽》引作'一曰盛國'不誤"라 함.

관흉국(貫匈國)

496(6-15) 교경국交脛國

교경국交脛國이 그 동쪽에 있다. 그곳 사람들은 다리를 꼬고 산다.
일설에는 천흉국穿匈國 동쪽에 있다고도 한다.

交脛國在其東, 其爲人交脛.
一曰在穿匈東.

【交脛】郭璞은 "言脚頸曲戾相交, 所謂雕題·交趾者也.
或作頸, 其爲人交頸而行也"라 하였고, 袁珂는 "按:
淮南子地形篇有交股民, 高誘注云:「交股民脚相
交切」卽此"라 하여 '交股民'과 같다고 하였음. 곽박
《圖讚》에는 "鑠金洪爐, 灑成萬品. 造物無私, 各任所稟.
歸於曲成, 是見兆眹"이라 함.
【穿匈】郝懿行은 "此作穿匈者, 穿·貫音義同"이라 하여
'貫匈'과 같다고 보았음.

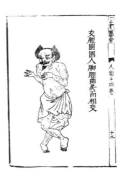

교경국(交脛國)

497(6-16) 불사민不死民

불사민不死民이 그 동쪽에 있다. 그들은 피부가 검은색이며 오래 살고
죽지 않는다.
일설에는 천흉국 동쪽에 있다고도 한다.

不死民在其東, 其爲人黑色, 壽, 不死.
一曰在穿匈國東.

【不死民】郭璞은 "有員丘山, 上有不死樹, 食之乃壽.
亦有赤泉, 飮之不老"라 하였고, 袁珂는 "按:《淮南子》
地形篇有不死民, 高誘注云:「不死, 不食也.」與郭說稍
有違異"라 함. 곽박《圖讚》에 "有人爰處, 員丘之上.
赤泉駐年, 神木養命. 禀此遐齡, 悠悠無竟"이라 함.
【壽, 不死】王念孫은 "《御覽》(人事 29)引此'壽不死'作
'壽考·不死'.《後漢書》東夷傳引作'不死'.《御覽》(南蠻 6)
作壽考"라 하였으며, 袁珂는 "按: 據所引, 作壽考·
不死也"라 함.

불사민(不死民)

498(6-17) 반설국反舌國

반설국反舌國이 그 동쪽에 있다. 그곳 사람들은 혀가 거꾸로 달려 있다.
일설에는 지설국支舌國은 불사민의 동쪽에 있다고도 한다.

反舌國在其東, 其爲人反舌.
一曰支舌國在不死民東.

【反舌國】岐舌國. 혀가 갈라져 있는 모습을 한 사람들이 사는 나라. 郭璞은
"其人舌皆岐, 或云支舌也"라 하였고, 郝懿行은 "支舌卽岐舌也. 《爾雅》釋地
云:「枳首蛇.」卽岐首蛇. 岐一作枝, 枝·支古字通也.
又支與反字形相近,《淮南》地形訓有反舌民, 高誘注
云:「語不可知而自相曉.」又注《呂氏春秋》功名篇云:
「一說南方有反舌國, 舌本在前, 末到向後, 故曰反舌.」
是支舌古本作反舌也.《藝文類聚》(17)引此經作'反舌國,
其人反舌'.《太平御覽》(367)亦引此經同, 而云:「一曰交.」
按: 交蓋支字之譌也. 二書所引經文作反舌, 與古本正合"

지설국(支舌國)

이라 함. 한편 袁珂는 "按: 郝說是也, 古本經文全文當作'反舌國在其東, 其爲
人反舌. 一曰支舌國在不死民東.'"이라 함. 곽박《圖讚》에는 "鑠金洪爐, 灑成
萬品. 造物無私, 各任所稟. 歸於曲成, 是見兆"이라 함.

499(6-18) 곤륜허 昆侖虛

곤륜허昆侖虛가 그 동쪽에 있다. 이곳은 네 귀퉁이가 네모로 되어 있다.
일설에는 반설국 동쪽에 있다 하며 그곳은 네 귀퉁이가 네모로 되어
있다고 한다.

昆侖虛在其東, 虛四方.
一曰在反舌東, 爲虛四方.

【昆侖虛】畢沅은 東海 三神山의 하나인 方丈山으로 보았음. 郭璞은 "虛,
山下基也"라 하였고, 畢沅은 "此東海方丈山也.《爾雅》云:「三成爲昆侖丘.」
是'昆侖'者, 高山皆得名之. 此在東南方, 當卽方丈山也.《水經注》云:「東海
方丈, 亦有昆侖之稱.」又按舊本'虛'作'墟', 非"라 하였으며 袁珂는 "按: 舊本
昆侖, 皆從俗書也"라 함. 한편 '昆侖'은 '崑崙'으로도 표기하며 중국 신화
속에 가장 많이 등장하는 상상 속의 산 이름. 실제 중국 대륙 서쪽의 끝
히말라야, 힌두쿠시, 카라코룸의 3대 산맥의 하나인 카라코룸 산맥이 主山을
疊韻連綿語 '昆侖·崑崙'(Kūnlún)으로 비슷하게 音譯하여 표기하였다고도 함.
본《山海經》에는 '昆侖山', '昆侖丘', '昆侖虛' 등으로 표기되어 있음. 그러나
畢沅의 주장대로 '昆侖'(崑崙)은 높은 산의 이름이며 어디에나 있을 수 있는
상상의 산임.

500(6-19) 예羿와 착치鑿齒

예羿와 착치鑿齒가 수화壽華의 들에서 전투를 벌여 예가 활을 쏘아
착치를 죽여 버렸다.

곤륜허昆侖虛의 동쪽에 있으며 예는 활과 화살을 잡고 있었으며 착치는
방패를 잡고 있었다.

일설에는 창을 잡고 있었다고도 한다.

羿與鑿齒戰于壽華之野, 羿射殺之.

在昆侖虛東. 羿持弓矢, 鑿齒持盾.

一曰戈.

【羿】 고대 신의 이름. 같은 이름의 夏나라 때 有窮后羿와는 다른 인물이며
그 이름을 따서 상상의 이름을 지은 것으로 봄. 袁珂는 "按: 羿, 古天神"
이라 함.

【鑿齒】 이빨이 끌(鑿)과 같아 이름이 붙여졌으며 역시 고대 전설상의 人名,
혹 獸名. 郭璞은 "鑿齒亦人也. 齒如鑿, 長五六尺, 因以名云"이라 하였고, 袁珂는
"按:《淮南子》地形篇有鑿齒民, 高誘注:「吐一齒出口下, 長三尺也.」郭蓋本此
爲說, 而高誘注〈本經篇〉則云:「鑿齒, 獸名, 齒長三尺, 其狀如鑿, 下徹頷下,
而持戈盾.」又略異前注. 經文'鑿齒持盾',《太平御覽》(357)引作'鑿齒持戟盾',
與高誘注符"라 함. 곽박《圖讚》에 "鑿齒人類, 實有傑牙. 猛越九嬰, 害過長蛇.
堯乃命羿, 斃之壽華"라 함.

【壽華】袁珂는 “壽華, 《淮南子》本經篇作‘疇華’, 高誘注: 「南方澤名.」〈本經篇〉
云: 「堯之時, 十日幷出, 焦禾稼, 殺草木, 而民無所食. 猰貐, 鑿齒, 九嬰, 大鳳,
封豨, 修蛇皆爲民害. 堯乃使羿誅鑿齒于疇華之野, 殺九嬰于凶水之上, 上射十日
而下殺猰貐, 斷修蛇于洞庭, 禽封豨于桑林. 萬民皆喜, 置堯以爲天子.」此其
鋤害之一事也”라 함.

【昆侖】‘崑崙’으로도 표기하며 중국 신화 속에 가장 많이 등장하는 상상 속의
산 이름. 실제 중국 대륙 서쪽의 끝 히말라야, 힌두쿠시, 카라코룸의 3대
산맥의 하나인 카라코룸 산맥이 主山을 疊韻連綿語 ‘昆侖·崑崙’(Kūnlún)으로
비슷하게 音譯하여 표기하였다고도 함. 본 《山海經》에는 ‘昆侖山’, ‘昆侖丘’,
‘昆侖虛’ 등으로 표기되어 있음. 그러나 ‘昆侖’(崑崙)은 높은 산의 이름이며
어디에나 있을 수 있는 상상의 산임.

【一曰戈】郭璞은 “未詳”이라 하였으나 何焯은 “以文義求之, 乃‘一曰持戈’耳”
라 하였고, 袁珂는 “按: ‘戈’上正當有‘持’字”라 하여 ‘一曰持戈’여야 한다고
보았음.

501(6-20) 삼수국三首國

삼수국三首國이 그 동쪽에 있다. 그곳 사람들은 하나의 몸에 머리가 셋이다.

(일설에는 착치국의 동쪽에 있다고도 한다.)

三首國在其東, 其爲人一身三首.
(一曰在鑿齒東)

【三首】몸 하나에 머리가 셋인 종족. 곽박 《圖讚》에 "雖云一氣, 呼吸異道. 觀則俱見, 食則皆飽. 物形自周, 造化非巧"라 함.

【一曰在鑿齒東】袁珂는 "按: 經文一身三首下, 其他各 本上有'一曰在鑿齒東'數字. 郝懿行〈箋疏本〉脫去之, 應據補. 淮南子地形篇有三頭民. 〈海內西經〉(605)云: 「服常樹, 其上有三頭民, 伺琅玕樹.」卽此之類"라 함. 따라서 본문 ( )안의 문장은 보충해 넣어야 할 것 으로 봄.

삼수국(三首國)

502(6-21) 주요국周饒國

주요국周饒國이 그 동쪽에 있다. 그곳 사람들은 아주 작으나 관冠과 띠를 두르고 있다.

일설에는 초요국焦僥國은 삼수국의 동쪽에 있다고도 한다.

周饒國在其東, 其爲人短小, 冠帶.
一曰焦僥國在三首東.

【周饒國】小人國. 焦僥國(僬僥國), 侏儒國(朱儒國) 등과 모두 같은 의미의 異表記. 郭璞은 "其人長三尺, 穴居, 能爲機巧, 有五穀也"라 함. 한편 郝懿行은 "周饒, 亦僬僥聲之轉, 又聲轉爲朱儒. 《魏志》東夷傳云:「女王國, 又有侏有國在其南, 人長三四尺, 去女王四千餘里.」蓋斯類也"라 함.

【焦僥國】郭璞은 "《外傳》云: 焦僥民長三尺, 短之至也.」《詩含神霧》曰:「從中州以東西四十萬里, 得焦僥國人, 長尺五寸也.」"라 하였고, 袁珂는 "按: 郭注引《詩含神霧》'從中州以東西', 〈藏經本〉無'西'字, 《列子》湯問篇夏革所說與郭引《詩含神霧》同, 亦無'西'字, 蓋衍文. '周饒'·'焦僥'幷'侏儒'之聲轉. 侏儒, 短小人, 周饒國·焦僥國, 卽所謂小人國也"라 함. 곽박 《圖讚》에 "羣籟舛吹, 氣有萬殊. 大人三丈, 焦僥尺餘. 混之一歸, 此亦僑如"라 함.

503(6-22) 장비국長臂國

　장비국長臂國이 그 동쪽에 있다. 물속에서 물고기를 잡으며 두 손에
각각 한 마리씩의 물고기를 잡고 있다.
　일설에는 초요국의 동쪽에 있으며 바다에서 물고기를 잡는다고도 한다.

長臂國在其東, 捕魚水中, 兩手各操一魚.
一曰在焦僥東, 捕魚海中.

【長臂國】 팔이 몸보다 더 긴 종족. 《博物志》(2)와 《三國志》東夷傳 東沃沮
　및 《後漢書》東夷傳 東沃沮에 의하면 고대 玄菟國의 동쪽 沃沮國 앞 바다
　대해에 있었던 민족이라고도 함. 郭璞은 "舊說云: 其人手
　下垂至地. 魏黃初中, 玄菟太守王頎討高句麗王宮, 窮追之,
　過沃沮國, 其東界臨大海, 近日之所出. 問其耆老, 海東復有
　人否? 云: 「嘗在海中得一布褐, 身如中人, 衣兩袖長三丈.」
　卽此長臂人矣也"라 하였으며, 袁珂는 "按: 郭注此說,
　本《三國志》魏志東夷傳, 《博物志》同, 惟'三丈'作'二丈'也.
　《淮南子》地形篇有修臂民, 高誘注云: 「一國民皆長臂, 臂長
　于身, 南方之國也.」 是郭注'手下垂至地'所本"이라 함. 곽박
　《圖讚》에 "雙肱三尺, 體如中人. 彼曷爲者, 長臂之民. 修脚
　自負, 捕魚海濱"이라 함.

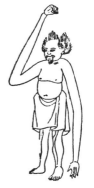

장비국(長臂國)

504(6-23) 적산狄山

적산狄山은 제요帝堯가 그 산 남쪽에 묻혀 있으며 제곡帝嚳이 그 북쪽에 묻혀 있는 산이다.

이곳에는 곰, 큰곰, 문호文虎, 긴꼬리원숭이, 표범, 이주離朱, 시육視肉이 있다. 우연吁咽과 문왕文王이 모두 그곳에 묻혀 있다.

일설에는 이 산이 바로 탕산湯山이라고도 한다.

그리고 일설에는 그곳에는 곰, 큰곰, 문호文虎, 긴꼬리원숭이, 표범, 이주離朱, 구구鴟久, 시육視肉, 호교虖交가 있다고도 한다.

문왕(文王)

그곳에는 넓게 퍼진 숲이 있으며 사방이 3백 리이다.

狄山. 帝堯葬于陽, 帝嚳葬于陰.

爰有熊·羆·文虎·蜼·豹·離朱·視肉. 吁咽·文王皆葬其所.

一曰湯山.

一曰爰有熊·羆·文虎·蜼·豹·離朱·鴟久·視肉·虖交.

有范林方三百里.

【狄山】畢沅은 "《墨子》云:「堯北敎八狄, 道死, 葬蛩山之陰.」則此云狄山者, 狄中之山也"라 함.

【帝堯葬于陽】郭璞은 “《呂氏春秋》曰:「堯葬穀林.」 今陽城縣西, 東阿縣城次
　鄉中, 赭陽縣湘亭南, 皆有堯冢”이라 하였으며, 袁珂는 “郭注‘陽城’當作‘城陽’.
　城陽, 舊縣名, 故城在今山東省濮陽東南.《呂氏春秋》安死篇高誘注云:「傳曰:
　堯葬成陽, 此云穀林, 成陽山下有穀林也.」”라 함.

【帝嚳葬于陰】郭璞은 “嚳, 堯父, 號高辛. 今冢在頓丘城南臺陰野中也”라 하였고,
　袁珂는 “按《皇覽》冢墓記云:「帝嚳冢在東郡濮陽頓丘城南臺陰野中.」 卽郭注
　所本”이라 함. 곽박《圖讚》에 “聖德廣被, 物無不懷. 爰乃殂落, 封墓表哀. 異
　類猶然, 矧乃華黎”라 함.

【文虎】郭璞은 “彫虎也.《尸子》曰:「中黃伯: ‘余左持太行之獶而右博彫虎也.’」”
　라 함. 袁珂는 “按: 郭注引《尸子》‘中黃伯’下脫‘曰’字,《文選》思玄賦舊注引同,
　《御覽》(891)同”이라 함.

【蜼】긴꼬리원숭이. 郭璞은 “蜼, 獼猴類”라 함.

【離朱】踆鳥라고도 하며 전설 속의 태양 속에 사는 三足烏. 郭璞은 “木名也,
　見《莊子》. 今圖作赤鳥”라 하여 원래는 나무 이름이나 새로 그렸다 하였
　으나 袁珂는 “按: 郭注‘木名, 見《莊子》’者,《莊子》天地篇有其文, 然彼以
　‘離朱’爲人名, 則此‘木名’應是‘人名’之譌. 又云‘今圖作赤鳥’, 離朱在熊, 羆,
　文虎, 蜼, 豹之間, 自應是動物名. 此動物維何? 竊以爲卽日中踆鳥(三足烏).
　《文選》思玄賦:「前長離使拂羽兮.」 注:「長禽, 朱鳥也.」《書》堯典:「日中
　星鳥, 以殷仲春.」 傳:「鳥, 南方朱鳥七宿.」 離爲火, 爲日. 故神話仲此原屬
　于日, 後又象徵火爲南方星宿之朱鳥, 或又稱爲離朱. 郭朱云‘今圖作赤鳥’者,
　蓋是離朱之古圖象也”라 하여 남방을 상징하는 새, 즉 朱雀이나 태양 속의
　三足烏라 하였음.

【視肉】聚肉. 전설 속의 짐승 이름. 郭璞은 “聚肉, 形如牛肝, 有兩目也. 食之
　無盡, 尋復更生如故”라 하였고, 郝懿行은 “《北堂書鈔》(145)引此經作‘食之盡’,
　今本‘無’字衍也”라 함. 아무리 잘라먹어도 다시 돋는 소의 간과 같은 것이
　라 함. 곽박《圖讚》에 “聚肉有眼, 而無腸胃. 與彼馬勃, 頗相髣髴. 奇在不盡,
　食人薄味”라 함.

【吁咽】구체적으로 알 수 없음. 郭璞은 “所未詳也”라 하였고, 袁珂는 “吁咽
　與文王竝列, 疑當時人名.〈大荒南經〉云:「帝堯·帝嚳·帝舜葬于岳山.」 郭璞注:
　「卽狄山也.」 則所謂‘吁咽’者, 或當時舜之析音, ‘吁咽’相切, 其音近‘舜’, 當卽岳山
　所葬之帝舜也”라 하여 ‘舜’으로 보기도 함.

【鴟久】새 이름. 올빼미. 鵂鶹. 백화어로 貓頭鷹이라 함. 郭璞은 "鴟久, 鵂鶹
之屬"이라 하였고, 郝懿行은 "鴟, 當作'鴞'.《說文》云:「鴟舊, 舊留也. 舊或作鵂.」
是經文鴟久卽'鴟舊', 注文'鵂鶹'卽'鵂鶹'也. 皆聲近假借字"라 함.

【虖交】구체적으로 알 수 없음. 郭璞은 "所未詳也"라 하였고, 郝懿行은 "卽吘
咽也, 吘·虖聲相近"이라 하였으나 袁珂는 "按: 咽·交則聲相遠, 仍所未詳也"
라 함.

【范林】널리 퍼져 크게 자라 이루어진 숲. 그러나 수풀 이름으로도 볼 수
있음. 〈海外南經〉(504)에 "有范林方三百里"라 하였고, 〈海外北經〉(546)에는
"范林方三百里, 在三桑東, 洲環其下"라 함. 郭璞은 "言林木氾濫布衍也"라
하였고, 王念孫은 "其蓋有字之訛. 海內西經(海內北經의 잘못. 546)云:「崑崙
西南所, 有氾林方三百里.」"라 함.

505(6-24) 축융祝融

남방의 축융祝融은 짐승의 몸에 사람 얼굴을 하고 있으며 두 마리 용을
타고 다닌다.

南方祝融, 獸身人面, 乘兩龍.

【祝融】불의 신. 火神. 전설 속 炎帝, 혹은 黃帝의 후손이라 하며 불을 담당함.
郭璞은 "火神也"라 하였고, 郝懿行은 《越絕書》云:「祝融, 治南方, 僕程佐之,
使主火」라 함. 곽박 《圖讚》에 "祝融火神, 雲駕龍驂. 氣御朱明, 正陽是含. 作配
炎帝, 列位于南"이라 함.

卷七 海外西經

〈夏后啓〉明 蔣應鎬 圖本

506(7-1) 해외 서쪽

바다 밖의 서남쪽 귀퉁이에서 서북쪽 귀퉁이이다.

海外自西南陬至西北陬者.

【自西南陬至西北陬】畢沅은 "《淮南子》地形訓云: 自西北至西南方, 起修股民·
肅愼民, 此文正倒. 知此經是說圖之詞, 或右行則自西南至西北起三身國,
或左行則自西北至西南起修股民. 是漢時猶有《山海經圖》, 各依所見爲說,
故不同也"라 함.

507(7-2) 멸몽조滅蒙鳥

멸몽조滅蒙鳥가 결흉국結匈國 북쪽에 있다. 그 새는 푸른 몸에 붉은
꼬리를 가지고 있다.

滅蒙鳥在結匈國北, 爲鳥靑, 赤尾.

【滅蒙鳥】畢沅은 "蓋結凶國所有, 承上文起西南陬言, 其圖象在結凶國北也"라
하였고, 郝懿行은 "《博物志》云:「結凶國有滅蒙鳥.」本此.〈海內西經〉(595)
又有孟鳥"라 함. 곽박《圖讚》에는 "靑質赤尾, 號曰滅蒙. 大運之山, 百仞
三重. 雄常之樹, 應德而通"이라 함.

508(7-3) 대운산大運山

대운산大運山은 높이가 3백 길이며 멸몽조가 사는 곳의 북쪽에 있다.

大運山高三百仞, 在滅蒙鳥北.

【大運山】 곽박 《圖讚》에는 "靑質赤尾, 號曰滅蒙. 大運之山, 百仞三重. 雄常
之樹, 應德而通"이라 함.

509(7-4) 대악지야大樂之野

대악大樂이라는 들은 하후夏后 계啓가 이곳에서 구대九代의 음악에 맞추어 추는 춤을 구경한 곳으로 그는 두 마리의 용을 타고 다니며, 구름이 그 위에 삼층의 일산이 되어 덮어준다.

그는 왼손에는 보당葆幢을 잡고, 오른손으로는 옥환玉環을 잡고 있으며 옥황玉璜을 차고 있다. 그곳은 대운산의 북쪽이다.

일설에는 대유大遺의 들이라고도 한다.

大樂之野, 夏后啓于此儛九代, 乘兩龍, 雲蓋三層.

左手操翳, 右手操環, 佩玉璜. 在大運山北.

一曰大遺之野.

【大樂之野】天穆之野(790)와 같은 곳으로 봄. '대락지야'로도 읽으나 音樂과 관련된 지명으로 '대악지야'로 읽는 것이 타당할 듯함.

【夏后啓】郭璞은 "《歸藏》鄭母經曰:「夏后啓筮, 御飛龍登于天, 吉.」明啓亦仙也"라 하였고, 郝懿行은 "《太平御覽》(82)引《史記》曰:「昔夏后啓筮, 乘龍而登于天, 占于皐陶, 皐陶曰:'吉而必同, 與神交通, 以身爲帝, 以王四鄕.'」"이라 함. 袁珂는 "今按《太平御覽》, 此文卽與郭注所引爲一事也"라 함. 곽박 《圖讚》에 "筮御飛龍, 果儛九代. 雲融是揮, 玉璜是佩. 對揚帝德, 稟天靈誨"라 함.

하후(夏后) 계(啓)

【儛九代】九代는 夏后 때의 음악 이름. 郭璞은 “九代, 馬名, 舞謂盤作之令舞也”
라 하였으나 郝懿行은 “九代, 疑樂名也. ……《淮南》齊俗訓云:「夏后氏其樂
夏篇‘九成’」, 疑‘九代’本作‘九成’, 今本傳寫形近而譌也”라 함. 袁珂는 “按: 郝說
是也. ‘九代’確當是樂名, 非舞馬之戲”라 함.

【雲蓋三層】郭璞은 “層, 猶重也”라 함.

【左手操翳】‘翳’는 새의 깃으로 장식한 일산, 깃으로 만든 日傘(翿). 羽葆幢
이라고 함. 郭璞은 “羽葆幢也”라 하였고, 袁珂는 “按:《說文》(1)云:「翳, 翿也.
所以舞也」라 함.

【右手操環】郭璞은 “玉空邊等爲環”이라 하였으며, 袁珂는 “按:《說文》(1)云:
「環, 璧也. 肉好若, 謂之環.」”이라 함

【佩玉璜】半璧形의 옥. 半圓의 크기로 다듬어 장식한 것. 郭璞은 “半璧曰璜”
이라 하였고, 袁珂는 “按: 郭注亦見《說文》(1)”이라 함.

【大遺之野】郭璞은 “〈大荒經〉云: 大穆之野”라 하였고, 郝懿行은 “〈大荒西經〉
(790)作天穆之野, 此注云大穆之野.《竹書》天穆·大穆二文竝見. 此經文又云
大遺之野·大樂之野, 諸文皆異, 所未詳”이라 하였으나 袁珂는 “按: 天·大古本
一字; 穆·遺·樂音皆相近”이라 함.

510(7-5) 삼신국三身國

삼신국三身國이 하후夏后 계啓가 있는 북쪽에 있다 하며 그곳 사람은
머리 하나에 몸이 셋이다.

三身國在夏后啓北, 一首而三身.

【三身國】머리 하나에 몸체가 셋인 종족. 袁珂는 "按:《淮南子》地形篇有
　三身民.〈大荒南經〉(718)亦有三身國, 云'帝俊妻娥皇, 生此三身之國, 姚姓, 黍食,
　使四鳥'"라 함. 곽박《圖讚》에 "品物流形, 以散混沌.
　增不爲多, 減不爲損. 厥變難原, 請尋其本"이라 함.
【夏后啓】郭璞은 "《歸藏》鄭母經曰:「夏后啓筮,　御飛
　龍登于天, 吉.」明啓亦仙也"라　하였고,　郝懿行은
　"《太平御覽》(82)引《史記》曰:「昔夏后啓筮, 乘龍而登
　于天, 占于皐陶, 皐陶曰:'吉而必同, 與神交通, 以身
　爲帝, 以王四鄕.'」"이라 함. 袁珂는 "今按《太平御覽》,
　此文卽與郭注所引爲一事也"라 함.
【一首而三身】郝懿行은 "《藝文類聚》(35)引《博物志》云:「三身國一頭三身三手.」
　今此經舞'三手'字"라 함.

삼신국(三身國)

511(7-6) 일비국一臂國

일비국一臂國이 그 북쪽에 있다. 그곳 사람들은 팔이 하나이며 눈이 하나, 콧구멍이 하나이다.

그곳에는 노란색 말이 있다. 호랑이 무늬이며 생김새는 눈 하나에 앞다리가 하나이다.

一臂國在其北, 一臂·一目·一鼻孔.

有黃馬虎文, 一目而一手.

【一臂國】半體國. 袁珂는 "〈大荒西經〉云:「有一臂民.」卽此. 吳任臣云:「《淮南子》海外三十六國, 西南方有一臂民.《呂氏春秋》云:'其肱(奇肱)·一臂之鄕.'《爾雅》:'北方比肩民焉, 迭食而迭望.'郭璞注云:'此卽半體之人, 各有一目·一鼻孔·一臂·一脚.'《異域志》云:'半體國其人一目一手一足.'」據吳所說, 一臂國卽後來之所謂半體國矣"라 함. 곽박《圖讚》에 "品物流形, 以散混沌. 增不爲多, 減不爲損. 厥變難原, 請尋其本"이라 함.

일비국(一臂國)

【手】'手'는 앞쪽 다리를 말함. 사람의 경우 팔, 네 발 짐승의 경우 앞다리를 '手'라 함. 郝懿行은 "手, 馬臂也.〈內則〉云:「馬黑脊而般臂漏.」"라 함.

512(7-7) 기굉국奇肱國

기굉국奇肱國이 그 북쪽에 있다. 그곳 사람들은 팔이 하나이며 눈이 셋이다. 그 눈은 반은 어둡고 반은 밝다. 문마文馬를 타고 다닌다.
그곳에 새가 있으니 머리가 둘이며 붉고 노란색이다. 그 새들이 그곳 사람들 곁에 있다.

奇肱之國在其北, 其人一臂三目, 有陰有陽, 乘文馬.
有鳥焉, 兩頭, 赤黃色, 在其旁.

【奇肱之國】郭璞은 "肱或作弘, 奇音羈"라 하고, 다시 "其人善爲機巧, 以取百禽; 能作飛車, 從風遠行. 湯時得之于豫州界中, 卽壞之, 不以示人. 後十年西風至, 復作遣之"라 함. 《博物志》(2) 外國에는 "奇肱民善爲機巧, 以殺百禽, 能爲飛車, 從風遠行. 湯時西風至, 吹其車至豫州, 湯破其車, 不以視民. 十年東風至, 乃復作車遣返, 而其國去玉門關四萬里"라 하였음. 《淮南子》地形篇에는 '奇肱國'이 없으며 '奇股民'이 있음. 高誘 주에 "奇, 只也; 股, 脚也"라 하여 다리가 하나인 사람을 가리키고 있음.

기굉국(奇肱國)

곽박 《圖讚》에 "妙哉工巧, 奇肱之人. 因風構思, 制爲飛輪. 凌頹遂軌, 帝湯是賓"이라 함.
【有陰有陽】눈의 맑기가 하나는 어둡고 하나는 검음. 郭璞은 "陰在上, 陽在下"라 함.

【文馬】吉量(吉良)이라는 말. 흰색 바탕이 붉은 갈기 털이 있으며 눈은 황금 같다 함. 이를 타고 다니면 천세의 수명을 누린다 함. 〈海內北經〉(609) 犬封國에 "有文馬, 縞身朱鬣, 目若黃金, 名曰吉量, 乘之壽千歲"라 함. 郭璞은 "文馬卽吉良也"라 하였고, 袁珂는 "吉良, 卽吉量也"라 함.

513(7-8) 형천形天

형천形天이 천제天帝와 신의 지위를 두고 싸움을 벌였다. 천제가 그의 머리를 잘라버리고 그를 상양산常羊山에 묻어버렸다. 그러자 형천은 자신의 두 젖을 눈으로 만들고 배꼽을 입으로 만들어 간척干戚을 들고 춤을 추었다.

形天與帝至此爭神. 帝斷其首, 葬之常羊之山. 乃以乳爲目, 以臍爲口, 操干戚以舞.

【形天】 '刑天', '刑夭', '形夭' 등 여러 표기가 있으나 '刑天'이 맞는 것으로 봄. 같은 《太平御覽》371과 574에는 形夭로, 555에는 刑天, 887에는 刑夭로 되어 있음. 陶潛의 〈讀山海經〉에는 '刑天'으로 되어 있음. 형천은 머리를 자른다는 뜻으로 처음에는 이름이 없던 天神이었으나 머리가 잘린 뒤 그 이름이 '刑天'이 된 것으로 봄. 혹 形夭의 경우 '形體가 잔요(殘夭)를 당한' 것으로 보아 뜻은 통할 수 있음. 곽박 《圖讚》에는 "爭神不胜, 爲帝所戮. 逐厥形夭, 臍口乳目. 仍揮干戚, 雖化不服"이라 함.

형천(形天)

【與帝至此爭神】 '至此' 두 글자는 연문으로 보고 있음. 《太平御覽》(371, 555, 574, 887)에는 모두 이 두 글자가 없음.

【常羊山】 郝懿行은 "《宋書》符瑞志云:「有神龍首感女登于常羊山, 生炎帝神農.」 卽此也. 〈大荒西經〉(794)有偏句·常羊志山, 亦卽此"라 함.

【以臍爲口】 다른 인용 기록에 '齊'로 되어 있으나 이는 '臍'(배꼽)와 같음. 同音
　假借. 袁珂는 "按: 經文'臍',《御覽》(371, 574, 887)均引作'齊.' '齊', 古通'臍.'
　《左傳》莊公六年:「后君噬齊.」"라 함.
【干戚】 '干'은 방패(盾), '戚'은 의장용 도끼(斧). 郭璞은 "干, 盾; 戚, 斧也. 是爲
　無首之民"이라 함.

514(7-9) 여제女祭와 여척女戚

여제女祭와 여척女戚이 그 북쪽에 있다. 이들은 두 개의 물 사이에 살며 여척은 손에 서각犀角의 술잔을 들고 있고 여제는 제신祭神의 조두俎豆를 들고 있다.

女祭·女戚在其北, 居兩水間, 戚操魚觛, 祭操俎.

【女祭·女戚】둘 모두 고대 무당의 이름. 이들을 그림으로 그린 것. 곽박 《圖讚》에 "彼姝者子, 誰氏二女. 曷爲水間, 操魚持俎. 厥儷安在, 離羣逸處"라 함.
【魚觛】'角觛'의 오기. 물소 뿔로 만든 술잔. 郭박은 "鱓魚屬"이라 함.
【祭操俎】俎豆를 들고 있음. 俎豆는 제사에 쓰이는 기구들. 郭璞은 "俎, 肉几"라 함.
＊원본은 본 장이 다음 장과 연결되어 있으나 袁珂는 이를 분리하였음.

515(7-10) 차조鴽鳥와 첨조鸘鳥

차조鴽鳥와 첨조鸘鳥라는 두 새는 그 색깔이 푸른색과 노란색이며 그 새가 지나가는 나라는 망하고 만다.

그들은 여제女祭의 북쪽에 있다. 차조는 사람의 얼굴을 하고 있으며 산 위에서 산다.

일설에는 유조維鳥가 바로 청조青鳥와 황조黃鳥를 함께 일컫는 말이라고도 한다.

鴽鳥·鸘鳥, 其色青黃, 所經國亡.

在女祭北. 鴽鳥人面, 居山上.

一曰維鳥, 青鳥·黃鳥所集.

【鴽鳥·鸘鳥】郭璞은 "次贍兩音"이라 하여 '차조'와 '첨조'로 읽음. 곽박 《圖讚》에 "有鳥青黃, 號曰鸘鴽. 與妖會合, 所集會至. 類則梟鵩, 厥狀難媚"라 함.
【所經亡國】郭璞은 "此應禍之鳥, 卽今梟㵆鵩之類"라 함.
【一曰維鳥, 青鳥·黃鳥所集】畢沅은 "丈夫國亦云在維鳥北"이라 함.

516(7-11) 장부국丈夫國

장부국丈夫國이 유조維鳥의 북쪽에 있다. 그곳 사람들은 의관衣冠을 갖추고 있으며 칼을 차고 있다.

丈夫國在維鳥北, 其爲人衣冠帶劍.

【丈夫國】 殷나라 때 王孟의 후손. 郭璞은 "殷帝太戊使王孟採藥, 從西王母至此, 絶糧, 不能進, 食木實, 衣木皮, 終身無妻, 而生二子, 從形中出, 其父卽死, 是爲丈夫民"이라 함. 《淮南子》 地形訓에 '丈夫民'이 있으며 〈大荒西經〉(769)에도 '丈夫國'이 있음. 곽박 《圖讚》에 "陰有偏化, 陽無産理. 丈夫之國, 王孟是始. 感靈所通, 桑石無子"라 함.

장부국(丈夫國)

517(7-12) 여축시女丑尸

여축女丑의 시체가 그곳에 진열되어 있다. 그는 열 개의 태양이 그를 구워 죽여 버렸다. 그는 장부국의 북쪽에 있다.

그는 오른손으로 자신의 얼굴을 가리고 있다. 열 개의 태양이 하늘 위에 있으며 그 여축은 산 위에 누워 있다.

女丑之尸, 生而十日炙殺之. 在丈夫北.

以右手鄣其面. 十日居上, 女丑居山之上.

【女丑】요임금 때 열 개의 해가 나타나 죽음을 당한 인물. 郝懿行은 "十日
竝出, 炙殺女丑, 於是堯乃命羿射殺九日也"라 함. 곽박 《圖讚》에 "十日竝燦,
女丑以斃. 暴于山阿, 揮袖自翳. 彼美誰子, 逢天之厲"이라 함.
【鄣其面】'鄣'은 '障'과 같음. 가림. 막음. 郭璞은 "蔽面"이라 함. 〈大荒西經〉
(762)에 "有人衣靑, 以袂蔽面, 名曰女丑之尸"라 함.

518(7-13) 무함국巫咸國

무함국巫咸國이 여추의 북쪽에 있다. 그 나라 사람들은 오른손으로는 청사青蛇를 잡고 있으며, 왼손으로는 적사赤蛇를 잡고 있다. 그들은 등보산 登葆山에 있으며 그 산은 여러 무당들이 산을 오르내릴 때 경유하는 곳이다.

巫咸國在女丑北, 右手操青蛇, 左手操赤蛇, 在登葆山, 羣巫所從上下也.

【巫咸國】巫覡으로 조직된 나라를 뜻함. 〈大荒西經〉(760)에 "有靈山. 巫咸·巫卽·巫朌·巫彭·巫姑·巫眞·巫禮·巫抵·巫謝·巫羅十巫, 從此升降, 百藥爰在"라 하였고, 함. 곽박 《圖讚》에 "羣有十巫, 巫咸所統. 經技是搜, 術藝是綜. 採藥靈山, 隨時登降"이라 함.

【登葆山】登備山(720)으로 보고 있음. 그곳의 郭璞 주에 "登備山, 卽登葆山, 羣巫所從上下也"라 함.

【羣巫所從上下也】郭璞은 "採藥往來"라 하였고 袁珂는 "按: 郭注皆本〈大荒西經〉(760)'十巫從此升降, 百藥爰在'爲說. 然細究之, 採藥, 只是羣巫次要工作, 其主要者, 厥爲下宣神旨, 上達民情. 登葆山蓋天梯也, '羣巫所從上下'者, 上下于此天梯也"라 함.

519(7-14) 병봉幷封

병봉幷封이 무함국의 동쪽에 있다. 그의 형상은 마치 돼지와 같으며 몸의 앞뒤에 모두 머리가 있고 온몸이 검은색이다.

幷封在巫咸東, 其狀如彘, 前後皆有首, 黑.

【幷封】'屛蓬', '驚封' 등과 같음. 袁珂는 "〈大荒西經〉(779)云:「有獸, 左右有首, 名曰屛蓬.」《周書》王會篇云:「歐陽以驚封, 驚封者, 若彘, 前後皆有首.」是幷封·屛蓬, 驚封皆聲之轉, 實一物也. 聞一多〈伏羲考〉(1冊)謂:「幷封·屛封本字當作 '幷封', '幷'與'封'俱有合義, 乃獸牝牡相合之象也.」其說甚是. 推而論之, 蛇之兩頭, 鳥之二首者, 亦幷封·屛蓬之類, 神話化逡爲異形之物矣"라 함. 곽박《圖讚》에 "龍過無頭, 幷封連載. 物狀相乖, 如驥分背. 數得自通, 尋之愈閡"라 함.
【前後皆有首】弩弦蛇(兩頭蛇)와 같은 형태. 郭璞은 "今弩弦蛇亦此類也"라 하였고, 郝懿行은 "弩弦蛇卽兩頭蛇也. 見《爾雅》釋地枳首蛇注"라 함.

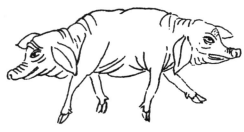

병봉(幷封)

520(7-15) 여자국女子國

여자국女子國이 무함국의 북쪽에 있다. 두 여자가 그곳에 살며 물이 그들 주위를 흐르고 있다.

일설에는 그들은 문 안에 살고 있다고도 한다.

女子國在巫咸北, 兩女子居, 水周之.

一曰居一門中.

【女子國】袁珂는 "按:《淮南子》地形訓有'女子民'.〈大荒西經〉(767)云:「有女子之國.」"이라 함. 黃池에 목욕을 하고 나오면 임신을 하며, 남자아이를 낳을 경우 세 살이면 아이가 죽어 버려 남자가 없게 됨. 郭璞《圖讚》에 "簡狄有呑, 姜嫄有履. 女子之國, 浴于黃水. 乃娠乃字, 生男則死"라 함.

여자국(女子國)

【水周之】물이 그 주위를 흘러 외부의 진입을 막음. 郭璞은 "有黃池, 婦人入浴, 出卽懷妊矣. 若生男子, 三歲輒死. 周, 猶繞也.《離騷》曰「水周于堂下」也"라 함.

【一曰居一門中】郝懿行은 "居一門中, 蓋爲女國所居同一聚落也"라 하였으나, 袁珂는 "按: 郝說非是. 所謂'居一門中'者, 亦圖像如此, 猶'兩女子居, 水周之'爲另一圖像然"이라 하여 또 다른 圖像이 있어 그 그림 내용이 그와 같았던 것이라 함.

521(7-16) 헌원국軒轅國

헌원국軒轅國이 궁산窮山 부근에 있다. 그곳 사람들은 제대로 수명을
누리지 못하는 사람일지라도 8백 세를 산다.

그들은 여자국女子國의 북쪽에 있다. 그들의 생김새는 사람 얼굴에
뱀의 몸을 하고 있으며 꼬리를 꼬아 머리 위로 얹고 있다.

軒轅之國在窮山之際, 其不壽者八百歲.

在女子國北, 人面蛇身, 尾交首上.

【軒轅之國】원래 軒轅은 고대 五帝 중 黃帝 軒轅氏. 袁珂는 "按: 〈大荒西經〉
(771)云:「有軒轅之國, 江山之南棲爲吉, 不壽者乃八百歲.」
〈西次三經〉(093)有軒轅丘. 郭注云:「黃帝居此.」"라 함.
곽박 《圖讚》에 "軒轅之人, 承天之祜. 冬不襲衣, 夏不
扇暑. 猶氣之和, 家爲彭祖"라 함.

【人面蛇身】袁珂는 "古天神多爲人面蛇身, 擧其著者, 如
伏羲·女媧·共工·相柳·窫窳·貳負等是矣. 或龍身人頭,
如雷神·燭龍·鼓等是矣. 亦人面蛇身之同形也. 此言軒
轅國人人面蛇身, 固是神子之態, 推而言之, 古傳黃帝或
亦當作此形貌也"라 함.

인면사신(人面蛇身)

522(7-17) 궁산窮山

궁산窮山이 그 북쪽에 있다. 그곳 사람들은 감히 서쪽을 향하여 활을 쏘지 못한다. 헌원軒轅의 언덕을 두려워하기 때문이다.

헌원의 언덕은 헌원국의 북쪽에 있다. 그 언덕은 네모져 있으며 네 마리의 뱀이 그 주위를 둘러 수호하고 있다.

窮山在其北, 不敢西射, 畏軒轅之丘.

在軒轅國北. 其丘方, 四蛇相繞.

【不敢西射, 畏軒轅之丘】郭璞은 "言敬畏黃帝威靈, 故不敢向西而射也"라 함. 軒轅丘는 西王母가 사는 玉山의 서쪽 480리에 있다고 하였음. 〈西次三經〉 (093) 참조.

523(7-18) 제옥諸夭

제옥諸夭의 들에 난조鸞鳥가 자유자재로 노래하고 봉조鳳鳥가 스스로
춤을 춘다.

봉황이 알을 낳으면 그곳 백성들이 먹을 것으로 삼고 있다. 감로甘露는
그곳 사람들이 마시는 물로 삼고 있다. 그곳 사람들은 마음에 하고 싶은
바가 있으면 그대로 따르며 살고 있다.

온갖 짐승이 그들과 더불어 무리를 지어 살고 있다. 그곳은 사사四蛇의
북쪽에 있다. 그곳 사람들은 두 손으로 봉황의 알을 잡고 먹고 있는 모습
이며 두 마리 새가 그들 앞에서 그들을 인도해 주고 있다.

諸夭之野, 鸞鳥自歌, 鳳鳥自舞.

鳳皇卵, 民食之; 甘露, 民飮之. 所欲自從也.

百獸相與羣居. 在四蛇北. 其人兩手操卵食之, 兩鳥居前
導之.

【諸夭之野】원본에는 '此諸夭之野'로 되어 있으나 '此'자는 연문임. 郭璞은
"夭, 音妖"라 하였으나 郝懿行은 "經文此字亦衍. 夭郭音妖, 蓋譌. 夭野, 〈大荒
西經〉(761)作沃野, 是經文之'夭', 乃'沃'之省文, 郭注之'妖'乃'沃'之譌文也"라
하여 '옥'으로 읽어야 하며 '諸沃'과 같다고 하였음. 이에 대해 袁珂는 "郝說
是也. 〈宋本〉郭注'夭音妖', '妖'字作正'沃', 〈道藏本〉同, 蓋後人妄改作'妖'耳.
又經文'諸夭(沃)之野'下, 疑尙有'沃民是處'句. 始與下文'民食之·民飮之'文義相屬,

應從〈大荒西經〉'有沃之國, 沃民是處'移補此四字于此"라 하여 〈大荒西經〉의
'沃民是處'를 이곳으로 옮겨야 한다고 보았음.

【所欲自從也】郭璞은 "言滋味無所不有, 所願得自在, 此謂天野也"라 하였고,
袁珂는 "按: 郭注'天野', 〈藏經本〉作'沃野'"라 함.

【兩手操卵食之】그림의 상태를 보고 현재형으로 표현하여 기록한 것. 郝懿行은
"亦言圖畫如此"라 함.

524(7-19) 용어龍魚

용어龍魚가 그들 북쪽에 살고 있다. 그 생김새는 마치 잉어와 같다.

일설에는 크기가 하어鰕魚만 하다고도 하며 바로 신인神人과 성인聖人이 그들을 타고 구주九州의 들을 순행하는 것이다.

일설에는 별어鼈魚가 옥야天野의 북쪽에 있으며 그곳의 고기는 역시 잉어와 같다고도 한다.

龍魚陵居在其北, 狀如貍.

一曰鰕. 卽有神聖乘此以行九野.

一曰鼈魚在天野北, 其爲魚也如鯉.

【龍魚】郝懿行은 "郭氏〈江賦〉作'龍鯉', 張衡〈思玄賦〉仍作'龍'魚, ……"라 하였고, 袁珂는 "按: 龍魚, 疑卽〈海內北經〉(634)所記'陵魚', 蓋均神話傳說中人魚之類也"라 함. 곽박《圖讚》에 "龍魚一角, 似貍處陵. 俟時而出, 神聖攸乘. 飛騖九域, 乘龍上昇"이라 함.

【狀如貍】'貍'는 '鯉'의 오자. 郭璞은 "或曰, 龍魚似貍, 一角"이라 하였으나, 郝懿行은 "貍'當爲'鯉'字之譌. 李善注〈江賦〉引此經云:「龍鯉陵居, 其狀如鯉, 或曰龍魚一角也.」蓋幷引郭注. 又注〈思玄賦〉引此經云:「龍鯉陵居在北, 狀如鯉」高誘注《淮南》地形訓亦曰'如鯉魚也', 可證"이라 함. 袁珂는 "按: 郝說是也, 王念孫亦校同郝注"라 함.

【一曰鰕】큰 鯢魚. 도롱뇽의 일종으로 일반 도롱뇽보다 큰 것. 郭璞은 "音遐"라 하였고, 畢沅은 "一作如鰕, 音狀如鯢魚, 有四脚也.《爾雅》云:「鯢大者謂之鰕.」"라 함.

【九野】郭璞은 "九域之野"라 함.

【鱛魚】郭璞은 "鱛音惡橫也"라 하여, 이에 대해 郝懿行은 "注有譌字, 所未詳. 明〈藏本〉作鱛, 音猶也, 亦譌"라 하여 郭注와 明나라〈道藏本〉모두 음의 주석이 잘못되었다 하였음. 袁珂는 "按:〈宋本〉郭注'鱛音'下空一字"라 하여 〈송본〉에는 빈 칸으로 되어 있음을 밝혀 판각의 오류가 있었음을 말함.

【夭野】諸夭野. 諸沃野. '夭'은 '沃'과 같으며 '옥'으로 읽음.

525(7-20) 백민국白民國

백민국白民國이 용어龍魚의 북쪽에 있다. 흰 몸체에 머리를 풀어헤치고 있다.

승황乘黃이라는 짐승이 있어 그 형상은 마치 여우와 같으며 그 등에 뿔이 나 있다. 이를 타고 다니면 2천 세를 살 수 있다.

白民之國在龍魚北, 白身被髮.

有乘黃, 其狀如狐, 其背上有角, 乘之壽
二千歲.

승황(乘黃)

【白民國】袁珂는 "按:《淮南子》地形篇有'白民'.〈大荒西經〉(750)云:「有大澤
之長山, 有白民(氏)之國」即此"라 함.
【白身被髮】몸이 흰색으로 투명하며 머리카락까지 희다는 뜻이며 그 머리는
풀어 헤쳐 정리하지 않은 채 살아감을 말함. 郭璞은 "言其人體洞白"이라
하였고,《淮南子》地形訓 高誘 주에는 "白民白身, 民被髮, 髮亦白"이라 함.
【乘黃】飛黃이라는 동물. 郭璞은 "《周書》曰: 白民乘黃, 似狐, 背上有兩角.」
即飛黃也.《淮南子》曰:「天下有道, 飛黃伏皁.」라 하였고, 郝懿行은 "《周書》
王會篇云:「飛黃似騏.」郭引作'似狐'.《初學記》引與郭同.《博物志》亦作'狐'.
'兩角',《初學記》引作'肉角', 皆所見本異也"라 하여 각기 본 圖像이 달라
그렇게 표현한 것이라 하였음. 곽박《圖讚》에 "飛黃奇駿, 乘之難老. 揣角輕騰,
忽若龍矯. 實鑒有德, 乃集厥皁"라 함.
【二千歲】《初學記》와《博物志》에는 모두 '三千歲'로 되어 있음.

526(7-21) 숙신국肅愼國

숙신국肅愼國이 백민국 북쪽에 있다. 그곳에 나무가 있어 이름을 웅상
雄常이라 하며 성인聖人이 대를 이어 나타나면 그 나무가 자라 백성들이
나무로부터 옷감을 얻는다.

肅愼之國在白民北, 有樹名曰雄常. 先入伐帝, 于此取之
(聖人代立, 于此取衣).

【肅愼之國】 '肅愼', '稷愼', '息愼' 등으로도 표기되어 왔으며 지금의 백두산
북쪽에 있던 고대 민족 이름이며 나라이름. 郝懿行은 《竹書》云:「帝舜
二十五年, 息愼氏來朝. 周聖王云: '稷愼大塵.」 孔晁注云:「稷愼, 肅愼也.」 又
《大戴禮》五帝德篇及《史記》五帝紀竝作'息愼'. 鄭康成云:「息愼, 或謂之肅
愼也.」 又〈大荒北經〉(797)有肅愼氏國"이라 함. 袁珂는 "按:《淮南子》地形
篇有'肅愼民'.〈大荒北經〉(797)云:「大荒之中, 有山名曰不咸. 有肅愼氏之國.」
卽此"라 하여 不咸山의 肅愼國이라 함.

【雄常】 나무 이름.《淮南子》高誘 注에는 해가 져서 들어가는 산 이름이라
하였음. 郭璞은 "或作雒"이라 하였고, 郝懿行은 "雒常,《淮南子》地形訓謂
之雒棠"이라 하여 '雒常', '雒棠' 등 여러 표기가 있음. 袁珂는 "經文雄常,
《淮南子》地形篇作'雒棠', 云「雒棠·武人在西北陬」, 高誘注云:「皆日所入之
山名也.」 疑非. 雒棠當卽此經之雄常, 木名也"라 함. '雄常', '雒棠'은 자형이
비슷하여 혼효된 것으로 보임. 곽박《圖讚》에는 "青質赤尾, 號曰滅蒙. 大運
之山, 百仞三重. 雄常之樹, 應德而通"이라 함.

【先入伐帝, 于此取之】王念孫과 孫星衍은 모두 "聖人代立, 于此取衣"로 교정 하였으며 해석도 이를 따름. 郭璞은 "其俗無衣服. 中國有聖帝代立者, 則此 木生皮可衣也"라 하였고, 郝懿行은 "經文'伐', 疑'代'字之譌. 郭注可證.《太平 御覽》(784)引此經正作'代'.《穆天子傳》云:「至于蘇谷骨骭氏之所衣被」郭注言: 「谷中有草木皮, 可以爲衣被.」라 함. 袁珂는 "按: 經文'先入伐帝, 于此取之', 王念孫·孫星衍幷校作'聖人代立, 于此取衣', 始此與郭注相應"이라 함.

527(7-22) 장고국長股國

장고국長股國이 낙당雛棠의 북쪽에 있다. 머리를 풀어헤치고 산다.
일설에는 장각국長脚國이라고도 한다.

長股之國在雛棠北, 被髮.
一曰長脚.

【長股之國】長脛國과 같음. '股'는 '脛', '脚'과 같으며 다리,
정강이가 아주 긴 종족의 나라. 袁珂는 "按:〈大荒西經〉
(751)云:「西北海之外, 赤水之東, 有長脛之國.」卽長股國也.
《淮南子》地形篇有長股民"이라 함.
【長脚】郭璞은 "國在赤水東也. 長臂人身如中人而臂長二丈,
以類推之, 則此人脚過三丈矣. 黃帝時至. 或曰, 長脚人常負長
臂人入海中捕魚也"라 하였고, 郝懿行은 "長臂國而見〈海外
南經〉(503), 郭云臂長二丈, '二'當爲'三'字之譌也"라 함.

장고국(長股國)

528(7-23) 욕수蓐收

서방의 신 욕수蓐收는 왼쪽 귀에 뱀을 달고 있으며 두 마리 용을 타고
다닌다.

西方蓐收, 左耳有蛇, 乘兩龍.

【蓐收】서방의 신. 金神. 虎神. 사람 얼굴에 호랑이 발톱을 하고 있으며 온
몸이 흰색, 손에는 도끼를 잡고 있음. 五行에서 金, 西, 白, 虎, 秋의 의미를
상징함. 郭璞은 "亦金神也, 人面, 虎爪, 白尾(毛), 執鉞, 見《外傳》云"이라 함.
그러나 〈西次三經〉의 蓐收(102)의 설명은 이와 다름. 郭注의 내용은 《國語》
晉語(2)의 구절임. 곽박 《圖讚》에는 "蓐收金神, 白毛虎爪. 珥蛇執鉞, 專司
無道. 立號西阿, 恭行天討"라 함.

욕수(蓐收)

卷八 海外北經

〈一目國以東地區〉明 蔣應鎬 圖本

529(8-1) 해외 북쪽

바다 밖의 동북쪽 귀퉁이로부터 서쪽으로 서북쪽 귀퉁이까지이다.

海外自東北陬至西北陬者.

【東北陬至西北陬】畢沅은 "《淮南子》地形訓云「自東北至西北陬」同, 而起跂踵民,
終無繼民, 與此文正倒. 疑《淮南子》當作'西北方至東南方', 或傳寫之誤也"라
하였으나, 袁珂는 "按: 畢說非也. 《淮南子》文不誤, 此文自誤. 此云:「自東北陬
至西北陬」, 則文中諸國均應西向. 今旣云'某某國在其東', 可見應是'自西北陬
至東北陬', '東'·'西'二字適倒"라 함.

530(8-2) 무계국無晵國

무계국無晵國이 장고국長股國의 동쪽에 있다. 그들은 후대 자손이 없다.

無晵之國在長股東, 爲人無晵.

【無晵國】 자손이나 후대가 없음. '晵'는 '啓', '繼'와 같음. 郭璞은 "晵, 音啓.
或作綮"라 하였고, 畢沅은 "《說文》無'晵'字, 當爲'綮',
或作'啓'·'繼'皆是. 《廣雅》作'無啓', 《淮南子》作'無繼民',
高誘注云: 「其人皆無嗣也, 北方之國也.」 與郭義異.
《字林》始有'晵'字, 云腒腸, 見《廣雅》. 郭蓋以此爲說,
其實非古字古義也"라 하였고, 袁珂는 "按: 畢說是也,
當從《廣雅》作'無啓'. 無啓, 無繼也. 正高誘注《淮南子》
所謂'其人蓋無嗣也'之義. 無嗣而有國, 當因其人能如
郭注所云'死百廿歲乃復更生', 實不死也"라 함. 곽박
《圖讚》에 "萬物相傳, 非子則根. 無晵因心, 構肉生魂.
所以能然, 尊形者存"이라 함.

무계국(無晵國)

【爲人無晵】 郭璞은 "晵, 肥腸也. 其人穴居, 食土, 無男女, 死卽薶之, 其心不朽,
死百廿歲乃復更生"이라 하였고, 袁珂는 "按: 郭注'晵, 肥腸也', '肥腸'當爲'腓腸',
卽脛骨後之肉, 今俗呼'小腿肚'者是. 然'晵'應作'啓', 已如上說, 郭注因'晵'爲說,
不免失之.〈大荒北經〉(822)云:「有繼無民, 繼無民任姓, 無骨子, 食氣魚.」'繼無'
二字適倒, '繼無民'卽'無繼民', 亦卽無啓之國也"라 함.

531(8-3) 촉음燭陰

종산鍾山의 신 이름은 촉음燭陰이라 한다. 그가 눈을 뜨면 낮이 되고 그가 눈을 감으면 밤이 된다. 그가 낼 숨을 쉬면 겨울이 되고, 그가 입김을 내불면 여름이 된다. 그 신은 마시지도 않고, 먹지도 않으며, 쉬지도 않는다. 그가 숨을 쉬면 그것이 바람이 된다. 그 몸의 길이는 천 리나 된다.

그는 무계국無膺國의 동쪽에 있다. 그의 모습은 사람의 얼굴에 뱀의 몸이며 색깔은 붉다. 종산 아래에 살고 있다.

鍾山之神名曰燭陰. 視爲晝, 瞑爲夜; 吹爲冬, 呼爲夏. 不飮, 不食, 不息, 息爲風, 身長千里.

在無膺之東. 其爲物, 人面蛇身, 赤色, 居鍾山下.

【燭陰】'燭龍'과 같음. 郭璞은 "燭龍也, 是燭九陰, 因名焉"이라 함. 燭龍은 〈大荒北經〉(828)을 볼 것. 곽박 《圖讚》에 "天缺西北, 龍衘火精. 氣爲寒暑, 眼作昏明. 身長千里, 可謂至神"이라 함.

촉음(燭陰)

【息爲風, 身長千里】'息爲風'은 숨 쉬는 氣가 변하여 바람이 됨을 말함. 곽박은 "息, 氣息也"라 함. 《太平御覽》에는 "息則爲風"으로 되어 있으며 《藝文類聚》에는 "身長三千里"로 되어 있음.

【無膺】'無啓'와 같음. 앞장 참조.

【人面蛇身】郭璞은 "《淮南子》曰: 「龍身一足.」"이라 함. 袁珂는 "按: 《淮南子》地形篇云: 「燭龍在鴈門北, 蔽于委羽之山, 不見日, 其神人面龍身而無足.」 是郭所引也. 一字譌"라 함.

532(8-4) 일목국一目國

일목국一目國이 그 동쪽에 있다. 눈 하나가 그 얼굴 가운데에 나 있는
채로 살고 있다.

일설에는 수족手足이 있다 한다.

一目國在其東, 一目中其面而居.

一曰有手足.

【一目國】袁珂는 "按:《淮南子》地形篇有'一目民'.〈大荒北經〉
(821)云「有人一目, 當面中生. 一曰威姓, 少昊之子, 息黍.」
卽此"라 함. 곽박《圖讚》에 "蒼四不多, 此一不少. 子野冥瞽,
洞見無表. 形遊逆旅, 所貴維眇"라 함.

【一曰有手足】이 구절은 衍文임. 郝懿行은 "'有手足'三字疑
有譌"라 하였고, 袁珂는 "鷹: '一曰有手足'五字, 或涉下文
'柔利國在一木東, 爲人一手一足'而衍"이라 하여 다음 장
柔利國 끝에 있어야 하는 것이 아닌가 여겼음.

일목국(一目國)

533(8-5) 유리국柔利國

유리국柔利國이 일목국의 동쪽에 있다. 그들은 손이 하나, 발이 하나이며 무릎이 앞쪽으로 굽혀진다. 다리를 앞으로 굽혀 들어 올릴 수 있다.

일설에는 유리국留利國이라고도 하며 사람들은 발을 뒤쪽으로 꺾는다고 한다.

柔利國在一目東, 爲人一手一足, 反䣛, 曲足居上.
一云留利之國, 人足反折.

【柔利國】袁珂는 "按:〈大荒北經〉(827)云:「有牛黎之國, 有人無骨, 儋耳之子.」卽柔利國也. 牛黎·柔利音皆相近"이라 하여 '牛黎國'이 바로 이 나라라 하였음. 곽박《圖讚》에 "柔利之人, 曲脚反肘. 子求之容, 方此無醜. 所貴者神, 形於何有?"라 함.

【反䣛】'䣛'은 '膝'(무릎)의 異體字. 무릎이 뒤로 젖혀지는 발을 가지고 있음. 袁珂는 "按: 䣛, 古膝字,〈宋本〉,〈藏經本〉並作'膝'"이라 함.

【曲足居上】郭璞은 "一足一手反卷曲也"라 함.

유리국(柔利國)

【留利之國】柔利國의 다른 표기. 袁珂는 "留, 柔之聲亦近"이라 함.

【人足反折】郝懿行은 "足反卷曲, 猶似折也"라 함.

534(8-6) 상류씨相柳氏

공공共工의 신하로 이름이 상류씨相柳氏라는 이가 있다. 머리가 아홉이며 동시에 아홉 개 산의 먹을거리를 먹는다.

상류씨가 다다르는 곳이면 그곳을 파서 못이나 골짜기를 만든다. 우禹가 이 상류씨를 죽였더니 그 피에서 비린내가 나 그 곳에 오곡五穀을 심을 수가 없었다.

우가 그 땅을 파서 세 번을 팠으나 세 번 메워지고 다시 세 번 무너지는 것이었다. 이에 그곳에서 파 낸 흙으로 여러 천제를 위해 높은 대臺를 만들었다.

상류씨(相柳氏)

그곳은 곤륜산昆侖山의 북쪽이며, 유리국柔利國의 동쪽이다.

상류란 자는 아홉 개의 머리에 사람 얼굴을 하고 있으며, 뱀의 몸에 온몸이 푸르다. 그는 감히 북쪽을 향하여 활을 쏘지 못한다. 공공의 누대를 두려워하기 때문이다. 그 누대는 그의 동쪽에 있다. 대는 사방이 모나게 되어 있고 그 귀퉁이마다 뱀이 한 마리씩 있으며 호랑이 색깔이다. 그 뱀은 머리를 남쪽을 향하고 있다.

共工之臣曰相柳氏, 九首, 以食於九山.

相柳之所抵, 厥爲澤谿. 禹殺相柳, 其血腥, 不可以樹五穀種.

禹厥之, 三仞三沮, 乃以爲衆帝之臺.

在崑崙之北, 柔利之東.

相柳者, 九首人面, 蛇身而靑. 不敢北射, 畏共工之臺.
臺在其東, 臺四方, 隅有一蛇, 虎色, 首衝南方.

【共工】郭璞은 "共工, 霸九州者"라 하였고, 袁珂는 "按: 郭注乃本《國語》魯語
「共工氏之伯九有也」爲說. 然乃以歷史釋神話, 非是. 共工乃古天神名, 炎帝之裔,
與黃帝之孫顓頊爭爲帝者, 見《淮南子》天文篇. 在黃炎鬪爭中, 後終敗于黃帝
系人物治水之禹, 禹殺共工之臣相柳, 卽此鬪爭之終局也"라 함.

【相柳氏】相繇. 〈大荒北經〉(813)에 "共工之臣名曰相繇, 九首蛇身, 自環, 食于
九土, 其所歍所尼, 卽爲源澤, 不辛乃苦, 百獸莫能處. 禹湮洪水, 殺相繇, 其血
腥臭, 不可生穀, 其地多水, 不可居也. 禹湮之, 三仞三沮, 乃以爲池, 羣帝因是
以爲臺. 在昆侖之北"이라 함. 곽박 《圖讚》에 "共工之臣, 號曰相柳. 稟此
奇表, 蛇身九首. 恃力桀暴, 終禽夏后"라 함.

【九首】郭璞은 "頭各自食一山之物, 言貪暴難饜"이라 함. 고대 도철(饕餮)과
같음.

【相柳之所抵, 厥爲澤谿】'厥'은 '掘'과 같음. 파서 못이나 골짜기가 됨. 郭璞은
"抵, 觸; 厥, 掘也. 音撅"이라 하였고, 袁珂는 "按: 經文'澤谿', 王念孫云:
「《御覽》作'谿潭'」查今影宋本《太平御覽》(647)作'谿澤', 又經文'厥', 王念孫注云:
「厥亦觸也」"라 함.

【不可以樹五穀種】王念孫은 "御覽無'五'字"라 함.

【禹厥之, 三仞三沮】세 번을 메우면 세 번 모두 무너져 덮임. '仞'은 '牣'과
같음. '견고하게 메우다'의 뜻. 郭璞은 "掘塞之而土三沮滔(陷), 言其血膏浸潤
壞也"라 함.

【乃以爲衆帝之臺】郭璞은 "言地潤濕, 唯可積土以爲臺觀"이라 함. 그러나 衆帝는
帝堯, 帝嚳 등 여러 天神을 가리키는 말이며 그들이 쌓은 臺를 말하는
것으로 봄. 〈海內北經〉(615)에 "帝堯臺·帝嚳臺·帝丹朱臺·帝舜臺, 各二臺,
臺四方, 在昆侖東北"이라 한 것을 말함.

【昆侖】'崑崙'으로도 표기하며 중국 신화 속에 가장 많이 등장하는 상상 속의
산 이름. 실제 중국 대륙 서쪽의 끝 히말라야, 힌두쿠시, 카라코룸의 3대

산맥의 하나인 카라코룸 산맥이 主山을 疊韻連綿語 ‘昆侖·崑崙’(Kūnlún)으로 비슷하게 音譯하여 표기하였다고도 함. 본《山海經》에는 ‘昆侖山’, ‘昆侖丘’, ‘昆侖虛’ 등으로 표기되어 있음.

【不敢北射】郝懿行은 “臣避君也”라 하였으나 袁珂는 “按: ‘不敢北射’者, 乃射者畏共工臺共工之威靈, 猶〈海內西經〉(522)云「窮山在其北, 不敢西射, 畏軒轅之丘」然, 郝釋以‘臣避君’, 非也”라 함.

【虎色】郝懿行은 “虎文也”라 함. 호랑이 무늬를 하고 있음을 말함.

【首衝南方】‘衝’은 ‘向’과 같음. 머리가 남방을 향하고 있음. 郭璞은 “衝, 猶向也”라 함.

535(8-7) 심목국深目國

심목국深目國이 그 동쪽에 있다. 그곳 사람들이 눈이 깊이 패어 있으며
한 손만을 들고 있다.

일설에는 공공대共工臺의 동쪽에 있다고도 한다.

深目國在其東, 爲人深目, 擧一手.
一曰在共工臺東.

【深目國】袁珂는 "按:《淮南子》地形篇猶深目民,〈大荒北經〉(817)云:「有人方
食魚, 名曰深目民之國, 朌姓, 食魚.」卽此"라 함. 곽박《圖讚》에 "深目類胡,
但□絶縮. 軒轅道降, 款塞歸服. 穿胸長脚, 同會異族"
이라 함.

【深目, 擧一手】郭璞은 "目, 一作曰"이라 하였고, 郝懿行은
"'一目'作'一曰'連下讀是也"라 함. 그러나 이에 대해
袁珂는 "按:'一曰'正當作'一曰'連下讀爲是. 然'爲人
擧一手', 猶有說者.《山海經》所記海外各國, 非異形
卽異稟, 無由'擧一手'卽列爲一國之特徵者. 疑'爲人'下,
尚脫'深目'二字, '爲人深目, 擧一手', 卽與經記諸國之
體例相符矣"라 함.

심목국(深目國)

536(8-8) 무장국無腸國

무장국無腸國이 심목국 동쪽에 있다. 그곳 사람들은 키가 매우 크며 창자가 없다.

無腸之國在深目東, 其爲人長而無腸.

【無腸之國】袁珂는 "按: 〈大荒北經〉(811)云: 「又有無腸之國, 是任姓, 無繼子, 食魚.」《淮南子》地形篇有無腸民, 卽此"라 함. 곽박 《圖讚》에 "無腸之人, 厥體維洞. 心實靈府, 餘則外用. 得一自全, 理無不共"이라 함. 창자가 없는 종족을 뜻함.
【深目東】郭璞은 "東, 一作南"이라 함.
【其爲人長而無腸】郭璞은 "爲人長大, 腹內無腸, 所食之物直通過"라 하였고, 郝懿行은 "《神異經》云: 「有人知往, 有腹無五藏, 直而不旋, 食物經過.」 疑卽 斯人也"라 함.

537(8-9) 섭이국聶耳國

섭이국聶耳國이 무장국 동쪽에 있다. 두 마리의 문호文虎를 부리며, 그곳 사람들은 두 손으로 자신의 귀를 잡고 있다.

바닷속 섬에 매달려 살고 있으며 그 물에는 기이한 물체들이 출입한다. 두 마리의 호랑이는 섭이국의 동쪽에 있다.

聶耳之國在無腸國東, 使兩文虎, 爲人兩手聶其耳. 縣居海水中, 及水所出入奇物. 兩虎在其東.

【聶耳之國】儋耳國(808)과 같음. 袁珂는 "按: 〈大荒北經〉
(808)云:「有儋耳之國, 任姓, 禹號子, 食穀」卽此.《淮南子》
地形篇無聶耳國, 而云「夸父·耽耳在其北方」. 是耽耳卽儋耳,
亦卽此經聶耳也"라 하여 耽耳國, 儋耳國(瞻耳國, 擔耳國)이
바로 이 聶耳國이라 함. 귀가 길어 어깨까지 축 늘어진
종족임을 말함. 곽박《圖讚》에 "聶耳之國, 海渚是懸. 雕虎
斯使, 奇物畢見. 形有相須, 手不離面"이라 함.

【文虎】袁珂는 "按: 文虎, 雕虎(彫虎)"라 함. 〈海外南經〉
(504)의 郭璞 주에 "文虎, 彫虎也.《尸子》曰:「中黃伯: '余
左持太行之獲而右博彫虎也.'」"라 함. 袁珂는 "按: 郭注引《尸子》'中黃伯'下脫
'曰'字,《文選》思玄賦舊注引同,《御覽》(891)同"이라 함.

【兩手聶其耳】'聶'은 '捏'과 같음. 부 손가락으로 그 귀를 잡고 있음. 郭璞은
"言耳長, 行卽以手攝持之也"라 하였고 袁珂는 "按: 唐李冗《獨異志》云:

섭이국(聶耳國)

「《山海經》有大耳國, 其人寢, 常以一耳爲席, 一耳爲衾.」則傳說演變, 誇張又
　甚矣"라 함.

【縣居海水中】 '縣'은 '懸'과 같음. 바닷속 섬에 외롭게 매달려
　있음. 郭璞은 "縣, 邑也"라 하였고, 袁珂는 "按:《初學記》(6)
　引此經作'懸居赤水中'. 縣, 懸本字, '縣居海水中'者, 言聶耳國所
　居乃孤懸于海中之島也. 郭以邑釋縣, 殊未諦"라 하여 바닷속
　외로운 섬에 홀로 매달려 살고 있다고 여겼음.

【及水所出入奇物】 郭璞은 "言盡規有之"라 하였고, 袁珂는
　"按: 經文'奇物', 〈藏經本〉作'奇怪物'"이라 함.

【兩虎在其東】 袁珂는 "兩虎, 卽上文聶耳國所使兩文虎, 在其東,
　在聶耳國之東, 蓋圖象如此"라 하여 그림의 배치와 내용이
　이와 같았다고 함.

섭이국(聶耳國)

538(8-10) 과보夸父

　　과보夸父가 해가 서쪽으로 기우는 것을 쫓아 달리기를 하였다. 그리하여 해 속으로 들어가려 하였다. 갈증이 나서 마실 것을 얻고자 하수河水와 위수渭水의 물을 마셨다. 그러나 하수와 위수의 물도도 부족하여 북쪽 대택大澤의 물을 마시러 갔다. 그러나 그 대택에 이르기 전에 도중에 목이 말라 죽고 말았다. 그가 지팡이를 던지자 그것이 변하여 등림鄧林이 되었다.

夸父與日逐走, 入日. 渴欲得飲, 飲于河渭; 河渭不足, 北飲大澤. 未至, 道渴而死. 棄其杖, 化爲鄧林.

【夸父】袁珂는 "〈海內經〉(867)云:「炎帝……生后土.」〈大荒北經〉(810)云:「后土生信, 信生夸父.」則夸父者, 炎帝之裔也. 以義求之, 夸, 大; 父, 男子美稱, 蓋古之大人也"라 하여 염제의 후예이며 고대 체구가 아주 큰 사람이었다 함. 곽박《圖讚》에 "神哉夸父, 難以理尋. 傾河逐日, 遯形鄧林. 觸類而化, 應無常心"이라 함.
【與日逐走, 入日】郭璞은 "言及于日將入也. 逐音冑"라 하여 '逐'을 '주'로 읽도록 함. 袁珂는 "按: 經文'逐走', 他書所引, '競走'・'逐走'互見, 是一本作'競走'也. 陶潛〈讀山海經〉詩亦云:「夸父誕宏志, 乃與日競走.」又經文'入日', 何焯〈校本〉作'日入', 黃丕烈・周叔弢校同"이라 함.
【大澤】대택은 두 곳이며 袁珂는 이에 대해 "按: 大澤有二: 〈海內西經〉(588)云:「大澤方百里, 羣鳥所生及所解, 在鴈門北.」則'宵明・燭光處河大澤'之大澤也. 〈大荒北經〉(806)云:「有大澤方千里, 羣鳥所解.」卽此大澤. 畢沅以爲卽古之澣海, 疑是"라 함. 혹 지금의 바이칼 호를 가리키는 것이라고도 함.

【棄其杖】郝懿行은 "《列子》湯問篇'棄其杖'下, 有'尸膏肉所浸'五字"라 함. 한편
《列子》湯問篇 全文은 "夸父不量力, 欲追日影, 逐之於隅谷之際. 渴欲得飮,
赴飮河渭. 河渭不足, 將走北飮大澤. 未至, 道渴而死. 棄其杖, 尸膏肉所浸,
生鄧林. 鄧林彌廣數千里焉"이라 되어 있음.

【鄧林】畢沅은 "鄧林卽桃林也. 鄧·桃音相近. ……蓋卽〈中山經〉所云'夸父之山,
北有桃林矣. 其地則楚之北境也"라 하였고, 袁珂는 "鷹: 畢引〈中山經〉見〈中次
六經〉(339)"이라 함. 〈中次六經〉(339)에 夸父山에 "其北有林焉, 名曰桃林, 是廣
員三百里, 其中多馬"라 함. 한편 이 '夸父逐日'의 고사는 《列子》湯問篇에
"夸父不量力, 欲追日影, 逐之於隅谷之際. 渴欲得飮, 赴飮河渭. 河渭不足, 將走
北飮大澤. 未至, 道渴而死. 棄其杖, 尸膏肉所浸, 生鄧林. 鄧林彌廣數千里焉"
이라 하였고, 《淮南子》(地形訓)에는 "夸父耽耳在其北方, 夸父棄其策, 是爲鄧林"
이라 하였으며, 《呂氏春秋》(求人篇)에는 "北至人正之國, 夏海之窮, 衡山之上,
犬戎之國, 夸父之野"라 하였고, 《博物志》(7)에는 "博父西, 夸父與日相逐走,
渴, 飮水河渭, 不足, 北飮大澤, 未至, 渴而死. 棄其策杖, 化爲鄧林"이라 하는
등 아주 널리 실려 있음.

과보축일(夸父逐日)

539(8-11) 박보국博父國

박보국博父國은 섭이의 동쪽에 있다. 그곳 사람들은 아주 크고 오른손
으로는 청사靑蛇를, 왼손으로는 황사黃蛇를 잡고 있다.
등림은 과보국의 동쪽에 있으며 숲이라 하나 나무가 두 그루밖에 없다.
일설에는 그곳이 박보국博父國이라고도 한다.

博父國在聶耳東, 其爲人大, 右手操靑蛇, 左手操黃蛇.
鄧林在其東, 二樹木.
一曰博父.

【博父國】 夸父國의 오기. 袁珂는 "經文'博父國'當作'夸父國', 承上'夸父逐日'
(538)事而言也.《淮南子》地形篇云:「夸父·耽耳在其北.」卽謂是也. 下文旣有
'一曰博父', 則此處不當復作'博父'亦已明矣. 否則下文當作'一曰夸父', 二者必
居其一也"라 하여 앞의 '博父'나 뒤의 '博父' 하나는 반드시 잘못된 것임을
주장하였음.
【二樹木】 郝懿行은 "二樹木, 蓋謂鄧林二樹而成林, 言其大也"라 하여 鄧林의
숲을 이룬 나무는 겨우 두 그루지만 아주 컸음을 말한다 하였음.

540(8-12) 우소적석산禹所積石山

우禹가 돌로 쌓은 산이 그 동쪽에 있다. 하수河水가 흘러드는 곳이다.

禹所積石之山在其東, 河水所入.

【禹所積石之山】畢沅은 "當云'禹所導積石之山', 此脫'導'字"라 하여 '導'자를
넣어야 한다고 여겼고 王念孫의 校正도 같음. 그러나 袁珂는 "鷹: 畢·王之
說疑非. 尋檢經文, 積石之山有二: 一曰'積石', 一曰'禹所積石'.〈大荒北經〉
(803)云:「先檻大逢之山 ……其西有山, 名曰禹所積石.」則此經'禹所積石山'也,
其方位在北.〈西次三經〉(094)云:「積石之山, 其下有石門, 河水冒以西流.」
〈海內西經〉(598)云:「河水出東北隅, ……入禹所導積石山」卽積石之山也, 其方
位在西. 今何得以方位在西之積石山, 溷方位在北之'禹所積石山'耶? 知禹所下
不能增'導'字"라 하여 뜻을 달리 하고 있음.
【河水所入】郭璞은 "河出昆侖而潛行地下, 至蔥嶺, 復出注鹽澤, 從鹽澤復行南,
出於此山, 而爲中國河, 遂注海也.《書》曰:「導河積石.」言時有壅塞, 故導利
以通之"라 함.

541(8-13) 구영국拘癭國

구영국拘癭國이 그 동쪽에 있다. 이곳 사람들은 한 손으로 목 아래에
난 살혹을 잡고 있다.

일설에는 이곳을 이영국利纓國이라고도 한다.

拘癭之國在其東, 一手把癭.

一曰利纓之國.

【拘癭之國】袁珂는 "按: 淮南子地形篇有句嬰民, 卽此. 高誘注云:「句嬰讀爲
九嬰, 北方之國.」則所未詳也"라 함.

【一手把癭】영은 목에 난 큰 물혹, 살혹. 郭璞은 "言其人當以一手持冠纓也.
或曰'纓'宜作'癭'"이라 하였으나, 袁珂는 "按: '纓'正宜作'癭', 癭, 瘤也, 多生
于頸, 其大者如懸瓠, 有碍行動, 故須常以手拘之, 此'拘癭之國'之得名也. 作
'拘纓'者, 同音通假, 實亦'拘癭', 非如郭注所云'常以一手持冠纓'也"라 하여
'癭'은 목에 난 큰 물혹이며 이를 늘 손으로 잡고 다님을 뜻한다고 하였음.

【利纓之國】혹을 손으로 잡고 다니는 사람들이 사는 나라. 江紹原은 "'利'
或是'扚'之訛"라 함. '纓'은 '癭'과 같으며 '利'는 扚(손으로 잡다)의 오기가
아닌가 여겼음.

542(8-14) 심목尋木

심목尋木은 길이가 천 리나 뻗쳐 있으며 구영국의 남쪽에 있다. 하수
河水의 서북쪽으로 향해 자라나 있다.

尋木長千里, 在拘癭南, 生河上西北.

【尋木~西北】088의 橘木과 같음. 袁珂는 "按:《穆天子傳》(6)云:「天子乃
釣於河, 以觀姑繇之木.」郭注云:「姑繇, 大木也.《山海經》云:'尋木長千里,
生河邊.'謂此木之類.」當與郭說也. 又姑繇之木, 卽橘木, 見〈序次三經〉(088)
槐江之山"이라 함. 곽박《圖讚》에 "渺渺尋木, 生于河邊. 竦枝千里, 上干
雲天. 垂陰四極, 下蓋虞淵"이라 함.

543(8-15) 기종국跂踵國

기종국跂踵國이 구영국 남쪽에 있다. 그곳 사람들은 두 발을 옆으로 찢어 벌리고 걷는다.

일설에는 반종국反踵國이라고도 한다.

跂踵國在拘癭南, 其爲人兩足皆支.

一曰反踵.

【跂踵國】손을 땅에 짚고 걷는 종족의 나라. 郭璞은 "跂音企. ……其人行, 足跟不著地也. 《孝經》鉤命訣曰「焦僥跂踵, 重譯欸塞」也"라 하였고, 袁珂는 "按:《淮南子》地形篇有跂踵民, 高誘注云:「跂踵民, 踵不至地, 以五指行也.」 卽郭注所本. 然《文選》曲水詩序注引高注則作:「反踵, 國名, 其人南行, 迹北 向也.」 與此異義. 大約'跂踵'本作'支踵', 支・反形近而訛, 故兼二說"이라 함. 곽박 《圖讚》에 "厥形雖大, 斯脚則企. 跳步雀踴, 踵不閡地. 應德而臻, 款塞 歸義"라 함.

【其爲人兩足皆支】원본은 '其爲大, 兩足亦大'로 되어 있으나 이는 오류임. 袁珂는 "按: 經文此二語不足以釋跂踵, 疑有訛誤. 查《太平御覽》(372)引此經 作'其爲兩足皆大', 970引作'其人兩足皆大', '其爲'・'其人'各脫一字, 全文當作 '其爲人兩足皆大'. 經文前'大'字衍, 亦乃'皆'字之訛. 然以'兩足皆大'釋跂踵, 義猶扞格. 疑'大'實當作'支', '大'・'支'形近而訛. '兩足皆支', 正跂踵之具體狀寫. 因此經文當作'其爲人兩足皆支.'"라 함.

【反踵】원문은 '大踵'으로 되어 있으나 이 역시 오류임. 郝懿行은 "'大踵'宜
 當作'支踵', 或'反踵', 竝字形之譌"라 하였고, 袁珂는 "作'反踵'是也. 國名旣謂
 '跂踵', 則不當不作'支踵', 而作'大踵'乃未聞成說, 故實祇宜作'反踵'. 跂踵之爲
 '反踵', 猶'支舌'之爲'反舌'也"라 함.

기종국(跂踵國)

544(8-16) 구사歐絲

구사歐絲라는 들이 반종국反踵國의 동쪽에 있다. 한 여자가 꿇어앉아 나무를 의지하고 실을 토해내고 있다.

歐絲之野在反踵東, 一女子跪據樹歐絲.

【歐絲】실을 토해냄. '歐'는 '嘔'와 같음. 郭璞은 "言噉桑而吐絲, 蓋蠶類也"라 하였고, 袁珂는 "按:《博物志》異人云:「嘔絲之野, 有女子方跪據樹而嘔絲, 北海外也.」嘔絲卽歐絲, 嘔, 歐俗字.《說文》(8)云: 嘔, 吐也.」故郭注以'噉桑 吐絲'爲言"이라 함. 곽박《圖讚》에 "女子鮫人, 體近蠶蚌. 出珠非甲, 吐絲匪蛹. 化出無方, 物豈有種?"이라 함.

545(8-17) 삼상三桑

　삼상三桑이라는 나무가 있다. 가지가 없으며, 구사국의 동쪽에 있다.
그 나무는 길이가 백 길이나 되며 가지가 없다.

　三桑無枝, 在歐絲東, 其木長百仞, 無枝.

【三桑無枝】郭璞은 "言皆長百仞也"라 하였고, 袁珂는 "按: 〈大荒北經〉(795)云:
「有三桑無枝.」〈北次二經〉(166)云:「洹山, 三桑生之, 其樹皆無枝, 其高百仞.」
卽次. 此無枝之三桑, 當卽跪據樹歐絲女子之所食也"라 함.

546(8-18) 범림范林

범림范林은 사방이 3백 리나 되며 삼상三桑의 동쪽에 있다. 모래톱이
그 아래에 둘러져 있다.

范林方三百里, 在三桑東, 洲環其下.

【范林方三百里】널리 퍼져 크게 자라 이루어진 숲. 그러나 수풀 이름으로도
볼 수 있음. 〈海外南經〉(504)에 "有范林方三百里"라 함. 郝懿行은 "范·泛通,
《太平御覽》(57)引顧愷之《啓蒙記》曰:「泛林鼓于浪嶺.」注云:「西北海有泛林,
或方三百里, 或百里, 皆生海中浮土上, 樹根隨浪鼓動.」卽此也"라 함.
【洲環其下】洲: 三角洲. 강 하구 扇狀地의 모래톱. 사람이 살 수 있는 땅.
郭璞은 "洲, 水中可居者. 環, 繞也"라 함.

547(8-19) 무우산務隅山

무우산務隅山은 제帝 전욱顓頊이 그 산 남쪽에 묻혀 있다. 그리고 그의 구빈九嬪은 그 산 북쪽에 묻혀 있다.

일설에 그곳에는 곰, 큰곰, 문호文虎, 이주離朱 구구 鴝久, 시육視肉이 있다고 한다.

務隅之山, 帝顓頊葬于陽. 九嬪葬于陰.
一曰爰有熊·羆·文虎·離朱·鴝久·視肉.

전욱(顓頊)

【務隅之山, 帝顓頊葬于陽】郭璞은 "顓頊, 號爲高陽. 冢今在濮陽, 故帝丘山. 一曰頓丘縣城門外廣陽里中"이라 하였고, 袁珂는 "按:〈海內東經〉(655)云: 「漢水出鮒魚之山, 帝顓頊葬於陽, 九嬪葬於陰, 四蛇圍之」〈大荒北經〉(795)云: 「附禺之山, 帝顓頊與九嬪葬焉.」均此務隅, 皆聲近字通也"라 하여 鮒魚山, 附禺山과 같으며 음이 비슷하여 표기가 다른 것이라 하였음.

【九嬪】郭璞은 "嬪, 婦"라 함. 顓頊의 아홉 부인.

【一曰爰有熊·羆·文虎·離朱·鴝久·視肉】畢沅은 "一本多此十四字"라 하였고, 袁珂는 "按: 上述各物已見〈海外南經〉狄山. 鴝久,〈藏經本〉作'鴟久', 郝懿行 亦圍'鴝'當作'鴟'. 孫星衍校同郝注"라 하여 '鴝久'는 '鴟久'여야 한다고 보았음. '鴝久'는 새 이름으로 올빼미, 鵂鶹를 가리킴. 백화어로 '貓頭鷹'이라 함.

【視肉】聚肉. 전설 속의 짐승 이름. 郭璞은 "聚肉, 形如牛肝, 有兩目也. 食之 無盡, 尋復更生如故"라 하였고, 郝懿行은 "《北堂書鈔》(145)引此經作'食之盡', 今本'無'字衍也"라 함. 아무리 잘라먹어도 다시 돋는 소의 간과 같은 것 이라 함.

548(8-20) 평구平丘

평구平丘가 삼상三桑의 동쪽에 있다. 그곳에는 유옥遺玉, 청마靑馬, 시육
視肉, 양류楊柳, 감사甘柤, 감화甘華와 온갖 과실이 자라고 있다.

　두 개의 산이 상곡上谷을 서로 끼고 있으며, 두 개의 큰 언덕이 그
가운데에 있다. 이를 일러 평구라 한다.

平丘在三桑東, 爰有遺玉·靑鳥·視肉·楊柳·甘柤·甘華·
百果所生.

有兩山夾上谷, 二大丘居中, 名曰平丘.

【平丘】畢沅과 郝懿行은 모두 이는 《淮南子》에 실려 있는 '華丘'라 보았으나
　袁珂는 "華丘地在東南, 平丘地在東北, 方位旣異, 音復不同, 何得溷二者爲
　一乎? 〈海外東經〉'自東南陬至東北陬者'篇首之䑘丘(552), 卽華丘也"라 하여 함.
　곽박 《圖讚》에 "兩山之間, 丘號曰平. 爰有遺玉, 駿馬維靑. 視肉甘華, 奇果
　所生"이라 함.
【遺玉】松津이 땅속에 묻혀 이루어진 琥珀이 다시 천년을 흘러 검은색으로
　변한 옥이라 함. 郭璞은 "遺玉, 玉石"이라 하였고 吳任臣은 "遺玉卽鑿玉,
　松枝千年爲伏苓(茯苓), 又千年爲琥珀, 又千年爲鑿. 《字書》云:「鑿, 遺玉也.」
　是其解也"라 함.
【靑鳥】'靑馬'의 오기. 郝懿行은 "《淮南子》地形訓作'靑馬', 〈海外東經〉(552)䑘丘
　同"이라 하였고, 袁珂는 "按: 藏經本作'靑馬', 〈海外東經〉䑘丘(552)·《淮南子》
　地形篇華丘亦俱作'靑馬', 則作'靑馬'是也"라 함.

【甘柤】郭璞은 "其樹枝榦皆赤, 黃華, 白葉, 黑實.《呂氏春秋》曰:「其山之東,
　有甘柤焉.」音與柤梨之柤"라 하였고, 袁珂는 "按: 柤梨之柤, 音渣. 甘柤形狀,
　見〈大荒南經〉(742), 然'黃華白葉', 當爲'黃葉白華', 字之譌也. '其山'卽'箕山',
　籒文'箕'作'其'也. 今本《呂氏春秋》本味篇正作'箕山'"이라 함.

【甘華】郭璞은 "亦赤枝榦, 黃華"라 하였고, 袁珂는 "按:〈大荒南經〉(742)云:
　「蓋猶之山, ……東又有甘華, 枝榦皆赤, 黃葉」則'黃華'當作'黃葉'"이라 함.

【百果所生】袁珂는 "按:《齊民要術》(10)引此經'生'作'在'"라 함.

【有兩山夾上谷】袁珂는 "按: 經文'有',〈宋本〉, 吳寬〈抄本〉,〈毛扆本〉,〈藏經本〉
　均作'在'"라 함.

549(8-21) 도도騊駼

북해北海 안에 짐승이 있으니 그 형상은 마치 말과 같으며 이름을
도도騊駼라 한다.

그곳에 짐승이 있으니 이름을 박駁이라 하며
형상은 마치 백마白馬와 같으며 톱날의 어금니를
가지고 있다. 호랑이와 표범을 잡아먹는다.

그곳에 흰색의 짐승이 있으니 형상은 말과 같으며
이름을 공공蛩蛩이라 한다.

그곳에 푸른 색깔의 짐승이 있으니 형상은 호랑이
같으며 이름을 나라羅羅라 한다.

도도(騊駼)

北海內有獸, 其狀如馬, 名曰騊駼.

有獸焉, 其名曰駁, 狀如白馬, 鋸牙, 食虎豹.

有素獸焉, 狀如馬, 名曰蛩蛩.

有靑獸焉, 狀如虎, 名曰羅羅.

【騊駼】郭璞은 "陶涂兩音, 見《爾雅》"라 하였고 郝懿行은 "《爾雅》注引此經
'騊駼'下有'色靑'二字, 《史記》匈奴傳徐廣注亦云:「似馬而靑.」疑此經今本
有脫文矣"라 하였고, 袁珂는 "按:《周書》王會篇云:「禺氏騊駼·駃騠爲獻.」
則騊駼者, 野馬之屬也"라 함. 곽박 《圖讚》에 "騊駼野駿, 産自北域. 交頸
相摩, 分背翹陸. 雖有孫陽, 終不能服"이라 함.

【駮】'박'으로 읽음. 郭璞은 "《爾雅》說駮, 不道有角及虎爪. 駮亦在畏獸畫中"이라 함. 한편 《爾雅》 釋獸에는 "駮如馬, 倨牙, 食虎豹"라 하였으며 〈西次四經〉(120)에는 "有獸焉, 其狀如馬而白身黑尾, 一角, 虎牙爪, 音如鼓音, 其名曰駮, 是食虎豹, 可以禦兵"이라 함.

【蛩蛩】郭璞은 "卽蛩蛩鉅虛也. 一走百里. 見《穆天子傳》"이라 하였고, 袁珂는 "按:《穆天子傳》(1)云:「蛩蛩距虛, 走百里.」是郭注所本.《呂氏春秋》不廣篇云:「北方有獸, 名曰蹶, 鼠前而兔後, 趨則跲, 走則顚, 常爲蛩蛩距虛取甘草與之. 蹶有患害也, 蛩蛩距虛必負而走」是蛩蛩距虛與蹶, 猶比肩之獸也"라 함. 한편 《說苑》 復恩篇에는 "北方有獸, 其名曰蹶, 前足鼠, 後足兔, 是獸也, 甚矣其愛蛩蛩巨虛也, 食得甘草, 必齧以遺蛩蛩巨虛, 蛩蛩巨虛見人將來, 必負蹶以走, 蹶非性之愛蛩蛩巨虛也, 爲其假足之故也, 二獸者亦非性之愛蹶也, 爲其得甘草而遺之故也. 夫禽獸昆蟲猶知比假而相有報也, 況於士君子之欲興名利於天下者乎!"라 하였고,《淮南子》道應訓에도 "北方有獸, 其名曰蹶, 鼠前而兔後, 趨則頓, 走則顚, 常爲蛩蛩·距驢取甘草以與之. 蹶有患害, 蛩蛩·距驢必負而走. 此以其能託其所不能"이라 하였으며,《韓詩外傳》(5)에도 "西方有獸, 名曰蹶, 前足鼠, 後足兔, 得甘草, 必銜以遺蛩蛩距虛, 其性非能蛩蛩距虛, 將爲假之故也. 夫鳥獸魚猶相假, 而況萬乘之主而獨不知假此天下英雄俊士, 與之爲伍, 則豈不病哉?"라 하여 널리 알려진 고사임.

【羅羅】吳任臣은 "《駢雅》曰:「靑虎謂之羅羅.」今雲南蠻人呼虎亦謂羅羅, 見《天中記》"이라 함.

나라(羅羅)

550(8-22) 우강禹彊

북방의 신 우강禹彊은 사람 얼굴에 새의 몸의 모습이다. 청사靑蛇를 두 귀고리로 하고 있으며 두 마리의 청사를 밟고 있다.

北方禺彊, 人面鳥身, 珥兩靑蛇, 踐兩靑蛇.

【禺彊】北方의 신. 바람의 신(風神)이면서 비의 신(雨神), 또한 水神이기도 함. 오행으로 북방을 의미하는 뜻을 넣어 신으로 삼은 것. 郭璞은 "字玄冥, 水神也, 莊周曰: 「禺彊立於北極.」一曰禺京. 一本云, 北方禺彊, 黑身手足, 乘兩虎"라 하였고 袁珂는 "按: 郭引莊周語乃《莊子》大宗師篇文. 郭注'禺彊黑身手足', 疑'黑身'乃'魚身'之訛"라 함. 곽박《圖讚》에 "禺彊水神, 面色黧黑. 乘龍踐蛇, 凌雲附翼. 靈一玄冥, 立于北極"이라 함.

【珥兩靑蛇】袁珂는 "按: 珥謂以蛇貫耳也, 見〈海外東經〉(554)奢比之尸郭璞注"라 함.

우강(禺彊)

卷九 海外東經

〈狄山以北〉明 蔣應鎬 圖本

551(9-1) 해외 동쪽

바다 밖의 동남쪽 귀퉁이로부터 동북쪽 귀퉁이까지이다.

海外自東南陬至東北陬者.

552(9-2) 차구嵯丘

　차구嵯丘가 있다. 그곳에는 유옥遺玉, 청마青馬, 시육視肉, 양도楊桃, 감사
甘柤, 감화甘華와 온갖 과일이 자라고 있다. 동해에 있다.

　두 산이 언덕에 끼어 있으며 그 위에는 수목樹木이 자라고 있다.

　일설에는 차구嗟丘라 하고, 일설에는 온간 과실이 그곳에 있으며 요堯가
묻힌 곳이 그 동쪽에 있다고도 한다.

　嵯丘, 爰有遺玉·青馬·視肉·楊柳·甘柤·甘華·百果所生,
在東海.

　兩山夾丘, 上有樹木.

　一曰嗟丘, 一曰百果所在, 在堯葬東.

【嵯丘】 곽박은 "嵯, 音嗟, 或作髮"이라 하였고, 郝懿行은 "《北堂書鈔》(92)引
'嵯'正作'髮', 即郭所見本也. 嗟, 古或作嵯,《爾雅》釋詁云:「嗟, 咨也.」《廣韻》
作嵯丘.《玉篇》云:「嵯好也.」義與此異.《淮南》地形訓作'華丘'"라 함.

【遺玉】 松津이 땅속에 묻혀 이루어진 琥珀이 다시 천년을 흘러 검은색으로
변한 옥이라 함.

【楊柳】 '楊桃'의 오기. 袁珂는 "按:《淮南子》地形篇作'楊桃', 是也, 以下文遺
'甘果所生'語"라 함.

【甘柤】 548의 주를 볼 것.《淮南子》地形訓에는 '甘櫨'로 되어 있음.

【視肉】聚肉. 전설 속의 짐승 이름. 郭璞은 “聚肉, 形如牛肝, 有兩目也. 食之無盡, 尋復更生如故”라 하였고, 郝懿行은 “《北堂書鈔》(145)引此經作‘食之盡’, 今本‘無’字衍也”라 함. 아무리 잘라먹어도 다시 돋는 소의 간과 같은 것이라 함.

【在堯葬東】袁珂는 “按: 堯葬狄山. 已見〈海外南經〉(504)”이라 함.

553(9-3) 대인국大人國

대인국大人國이 그 북쪽에 잇다. 그곳 사람들은 크며 앉아서 배를 젓는다.
일설에는 차구국의 북쪽에 있다고도 한다.

大人國在其北, 爲人大, 坐而削船.
一曰在蹉丘北.

【大人國】袁珂는 "按:《淮南子》地形篇遺 '大人國'. 〈大荒東經〉(680)云:「東海
之外, 大荒之中, 有山名曰大言, 日月所出. 有波谷山者, 有大人之國, 有大人
之市, 名曰大人之堂.」〈海外北經〉(海外東經. 638)云:「大人之市在海中.」即此
經所記大人國也. 然大人國亦不限于東方, 〈大荒北經〉(798)云:「有人名曰
大人. 有大人之國, 釐姓, 黍食.」則北方亦有之矣. 高誘注〈地形篇〉大人國云:
「東南墟土, 故人大.」其說未畢確也"라 함.
【削船】郝懿行은 "削當讀若稍, 削船謂操舟也"라 하여 '배를 조종하다'의 뜻
이라 하였음.

554(9-4) 사비시奢比尸

사비시奢比尸라는 신이 그 북쪽에 있다. 짐승의 몸에 사람의 얼굴, 큰 귀를 가지고 있으며 두 마리 청사를 귀고리로 하고 있다.

일설에는 간유시肝榆尸라는 신이 그 대인국 북쪽의 북쪽에 있다고도 한다.

奢比之尸在其北, 獸身·人面·大耳·珥兩青蛇.
一曰肝榆之尸, 在大人北.

【奢比之尸】奢比尸. 神의 이름. 郭璞은 "亦神名也"라 하였고, 郝懿行은 "《管子》五行篇云:「黃帝得奢龍而辯于東方.」又云:「奢龍辯乎東方, 故使爲土師.」此經奢比在東海外, 疑卽是也. 羅泌《路史》亦以奢龍卽奢比"라 하였고, 袁珂는 "按:〈大荒東經〉(705)云:「有神, 人面犬耳, 獸身, 珥兩青蛇, 名曰奢比尸.」卽此"라 함.

사비시(奢比尸)

【大耳】郝懿行은 "大荒東經(705)說奢比尸與此同. 唯'大耳'作'犬耳'爲異"라 함.
【珥兩青蛇】郭璞은 "珥, 以蛇貫耳也. 音釣餌之餌"라 하였고, 袁珂는 "按: 郭注'以蛇貫耳', 蓋貫耳以爲飾也.《山海經》記珥蛇之神多處, 除此而外, 尚有此經之雨師妾(562),〈海外西經〉之蓐收(528),〈海外北經〉之禺彊(550),〈大荒東經〉之禺貌(700),〈大荒南經〉之不廷胡余(724),〈大荒西經〉之弇玆(772)·夏后啓(790),〈大荒北經〉之夸父(810)等"이라 함.

555(9-5) 군자국君子國

군자국君子國이 그 북쪽에 있다. 그들은 의관衣冠을 갖추고 칼을 차고 있다. 짐승을 잡아먹으며 두 마리 문호文虎를 부려 그들 곁에 있도록 한다. 그 나라 사람들은 양보하기를 좋아하며 다투는 법이 없다.

그곳에 훈화초薰華草라는 풀이 있으며 아침에 자라나 저녁이면 말라 죽는다.

일설에는 간유시肝楡尸의 북쪽에 있다고도 한다.

君子國在其北, 衣冠帶劍, 食獸, 使二文虎在旁, 其人好讓不爭.

其薰華草, 朝生夕死.

一曰在肝楡之尸北.

【君子國】郝懿行은 "《淮南》地形訓有此國, 國在東口之山, 見〈大荒東經〉(689). 《後漢書》東夷傳注引《外國圖》曰:「去琅邪三萬里.」《說文》云:「東夷從大, 大人也.」夷俗仁, 仁者壽, 有君子不死之國. 孔子曰:「道不行, 欲之九夷, 乘桴浮于海.」有以也. 又云鳳出于東方君子之國"이라 하였고, 袁珂는 "按: 《淮南子》地形篇有此國.〈大荒東經〉(689)云:「有東口之山, 有君子之國, 其人衣冠帶劍.」卽此"라 함. 곽박《圖讚》에 "東方氣仁, 國有君子. 薰華是食, 雕虎是使. 雅好禮讓, 禮委論理"라 함.

【衣冠帶劍】郝懿行은 "《後漢書》東夷傳注引此經'大虎'作'文虎', 高誘注《淮南子》
　地形訓亦作'文虎', 今此本作'大', 字形之譌也"라 하였고, 袁珂는 "按:〈藏經本〉
　正作'文虎'. 又經文在旁,〈藏經本〉作在左右. 又《藝文類聚》(21)引此經'衣冠帶劍'
　下, 有'土方千里'四字, '其人好讓'下, 有'故爲君子國'五字, 爲今本所無"라 함.
【其薰華草, 朝生夕死】'薰'은 무궁화(菫木, 槿木)를 가리킴. 郭璞은 "薰, 或作菫"
　이라 하였고, 郝懿行은 "木菫見《爾雅》, 菫一名蕣, 與薰聲相近.《呂氏春秋》
　仲夏紀云:「木菫榮.」高誘注云:「木菫朝榮莫落, 是月榮華可作蒸. 雜歌謂之
　'朝生', 一名蕣.《詩》云'顏如蕣華'是也.」《藝文類聚》(89)引《外國圖》云:「君子
　之國, 多木菫之華, 人民食之. 去琅邪三萬里.」"라 하여 菫花(槿花, 즉 무궁화)를
　말하며, 이 君子國은 우리나라를 가리키는 것으로도 봄.

556(9-6) 홍홍䖺䖺

홍홍䖺䖺이 그 북쪽에 있다. 각각 두 개의 머리를 하고 있다.
일설에는 군자국의 북쪽에 있다고도 한다.

䖺䖺在其北, 各有兩首.
一曰在君子國北.

【䖺䖺】 '虹'의 이체자. 무지개. 일곱 가지 채색으로 선명한 색을 띤 것을 '虹'
이라 하며 수컷, 어두운 색을 띤 것을 '蜺'라 하여 이를 암컷이라 여겼음.
본 장은 남녀의 성애 장면을 표현한 것이라 보고 있음. 郭璞은 "䖺, 音虹. 虹,
螮蝀也"라 하였고, 袁珂는 "按: 䖺卽虹字之別寫.《爾雅》釋天云:「螮蝀, 虹.」
郭璞注:「俗名爲美人虹.」《詩》蝃蝀:「蝃蝀在東, 莫之敢指」蝃音帝, 蝀卽
螮蝀也. 此在東之蝃蝀蓋暮虹也. 虹隨日所映, 故朝西而暮東也. 此見于〈海外
東經〉(555)君子國北有䖺䖺, 亦暮虹, 云'各有兩首'者, 大約幷蜺包括言之. 虹霓
之見, 古人以爲'陰陽交',《淮南》說山篇所謂'天二氣則成虹'是也. '兩首'者, 亦'交'
之象也. 故《詩》蝃蝀以刺奔女. 去其封建意識, 虹固爲哀情幸福之象徵"이라
하여 머리가 둘이라는 것은 성행위를 그린 것이라 하였음.

557(9-7) 천오天吳

조양곡朝陽谷의 신은 이름이 천오天吳이다. 이는 물의 신 수백水伯이다. 이 신은 홍홍珧珧의 북쪽 두 물 사이에 있다.

그는 짐승의 모습을 하고 있으며 머리가 여덟, 사람의 얼굴을 하고 있으며 여덟 개의 다리에 여덟 개의 꼬리를 가지고 있고 등은 푸르면서 누런 색깔이다.

朝陽之谷, 神曰天吳, 是爲水伯.
在珧珧北兩水閒.
其爲獸也, 八首人面, 八足八尾, 皆靑黃.

천오(天吳)

【天吳】郭璞 《圖讚》에 "耽耽水伯, 號曰谷神. 入頭十尾, 人面虎身. 龍據兩川, 威無不震"이라 함.
【朝陽之谷】郝懿行은 《爾雅》云: 「山東曰朝陽, 水注谿曰谷」이라 함.
【八首人面, 八足八尾】郭璞은 "〈大荒東經〉云: 十尾"라 하였고, 袁珂는 "〈大荒東經〉(698)云: 「有神人八首人面, 虎身十尾, 名曰天吳.」"라 함.
【皆靑黃】'背靑黃'의 오기. 등이 푸른색과 누런색임. 袁珂는 "經文'皆靑黃', 何焯校本·黃丕烈·周叔弢校本幷作'背靑黃', 《文選》〈游赤石進帆海〉注引此經亦作'背靑黃', 作'背靑黃'是也"라 함.

수백(水伯)

558(9-8) 청구국靑丘國

청구국靑丘國이 그 북쪽에 있다. 그곳 사람들은 오곡五穀을 먹으며, 천과 비단으로 옷을 해 입는다.
그곳의 여우는 발이 넷에 아홉 개의 꼬리를 가지고 있다.
일설에는 청구국은 조양곡朝陽谷의 북쪽에 있다고도 한다.

靑丘國在其北, 其人食五穀, 衣絲帛.
其狐四足九尾.
一曰在朝陽北.

【靑丘國】 郭璞은 "其人食五穀, 衣絲帛"이라 하였고, 王念孫은 "此是正文, 見《御覽》南蠻六"이라 하여 郭璞의 주로 되어 있는 "其人食五穀, 衣絲帛" 8글자는 《太平御覽》(790)을 근거로 正文이어야 한다고 하였음. 이에 대해 袁珂는 "按:《太平御覽》(790)引此經云:「靑丘國其人食穀, 衣絲帛, 其狐九尾.」確是正文而誤入郭注者"라 하여 王念孫의 의견에 동의함.

청구국(靑丘國)

【其狐四足九尾】 郭璞은 "《汲郡竹書》曰:「柏杼子征于東海, 及王壽, 得一狐九尾.」卽此類也"라 하였고, 袁珂는 "按:〈南山經〉(008)云:「靑丘之山, 有獸焉. 其狀如狐而九尾, 其音如嬰兒, 能食人, 食者不蠱.」〈大荒東經〉(694)亦云:「有靑丘之國, 有狐九尾.」郭璞云:「太平則出而爲瑞也.」卽此. 略不同者, 乃從'食人' 至'爲瑞'之變化耳"라 함. 곽박《圖讚》에 "靑丘奇獸, 九尾之狐. 有道翔見, 出則銜書. 作瑞周文, 以標靈符"라 함.

559(9-9) 수해豎亥

　천제天帝가 수해豎亥에게 명하여 걸어서 땅의 동쪽 끝으로부터 서쪽 끝까지를 재어보도록 했더니 5억 10만 9천8백 보였다.

　수해는 왼손에는 산판筹板을 잡고, 오른손으로는 청구국靑丘國의 북쪽을 가리키고 있다.

　일설에는 우禹가 수해에게 명령한 것이라고도 한다.

　또 일설에는 5억 십만 9천8백 보라고도 한다.

帝命豎亥步, 自東極至于西極, 五億十選九千八百步.

豎亥右手把筭, 左手指靑丘北.

一曰禹令豎亥.

一曰五億十萬九千八百步

【豎亥】郭璞은 "豎亥, 健行人"이라 하였고, 郝懿行은 "《廣韻》作'堅亥, 神人, 疑字形之異"라 함. 곽박《圖讚》에 "禹命豎亥, 靑丘之北. 東盡太遠, 西窮邪國. 步履宇宙, 以明靈德"이라 함.

【十選】'選'은 '萬.' 郭璞은 "選, 萬也"라 함.

【九千八百步】王念孫은 "《類聚》地部作'八百八步',《初學》地部上同,《御覽》工藝七'八百'下有'八十二'字"라 하여 각기 거리가 다름.

【把筭】'筭'은 '算'의 이체자. 숫자를 계산하는 籌板 따위를 잡고 있음. 王念孫은 "《御覽》(36)'右'作'左', '左'作'右'.《類聚》同"이라 하였고, 郝懿行은

"亦言圖畫如此也. '算'當作'筭', 《說文》云:「筭長六寸, 計歷數者.」라 함. 袁珂는
"按:〈宋本〉·〈藏經本〉正作'筭'"이라 함.

【五億十萬九千八百步】郭璞은 "《詩含神霧》曰:「天地東西二億三萬三千里,
南北二億七千五百里. 天地相去一億五萬里.」"라 함.

560(9-10) 흑치국黑齒國

흑치국黑齒國이 그 북쪽에 있다. 그곳 사람들은 이가 검으며 벼를 식량으로 하고 뱀을 씹어 먹는다. 그 뱀은 하나는 붉은색이며 하나는 푸른색으로 그들 곁에 있다.

일설에는 수해豎亥의 북쪽에 있으며 그곳 사람들은 머리가 검고 벼를 식량으로 하며 뱀을 부리는데 그중 한마리 뱀은 색깔이 붉다고 한다.

黑齒國在其北, 爲人黑齒, 食稻啖蛇, 一赤一靑, 在其旁.
一曰: 在豎亥北, 爲人黑首, 食稻使蛇, 其一蛇赤.

【黑齒國】郭璞은 "〈東夷傳〉曰: 倭國東四十餘里, 有裸國, 裸國東南有黑齒國, 船行一年可至也.《異物志》云: 西屠染齒, 亦以放此人"이라 하였고, 袁珂는 "按: 《淮南子》地形篇有黑齒民, 〈大荒東經〉(696)云:「有黑齒之國, 帝俊生黑齒, 姜姓, 黍食, 使四鳥.」《周書》王會篇云:「黑齒白鹿白馬.」卽此"라 함. 郭璞《圖讚》에 "陽谷之山, 國號黑齒. 雨師之妾, 以蛇挂耳. 玄股食驅, 勞民黑趾"라 함.

흑치국(黑齒國)

【爲人黑齒】원문은 '爲人黑'으로 되어 있으며 '齒'자가 탈락되어 있음. 郝懿行은 "黑'下脫'齒'字"라 하였고, 袁珂는 "按: 郝說是也.《太平御覽》(368, 790)引此經'黑'下均有'齒'字"라 함.

【一赤一靑】郭璞은 "一作'一靑蛇'"라 함.

【爲人黑首】郝懿行은 "'首'蓋'齒'字之譌也. ……形近相亂, 所以致譌"라 함. 그러나 袁珂는 "按: 郝說有是有非. 其非者, 此經文例, '一曰'以下, 皆劉秀校書時所列別本異文, 上文旣有'爲人黑(齒)'語, 則此處不當更作'爲人黑齒'. 其是者, 黑齒國民, 其最要特徵, 仍當是黑齒, 無由是黑首之理. 別本異文作'黑首'者, 亦緣'齒'·'首'古文形似致誤如郝所說, 然當在劉秀校經以前, 非劉秀所列別本異文本身有誤也"라 함.

561(9-11) 부상扶桑

　그 아래에 탕곡湯谷이 있으며, 탕곡 위에는 부상扶桑이라는 나무가 있어, 열 개의 태양이 목욕을 하는 곳이다. 흑치국의 북쪽에 있으며 물속에 있다. 그곳에 나무가 있으니 아홉 개의 태양이 그 나무 아래에 산다. 나머지 한 개의 태양은 그 나무 위에 산다.

下有湯谷, 湯谷上有扶桑, 十日所浴, 在黑齒北, 居水中. 有大木, 九日居下枝, 一日居上枝.

【湯谷】扶桑이라는 나무가 있으며 뜨거운 물이 솟아오르는 곳이며 태양을 목욕시키는 곳. 郭璞은 "谷中水熱也"라 하였고, 袁珂는 "按: 湯谷, 或作暘谷, 崵谷, 陽谷, 古書無定"이라 함.

【扶桑】신화 속의 나무 이름. 해가 뜨는 곳에 있음. 郭璞은 "扶桑, 木也"라 하였고, 王念孫은 "〈月賦〉注引作:「湯谷上有扶木. 郭璞曰: 扶木, 扶桑也.」"라 함. 袁珂는 "按: 據此, 經文扶桑當作扶木, 郭注「扶桑, 木也」, 當作「扶木, 扶桑也.」"라 함.

【十日所浴】袁珂는 "按:〈大荒南經〉(741)云:「東南海之外, 甘水之間, 有羲和之國. 有女子名曰羲和, 方浴日于甘淵. 羲和者, 帝俊之妻, 生十日.」卽此十日. 十日, 帝俊之子也"라 하여 '十日'은 帝俊과 羲和 사이에 난 아이라 하였음. 郭璞《圖讚》에 "十日竝出, 草木焦枯. 羿乃控弦, 仰落陽烏. 可謂洞感, 天人懸符"라 함.

【九日居下枝, 一日居上枝】郭璞은 "傳曰: 天有十日, 日之數十. 此云九日居上枝, 一日居下枝.〈大荒經〉(704)又云:「一日方至, 一日方出.」明天地雖有十日, 自使以次第迭出運照, 而今俱見, 爲天下妖災. 故羿稟堯之命, 洞其靈誠, 仰天控弦, 而九日潛退也"라 함.

562(9-12) 우사첩국雨師妾國

우사첩국雨師妾國이 그 북쪽에 있다. 그곳 사람들은 검은 피부이며 두 손에 각각 한 마리씩의 뱀을 잡고 있다. 그리고 왼쪽 위에는 청사靑蛇를, 오른쪽 귀에는 적사赤蛇를 귀고리로 달고 있다.

일설에는 이 나라는 십일국十日國의 북쪽에 있고, 이곳 사람들은 검은 몸에 사람의 얼굴을 하고 있으며 각기 한 마리씩의 거북이를 잡고 있다고도 한다.

雨師妾國在其北, 其爲人黑, 兩手各操一蛇, 左耳有靑蛇, 右耳有赤蛇.

一曰在十日北, 爲人黑身人面, 各操一龜.

우사첩국(雨師妾國)

【雨師妾】郭璞은 "雨師謂屛翳也"라 하였고, 郝懿行은 "雨師妾, 蓋亦國明, 卽如〈王會篇〉有姑妹國矣"라 함. 이에 대해 袁珂는 "按: 郭注只釋'雨師', 未釋'妾'義; 據經文所寫'其爲人黑, 兩手各操一蛇'·'爲人黑身人面, 各操一龜'觀之, '雨師妾'確當如郝懿行所云, 是一國名, 特郭璞未審其義, 祗釋'雨師'耳. 至郝所謂〈王會篇〉有姑妹國, 則當系'姑蔑國'之訛"라 함. 郭璞《圖讚》에 "陽谷之山, 國號黑齒. 雨師之妾, 以蛇挂耳. 玄股食鷗, 勞民黑趾"라 함.

563(9-13) 현고국玄股國

현고국玄股國이 그 북쪽에 있다. 그곳 사람들은 다리가 검은색이며
물고기 가죽으로 만든 옷을 입고 갈매기를 먹을거리로 삼고 있다. 그리고
두 마리의 새가 사람을 중간에 두고 에워싸고 있다.

일설에는 이 나라는 우사첩국의 북쪽에 있다고도 한다.

玄股之國在其北, 其爲人股黑, 衣魚食䳇, 使兩鳥夾之.
一曰在雨師妾國北.

【玄股之國】넓적다리 아래가 모두 검은색인 종족. 郭璞은 "髀以下盡黑, 故云"
　　이라 하였고, 袁珂는 "按:《淮南子》地形篇有玄股民,〈大荒東經〉(701)云:「有招
　　搖山, 融水出焉. 有國曰玄股, 黍食.」卽此"라 함. 郭璞《圖讚》에 "陽谷之山,
　　國號黑齒. 雨師之妾, 以蛇挂耳. 玄股食䳇, 勞民黑趾"라 함.
【衣魚】물고기 가죽으로 옷을 해 입음. 郭璞은 "以魚皮爲衣也"라 함.
【食䳇】갈매기를 잡아먹음. 䳇는 '鷗'와 같음. 郭璞은 "䳇, 水鳥也. 音憂"라
　　하여 '우'로 읽도록 하였으며, 楊愼은 "䳇卽鷗, 衣魚食鷗, 蓋水中國也"라 함.
【使兩鳥夾之】袁珂는 "按: 高誘注《淮南子》地形篇云:「玄股民, 其股黑, 兩鳥
　　夾之. 見《山海經》.」據此, 經文'使兩鳥夾之', '使'字衍, '其爲人'下, 脫'股黑'
　　二字"라 함.

564(9-14) 모민국 毛民國

모민국毛民國이 그 북쪽에 있다. 그들은 사람의 몸에 털이 나 있다.
일설에는 현고국의 북쪽에 있다고도 한다.

毛民之國在其北, 爲人身生毛.
一曰在玄股北.

【毛民之國】807에도 毛民國이 있음. 郝懿行은 "毛民國依姓, 禹之裔也. 見〈大荒
北經〉(807)"이라 하였고, 袁珂는 "按:〈大荒北經〉(807)云:「有毛民之國, 依姓,
食黍, 使四鳥. 禹生均國, 均國生役采, 役采生修鞈, 修鞈
殺綽人. 帝念之, 潛爲之國, 是此毛民.」則禹所'潛爲
之國'者, 乃禹之裔修鞈所殺之綽人而非修鞈, 郝云'毛民
禹裔', 疑非. 毛民乃黃帝之裔"라 함. 郭璞《圖讚》에
"牢悲海鳥, 西子駭麋. 或貴穴倮, 或尊裳衣. 物我相傾,
孰了是非"라 함.
【爲人身生毛】袁珂는 "按:《淮南子》地形篇有'毛民', 高誘
注云:「其人體半生毛, 若矢鏃也.」"라 함.

모민국(毛民國)

565(9-15) 노민국勞民國

노민국勞民國이 그 북쪽에 있다. 그곳 사람들은 검은 피부이며 과일과 풀 열매를 먹을거리로 삼고 있다.

그곳에 새가 있어 머리가 둘이며 그들이 그곳 백성들을 가르친다고 한다.

일설에는 그 나라는 모민국毛民國 북쪽에 있으며 그곳 사람들은 얼굴, 눈, 팔, 다리가 모두 검다고도 한다.

勞民國在其北, 其爲人黑, 食果草實.

有一鳥兩頭. 或曰敎民.

一曰在毛民北, 爲人面目手足盡黑.

【勞民國】 袁珂는 "按:《淮南子》地形篇有'勞民', 高誘注云:「勞民, 正理躁擾不定」"이라 하여 조급하고 시끄러우며 잠시도 안정을 취하지 아니하는 종족이라 함. 郭璞《圖讚》에 "陽谷之山, 國號黑齒. 雨師之妾, 以蛇挂耳. 玄股食鷗, 勞民黑趾"라 함.

【其爲人黑】 郭璞은 "食果草實也. 有一鳥兩頭"라 하였고, 郝懿行은 "郭注此語, 疑本在經內, 今亡"이라 하여 郭璞의 注文은 원래 正文으로 있었을 것이라 하였음. 이에 대해 袁珂는 "按: 揆此二語之義, 均系說圖之詞, 當系經文無疑"라 함. 따라서 지금 판본에는 "食果草實. 有一鳥兩頭" 글자는 正文으로 실려 있지 않고 郭璞의 釋文으로 되어 있음.

【或曰敎民】 郝懿行은 "勞·敎聲相近"이라 함.

【爲人面目手足盡黑】 郝懿行은 "今魚皮島夷之東北有勞國, 疑卽此. 其人與魚皮夷面目手足皆黑色也"라 함.

566(9-16) 구망句芒

동방東方의 신 구망句芒은 새의 몸에 사람의 얼굴을 하고 있으며 두 마리의 용을 타고 다닌다.

東方句芒, 鳥身人面, 乘兩龍.

【句芒】동방의 신이며 木神. 郭璞은 "木神也. 方面素服.《墨子》曰:「昔秦穆 公有明德, 上帝使句芒使之壽十九年.」"이라 함. 袁珂는 "按: 郭注所引見今本 《墨子》明鬼下篇惟作'鄭穆公', 訛. 以《論衡》〈福虛篇〉及〈無形篇〉所引, 亦均作 '秦穆公'也"라 함. 郭璞《圖讚》에 "有神人面, 身鳥素服. 銜帝之命, 錫齡秦穆. 皇天無親, 行善有福"이라 함.

동방(東方) 구망(句芒)

567(9-17) 건평建平 원년元年

건평建平 원년元年 4월 병술丙戌에 대조태상속待詔太常屬 신臣 정망丁望이 교정하여 정리하였고, 시중광록훈侍中光祿勳 신臣 왕공王龔과 시중봉거도 위광록대부侍中奉車都尉光祿大夫 신臣 유수劉秀가 주관하여 이를 살펴보았다.

建平元年四月丙戌, 待詔太常屬臣望校治·侍中光祿勳臣龔· 侍中奉車都尉光祿大夫臣秀領主省.

【建平元年】建平은 西漢末 哀帝(劉欣)의 연호. 원년은 西紀前 6년에 해당함. 吳任臣은 "漢哀帝乙卯歲也"라 함.

【待詔太常屬臣望】丁望을 가리키는 것으로 봄. 吳任臣은 "太常, 初名奉常. 景帝六年改, 其屬有六太·六令等官. 望疑是丁望"이라 함.

【侍中光祿勳臣龔】王龔을 가리킴. 吳任臣은 "侍中加官也. 光祿勳初爲郞中令, 武帝太初元年更名. 龔, 王龔也"라 함.

【侍中奉車都尉光祿大夫臣秀】劉秀, 즉 劉歆을 가리킴. 西漢 후기 劉向의 아들. 아버지의 사업을 이어받아 왕명에 의해 祕府의 도서를 정리하여 부자가 함께 目錄學에 큰 업적을 남김. 吳任臣은 "奉車都尉, 武帝時置. 秩比二千石. 光祿大夫, 初爲中大夫, 亦太初元年改. 秀, 劉歆也"라 함.

＊《四庫全書》(文淵閣本)에는 본 장이 실려 있지 않음. 그러나 吳任臣《山海經 廣注》(四庫全書本)과〈四部備要本〉에 등에는 모두 이 구절이 실려 있음.

卷十 海內南經

〈梟陽國一帶〉明 蔣應鎬 圖本

568(10-1) 바다 안 남쪽

바다 안쪽은 동남 귀퉁이 그 서쪽 지역이다.

海內東南陬以西者.

【東南陬以西】郭璞은 "從南頭起之也"라 하였으나, 袁珂는 "按: 郭注應作 '從東南頭起之也'. 此經方位與海外南經所記方位恰相反"이라 함.

569(10-2) 구甌와 민閩

구甌는 바닷속에 있고, 민閩은 역시 바다 가운데에 있다. 그곳 서북쪽에는 산이 있다.

일설에는 민閩 땅의 중간에 있는 산은 본래 바다 가운데에 있다고 한다.

甌居海中, 閩在海中, 其西北有山.

一曰閩中山在海中.

【甌居海中】郭璞은 "今臨海鄞寧縣, 卽東甌, 在岐海中也. 音嘔"라 하였고, 楊愼은 "郭注岐海, 海之岐流也, 猶云稗海"라 함. 한편 王念孫은 "《御覽》州郡十七引'居'作'在'"라 하였고, 袁珂는 "按: 甌卽東甌, 卽今絶江省舊溫州府地. 又有西甌, 卽今廣西壯族自治區貴縣地"라 함.

【閩在海中】郭璞은 "閩越卽西甌, 今建安郡是也. 亦在岐海中, 音旻"이라 하였고, 吳任臣은 "郭璞以建安爲西甌, 非是"라 함. 郝懿行은 "建安郡故閩中郡, 見《晉書》地理志.《漢書》惠帝紀:「二年, 立閩越君搖爲東海王.」 顏師古注云:「卽今泉州是其地.」"라 함. 袁珂는 "顏: 泉州卽今福建省福州"라 함.

【閩中山在海中】吳任臣은 "何喬遠《閩書》曰:「顏: 謂之海中者, 今閩中地有穿井辟地, 多得螺蚌殼・敗槎, 知洪流之世, 其山盡在海中, 後人乃先後塡築之也.」"라 함.

570(10-3) 삼천자장산三天子鄣山

삼천자장산三天子鄣山이 민 땅의 서해西海 북쪽에 있다.
일설에는 바다 가운데에 있다고 한다.

三天子鄣山在閩西海北.
一曰在海中.

【三天子鄣山在閩西海北】郭璞은 "今在新安歙縣東, 今謂之三王山, 絶江出其
邊也.《張氏土地記》曰: 東陽永康縣南四里有石城山, 上有小石城, 云黃帝曾
游此, 卽三天子都也"라 하였고, 郝懿行은 〈海內東經〉(651)云:「三天子都在
閩西北.」無'海'字, 此經'海'字疑衍"이라 함. 袁珂는 "安: 其地大約在今安徽省
境內黟山脈之率山, '海'字當衍"이라 함.

571(10-4) 계림桂林

계림桂林의 여덟 그루 나무가 번우番隅의 동쪽에 있다.

桂林八樹在番隅東.

【桂林八樹在番隅東】郭璞은 "八樹而成林, 信其大也"라 하였고, 郝懿行은
"劉昭注〈郡國志〉南海番禺引此經云:「桂林八樹在賁禺東.」《水經》浪水注及
《文選》〈游天台山賦〉注引此經並作'賁禺'. 又引郭注云:「八樹成林, 信其大也.
賁禺音番隅.」今本脫郭音五字, 又言譌爲'信'也"라 함. 袁珂는 "安: 郭注'信',
〈宋本〉·〈毛扆本〉正作'信'"이라 함.

572(10-5) 울수鬱水 남쪽의 나라들

백려국伯慮國, 이이국離耳國, 조제국雕題國, 북구국北胊國은 모두가 울수 鬱水 남쪽에 있다.

울수는 상릉湘陵의 남해南海에서 발원한다.

일설에는 백려는 상려相慮라고도 한다.

伯慮國·離耳國·雕題國·北胊國皆在鬱水南.

鬱水出湘陵南海.

一曰相慮.

【伯慮國】郭璞은 "未詳"이라 하였고, 郝懿行은 "《伊尹四方令》云:「正東
伊慮.」疑卽此"라 함.

【離耳國】郭璞은 "鎪離其耳, 分令下垂以爲飾, 卽儋耳也. 在朱崖海中. 不食
五穀, 但噉蚌及諸蓂也"라 하였고, 郝懿行은 "《伊尹四方令》云: 正西離耳.」
郭云卽儋耳者, 此南儋耳也. 又有北儋耳, 見〈大荒北經〉(808)"이라 함. 袁珂는
"按:〈大荒北經〉(808)云:「有儋耳之國, 任姓, 禺號子, 食穀.」卽郝所云'北儋耳'
也"라 하여 南儋耳가 바로 이 離耳國이며 그 외 北儋耳도 따로 있었다
하였음.

【雕題國】郭璞은 "點涅其面, 畫體爲鱗采, 卽鮫人也"라 하였고, 袁珂는 "按:
郭注'點涅其面',〈藏經本〉作'黔涅其面', 孫星衍亦校'點'作'黔', 是也.《伊尹
四方令》正西有'雕題',《楚辭》招魂王逸注云:「雕畫其頞(額).」是其正解也.
郭注謂'卽鮫人'恐非, 鮫人乃人魚之屬, 非雕題國人可以當之也. 見〈海內
北經〉(643)陵魚節注"라 함.

【北朐國】北尸國, 혹 北煦國이 아닌가 하였음. 郭璞은 "朐音劬, 未詳"이라
　하였고, 郝懿行은 "疑卽'北尸'也.《爾雅疏》引此經作北煦, 尸·煦聲之轉,《爾雅》
　釋地四荒有北尸, 郭注云:「北尸在南.」"이라 함.
【鬱水出湘陵南海】袁珂는 "按: 經文'鬱水',《文選》四子講德論李善注引作'鬱林';
　'南海',〈宋本〉,〈吳寬抄本〉,〈毛扆本〉, 明〈藏本〉均作'南山'"이라 함.
【相慮】畢沅은 "'相'字當爲'柏'字, '伯慮'一作'柏慮'也"라 하여 '柏慮'로 표기해야
　한다고 하였음.

573(10-6) 효양국梟陽國

효양국梟陽國이 북구北朐의 서쪽에 있다. 그곳 사람들은 사람의 얼굴에 긴 입술을 가지고 있으며 검은 피부에 털이 나 있다. 그리고 며느리발톱이 거꾸로 앞에 달려 있다. 사람을 만나 사람이 웃으면 역시 따라 웃는다. 왼손에는 죽관竹管을 잡고 있다.

梟陽國在北朐之西, 其爲人人面長脣, 黑身有毛, 反踵, 見人笑亦笑, 左手操管.

【梟陽國】郝懿行은 "左思〈吳都賦〉作'梟羊', 《說文》作'梟陽'" 이라 함. 곽박《圖讚》에 "髴髴怪獸, 被髮操竹. 獲人則笑, 脣蔽其目. 終亦號咷, 反爲我戮"이라 함.

【其爲人】郝懿行은 "郭注《爾雅》狒狒引此經作'其狀如人'" 이라 함.

【見人笑亦笑】郝懿行은 "郭注《爾雅》狒狒引此經云'見人則笑'. 高誘注《淮南》氾論訓, 亦云: 「梟陽, 山精. 見人而笑」 是古本竝如此. 且此物唯喜自笑, 非見人笑方亦笑也"라 하였고, 袁珂는 "按: 郝說是也. 王念孫校同郝注"라 함.

효양국(梟陽國)

【操管】사람을 잡기 위해 관을 왼손에 쥐고 있음. 管은 대나무 통. 竹筒. 郝懿行은 "〈吳都賦〉劉逵注引《異物志》云: 「梟羊善食人, 大口, 其初得人, 喜笑, 則脣上覆額, 移時而後食之. 人因爲筒貫于臂上, 待執人, 人卽抽手從筒中出, 鑿其脣於額而得擒之.」 是其笑惟自笑, 不因人笑之證. 以此參校, 可知今本爲非矣. 其云'爲筒貫臂', 正與此經'左手操管'合"이라 함.

574(10-7) 시兕

시兕는 순舜의 장지葬地 동쪽에 있으며 상수湘水의 남쪽이다. 그 형상은
마치 소와 같으며 푸르고 검은 색깔에 뿔이 하나이다.

兕在舜葬東, 湘水南. 其狀如牛, 蒼黑, 一角.

【兕】흔히 '犀兕'를 병렬하여 제시함으로써 야생의 거친 물소를 뜻하는 것으로
봄. 일설에 '犀'는 돼지처럼 생겼으며, '兕'는 암컷 犀라고도 함. 그러나
이 책에서는 둘을 별개의 동물로 보아 兕는 외뿔소를 가리키는 것으로
여겼음. 袁珂는 "按: 〈南次三經〉(030)云:「禱過之山, 其下多犀·兕.」郭注云:
「犀似水牛. 兕亦似水牛, 靑色, 一角, 重三千斤.」謂此也. 郭注'三千斤', 衍'三'字.
《初學記》(7)引《竹書紀年》云:「周昭王十六年, 伐楚荊, 涉漢, 遇大兕.」古代中國
南方, 固有此凶猛之動物也"라 함.

575(10-8) 창오산蒼梧山

창오산蒼梧山은 제帝 순舜이 그 남쪽에 묻혀 있고, 제帝 단주丹朱가 그 북쪽에 묻혀 있는 산이다.

蒼梧之山, 帝舜葬于陽, 帝丹朱葬于陰.

【蒼梧之山】九嶷山. 郭璞은 "蒼梧, 卽九嶷山也. 《禮記》亦曰: 「舜葬蒼梧之野.」"라 하였고, 袁珂는 "按: 〈海內經〉(853)云: 「南方蒼梧之丘, 蒼梧之淵, 其中有九嶷山, 舜之所葬, 在長沙靈陵界中」卽郭注所本"이라 함. 〈大荒南經〉(715)에 "赤水之東, 有蒼梧之野, 舜與叔均之所葬也"라 함.

【帝丹朱葬于陰】郭璞은 "今丹陽復有丹朱冢也. 《竹書》亦曰: 「后稷放帝朱于丹水.」與此義符"라 하였고, 袁珂는 "按: 郭注所謂'與此義符'者, 謂丹朱稱'帝', 《山海經》與《竹書》皆然也. 至于葬所, 〈大荒南經〉(715)則云: 「赤水之東, 有蒼梧之野, 舜與叔均之所葬也.」郭璞注: 「叔均, 商均也. 舜巡狩, 死於蒼梧而葬之, 商均因留, 死亦葬焉. 基(墓)在今九疑之中.」或爲堯子丹朱, 或爲舜子商均, 要皆傳聞不同而異辭耳"라 함.

576(10-9) 범림氾林

범림氾林은 사방이 3백 리이며 성성狌狌의 동쪽에 있다.

氾林方三百里, 在狌狌東.

【氾林】范林과 같음. 널리 퍼져 크게 자라 이루어진 숲. 그러나 수풀 이름
으로도 볼 수 있음. 〈海外南經〉(503) 狄山에 "有范林方三百里"라 하였고,
〈海外北經〉(546) '三桑東'에는 "范林方三百里, 在三桑東, 洲環其下"라 함.
【狌狌】狌狌은 猩猩과 같음. 類人猿. 郭璞은 "或作猩猩, 字同耳"라 하였고,
袁珂는 "按: 〈海內經〉(842)云: 「有靑鳥, 人面, 名曰猩猩.」卽此"라 함.
【狌狌知人名】郝懿行은 "《淮南》氾論訓云: 「猩猩知往而不知來.」高誘注云:
「見人往走, 則知人姓氏.」《後漢書》西南夷傳云: 「哀牢出猩猩.」李賢注引
《南中志》云: 「猩猩在山谷, 見酒及屩, 知其設張者, 卽知張者先祖名字. 乃呼
其名而罵云: '奴欲張我.'云云.」"이라 하였고, 袁珂는 "按: 此所引, 均狌狌
'知人名'之證也"라 함.

577(10-10) 성성狌狌

성성狌狌은 사람의 이름을 안다. 그 짐승은 마치 돼지처럼 생겼으며 사람의 얼굴을 하고 있다. 순舜의 장지 서쪽에 있다.

狌狌知人名, 其爲獸如豕而人面, 在舜葬西.

【狌狌】 猩猩과 같음. 곽박《圖讚》에 "狌狌之狀, 形乍如犬. 厥性識往, 爲物警辯. 以酒招災, 自貽纓冑"이라 함.
【其爲獸如豕而人面】 郭璞은 《周書》曰:「鄭郭狌狌者, 狀如黃狗而人面」……今交州封溪出狌狌, 土俗人說, 云狀如豚而腹似狗, 聲如小兒啼也"라 하였고, 袁珂는 "按: 郭引《周書》'鄭郭狌狌', 今本《周書》王會篇作'都郭狌狌'"이라 함.

578(10-11) 서우犀牛

성성狌狌의 서북쪽에 서우犀牛가 있다. 그 형상은 마치 소와 같으며 검은색이다.

狌狌西北有犀牛, 其狀如牛而黑.

【犀牛】郭璞은 "犀牛似水牛, 豬頭, (在狌狌知人名之西北) 庫脚, 三角"이라 하였고, 袁珂는 "按: 郭注'豬頭'下尙有 '在狌狌知人名之西北'九字, 王念孫校衍, 是也, 今刪去之" 라 함. 030에서 郭璞은 "犀, 似水牛, 豬頭庫脚, 脚似象, 有三蹄, 大腹, 黑色. 三角, 一在頂上, 一在額上, 一在鼻上. 在鼻上者小而不墮, 食角也. 好噉棘, 口中常灑血沫"이라 함.

서우(犀牛)

579(10-12) 맹도孟涂

하후夏后 계啓의 신하로 맹도孟涂라는 사람이 있다. 이는 파巴 땅의
신들을 관리하고 있다. 그곳 사람들이 맹도가 있는 그곳에서 소송을
청하면 맹도는 그들 중 옷에 피가 묻은 자를 잡아들인다. 이는 생명을
아낀다는 뜻이다.

그는 산 위에 살고 있으며 그곳은 단산丹山의 서쪽이다.

夏后啓之臣曰孟涂, 是司神于巴, 人請訟于孟涂之所,
其衣有血者乃執之, 是請生.

居山上, 在丹山西. (丹山在丹陽南, 丹陽居屬也.)

【孟涂】郝懿行은 "《竹書》云:「帝啓八年, 帝使孟涂如巴, 涖訟.」《水經注》江水
  引此經作‘血涂’, 《太平御覽》(639)作‘孟余’或‘孟徐’"라 하였고, 袁珂는 "按: 今本
  《水經注》仍作‘孟涂’, 影〈宋本〉《太平御覽》作‘孟徐’, ‘徐’蓋‘涂’之訛也"라 함.
  곽박《圖讚》에 "孟涂司巴, 聽訟是非. 厥理有曲, 血乃見衣. 所請靈斷, 嗚呼神微"
  라 함.
【是司神于巴】郭璞은 "聽其獄訟, 爲之神主"라 함.
【人請訟于孟涂之所】郭璞은 "令斷之也"라 하였고, 袁珂는 "按:《水經注》江水
  引此經作「是司神于巴, 巴人訟于孟涂之所」, 多‘巴’字, 無‘請’字. 影〈宋本〉《太平
  御覽》(639)亦無‘請’字. 今本‘請’字衍, ‘巴’字脫"이라 함.
【其衣有血者乃執之】郭璞은 "不直者, 則血見於衣"라 함.

【請生】살기를 청함. 생명을 아까워함. 郭璞은 "言好生也"라 함.

【居山上, 在丹山西】袁珂는 "按:《路史》后記十三注云:「丹山之西卽孟涂之所
埋也. 丹山乃今巫山」,《巫山縣志》(17)云:「孟涂祠在縣南巫山下.」經文此而下
「丹山在丹陽南, 丹陽居屬也」十一字, 據郝懿行考證, 乃系郭注誤入經文者,
且'居屬'爲'巴屬'之訛"라 함.

【丹山在丹陽南, 丹陽居屬也.】앞의 주에서 보듯이 이는 郭璞의 注文이 잘못
하여 經文(正文)으로 들어간 것임. "단산은 단양의 남쪽에 있으며, 단양은
파군에 속한다"라는 뜻이며 '居屬'은 '巴屬'의 오기임.

580(10-13) 알유窫窳

알유窫窳는 약수弱水 가운데에 살고 있으며 그곳은 성성狌狌의 서쪽이다. 그 형상은 마치 추貙와 같으며 용의 머리를 하고 있다. 사람을 잡아먹는다.

窫窳居弱水中, 在狌狌之西, 其狀如貙, 龍首, 食人.

【窫窳】 본래는 蛇身人面의 天神 이름. 그러나 貳負의 신하에게 피살된 뒤 다시 살아나 龍首의 모습에 사람을 잡아먹는 怪物로 바뀌었다 함. 雙聲連綿語로 이름이 지어짐. 郭璞은 "《爾雅》云:「窫窳似貙, 虎爪.」與此錯. 軋㘦二音"이라 하였으며, 郝懿行은 "〈海內南經〉(580)云:「窫窳龍首, 居弱水中.」 〈海內西經〉(604)云:「窫窳蛇身人面.」 又與此及《爾雅》不同"이라 하여 窫窳는 그 형상이 여러 가지임을 알 수 있음. 郭璞은 "窫窳, 本蛇身人面, 爲貳負臣所殺, 復化爲成此物也"라 하였고, 袁珂는 "按: 貳負臣殺窫窳事見〈海內西經〉(587, 604)"이라 함.

【窫窳居弱水中】 본장의 전체 原文은 "窫窳龍首居弱水中, 在狌狌知人名之西, 其狀如龍首, 食人"으로 되어 있음. '知人名' 3자는 衍文으로 "在狌狌之西로 되어야 함.

【貙】 貙는 크기가 개 만하며 몸에 반점이 있는 괴물. 《搜神記》(12)에 "江漢之域, 有貙人. 其先, 稟君之苗裔也. 能化爲虎. 長沙所屬蠻縣東高居民, 曾作檻捕虎. 檻發, 明日, 衆人共往格之, 見一亭長, 赤幘大冠, 在檻中坐. 因問:「君何以入此中?」亭長大怒曰:「昨忽被縣召, 夜避雨, 遂誤入此中. 急出我.」曰:「君見召, 不當有文書耶?」即出懷中文書. 於是卽出之. 尋視, 乃化爲虎, 上山走. 或云:「貙虎化爲人, 好著紫葛衣, 其足無踵. 虎有五指者, 皆是貙.」라 함.

그 외 《博物志》(2)에는 "江陵有貙人. 能化爲虎. 俗又曰虎化爲人, 好著紫葛衣, 足無踵"이라 하였고, 《太平廣記》(426)에는 "長沙有民曾作檻捕虎. 忽見一亭長, 亦幘大冠, 在檻中. 因問其故. 亭長怒曰:「昨被縣召, 誤入此中耳.」於是出之. 乃化爲虎而去.』(《搜神記》)"라 함.

【龍首】袁珂는 "按此'龍首'疑涉下'龍首'二字而衍"이라 함.

【其狀如貙, 龍首, 食人】원문에는 이 '貙'자가 없음. '其狀如龍首·食人'으로 되어 있음. 袁珂는 "按: 劉逵注〈吳都賦〉引此經云:「南海之外, 有窫窳, 狀如貙, 龍首, 食人.」是也, 經文'其狀如'下, 當有'貙'字, '狀如龍首', 則不詞矣"라 함.

581(10-14) 건목建木

나무가 있어 그 형상은 소와 같다. 그 나무를 잡아당기면 껍질이 벗겨진다. 그 껍질은 마치 갓끈이나 황사黃蛇와 같다.

그 나무의 잎은 마치 그물과 같으며 그 열매는 난수欒樹의 열매와 같다. 그 나무줄기는 마치 구수蓲樹와 같으며 그 이름을 건목建木이라 한다.

그 나무는 알유窫窳의 서쪽 약수弱水 가에 있다.

有木, 其狀如牛, 引之有皮, 若纓·黃蛇.
其葉如羅, 其實如欒, 其木如欒, 其木如蓲, 其名曰建木.
在窫窳西弱水上.

【其狀如牛】郭璞은 "《河圖玉版》說, 芝草樹生, 或如車馬, 或如龍蛇之狀, 亦此類也"라 하였고, 袁珂는 "按: 郭注'芝草樹生', 〈藏經本〉'樹'作'橫'"이라 함.

【引之有皮, 若纓·黃蛇】郭璞은 "言牽之皮剝如人冠纓及橫蛇狀也"라 함. '마치 갓끈 같기도 하고 혹 황사 같기도 하다'의 뜻.

【其葉如羅】郭璞은 "如綾羅也"라 하였으나 郝懿行은 "郭說非也. 上世淳朴, 無綾羅之名, 疑當爲網羅也. 《淮南》氾論訓云:「伯余之初作衣也, 緂麻索縷, 手經指卦, 其成猶網羅」是綾羅之名, 非上古所有, 審矣"라 함.

【欒】欒樹. 낙엽교목의 일종. 郭璞은 "欒, 木名, 橫本, 赤枝, 靑葉, 生雲雨山. 或作卵, 亦作麻, 音蠻"이라 하였고, 袁珂는 "按: 雲雨山見〈大荒南經〉(734). 楊愼云:「欒借作丸, 謂圓如鳥彈也」說亦可供參考"라 함.

【藋】나무 이름. 刺楡, 즉 가시느릅나무라고도 함. 郭璞은 "藋亦木名, 未詳"이라 하였고, 袁珂는 "按:《爾雅》釋木云:「櫙, 荎」郭注:「今之刺楡也.」"라 함.

【建木】郭璞은 "建木青葉, 紫莖, 黑華, 黃實, 其下聲無響, 立無影也"라 하였고, 袁珂는 "按: 建木見〈海內經〉(841).《淮南子》地形篇云:「建木在都廣, 衆帝所自上下, 日中無景, 呼而無響.」是郭注所本"이라 함. 곽박《圖讚》에 "爰有建木, 黃實紫柯. 皮如蛇纓, 葉有素羅. 絕蔭弱水, 義人則過"라 함.

【窫窳】본래는 蛇身人面의 天神 이름. 그러나 피살된 뒤 다시 살아나 龍首의 모습에 사람을 잡아먹는 怪物로 바뀌었다 함. 雙聲連綿語로 이름이 지어짐. 郭璞은 "《爾雅》云:「窫窳似貙, 虎爪.」與此錯. 軋臾二音"이라 하였으며, 郝懿行은 "〈海內南經〉(580)云:「窫窳龍首, 居弱水中.」〈海內西經〉(604)云:「窫窳蛇身人面.」又與此及《爾雅》不同"이라 하여 窫窳는 그 형상이 여러 가지임을 알 수 있음. 郭璞은 "窫窳, 本蛇身人面, 爲貳負臣所殺, 復化爲成此物也"라 하였고, 袁珂는 "按: 貳負殺窫窳事見〈海內西經〉(587, 604)"이라 함.

【弱水】袁珂는 "按:《古小說鉤沈》輯《玄中記》云:「天下之弱者, 有昆侖之弱水焉. 鴻毛不能起也.」弱水之名'弱'者蓋以此"라 함.

582(10-15) 저인국氐人國

저인국氐人國이 건목建木의 서쪽에 있다. 그곳 사람들은 사람의 얼굴에 물고기 몸이며 다리는 없다.

氐人國在建木西, 其爲人人面而魚身, 無足.

【氐人國】互人國(791)과 같음. 郭璞은 "氐, 音觸抵之抵"라 하였고, 袁珂는 "按:〈大荒西經〉(791)云:「有互人之國, 炎帝之孫名曰靈恝, 靈恝生氐人, 是能上下于天.」郭注:「人面魚身.」郝懿行云:「互人國卽〈海內南經〉(582)氐人國, 氐·互二字, 蓋以形近而訛, 以俗氐正作互字也.」王念孫·孫星衍均校改'互'爲'氐', 是〈大荒西經〉互人國卽此經氐人國, 乃炎帝之裔也"라 함. 곽박《圖讚》에 "炎帝之苗, 實生氐人. 死則復蘇, 厥身爲鱗. 雲南是託, 浮遊天津"이라 함.

【人面而魚身, 無足】郭璞은 "盡胸以上, 胸以下魚也"라 하였고, 袁珂는 "按: 氐人國, 蓋神話中人魚之類.〈海內北經〉(634)云:「陵魚人面, 手足, 魚身, 在海中.」卽此之屬. 唯彼'手足'俱具, 此獨'無足'耳. 說詳〈海內北經〉(634)陵魚節注"라 함.

저인국(氐人國)

583(10-16) 파사巴蛇

파사巴蛇는 코끼리를 잡아먹으며 3년이 지나면 그 코끼리의 뼈를 뱉어 낸다. 군자가 그를 먹으면 심복心腹의 질환이 없어진다.

그 생김새는 뱀으로써 푸른색, 노란색, 붉은색, 검은색 등을 띠고 있다.

일설에는 흑사黑蛇로써 푸른 머리를 가진 뱀이 서우犀牛의 서쪽에 있다고도 한다.

巴蛇食象, 三歲而其骨, 君子服之, 無心腹之疾.

其爲蛇靑黃赤黑.

一曰黑蛇靑首, 在犀牛西.

파사(巴蛇)

【巴蛇食象】郭璞은 "今南方蚺蛇吞鹿, 鹿已爛, 自絞於樹, 腹中骨皆穿鱗甲間出, 此其類也.《楚辭》曰:「有蛇吞象, 厥大何如?」說者云長千尋"이라 하였고, 袁珂는 "按: 郭引《楚辭》'有蛇', 今《楚辭》天問作'一蛇'"라 함. 곽박《圖讚》에 "象實巨獸, 有蛇吞之. 越出其骨, 三年爲期. 厥大何如, 屈生是疑"라 함.

【其爲蛇靑黃赤黑】袁珂는 "按: 言其文彩斑爛, 諸色竝陳也"라 함.

【一曰黑蛇靑首】袁珂는 "按:〈海內經〉(844, 845)云:「有巴遂山, 澠水出焉. 又有朱卷之國. 有黑蛇, 靑首, 食象.」卽此"라 함.

584(10-17) 모마旄馬

모마旄馬는 그 형상이 말과 같으며 네 다리의 관절마다 털이 나 있다. 그는 파사巴蛇의 서북쪽, 고산高山의 남쪽에 있다.

旄馬, 其狀如馬, 四節有毛. 在巴蛇西北, 高山南.

【旄馬】郭璞은 "《穆天子傳》所謂'豪馬'者. 亦有'旄牛'"라 하였고, 袁珂는 "按: 《穆天子傳》(4)云:「天子之豪馬, 豪牛, ……豪羊.」郭璞注云:「豪猶髦也. 《山海經》云:'髦馬如馬, 足四節, 皆有毛.'可知'旄'·'髦'古通用, '旄馬'卽'髦馬'也, '旄牛'已見〈北山經〉潘侯之山(139), 敦薨之山(142)亦有旄牛"라 함.

모마(旄馬)

585(10-18) 흉노匈奴

흉노匈奴와 개제국開題國, 열인국列人國이 모두 서북쪽에 있다.

匈奴·開題之國·列人之國, 竝在西北.

【匈奴】獫狁, 獫狁, 獯粥, 葷粥 등 여러 가지고 표기되었었음. 郭璞은 "혹은 험윤(獫狁)이라고도 한다"(一曰獫狁)라 하였고, 郝懿行은 "《伊尹四方令》云: 「正北匈奴.」《史記》匈奴傳索隱引應劭《風俗通》云:「殷時曰獯粥改曰匈奴.」又晉灼云:「堯時曰葷粥, 周曰獫狁, 秦曰匈奴.」案已上三名, 竝一聲之轉"이라 함.
【在西北】旄馬國의 서북. 郭璞은 "三國竝在旄馬西北"이라 함.

흉노(匈奴)

임동석(茁浦 林東錫)

慶北 榮州 上茁에서 출생. 忠北 丹陽 德尙골에서 성장. 丹陽初中 졸업. 京東高 서울 敎大 國際大 建國大 대학원 졸업. 雨田 辛鎬烈 선생에게 漢學 배움. 臺灣 國立臺灣師範 大學 國文硏究所(大學院) 博士班 졸업. 中華民國 國家文學博士(1983). 建國大學校 敎授. 文科大學長 역임. 成均館大 延世大 高麗大 外國語大 서울대 등 大學院 강의. 韓國中國言語學會 中國語文學硏究會 韓國中語中文學會 會長 역임. 저서에《朝鮮 譯學考》(中文)《中國學術槪論》《中韓對比語文論》. 편역서에《수레를 밀기 위해 내린 사람들》《栗谷先生詩文選》. 역서에《漢語音韻學講義》《廣開土王碑硏究》《東北 民族源流》《龍鳳文化源流》《論語心得》〈漢語雙聲疊韻硏究〉 등 학술 논문 50여 편.

임동석중국사상100

산해경 山海經

干晉, 郭璞 註/淸, 郝懿行 箋疏/袁珂 校註 / 林東錫 譯註
1판 1쇄 발행/2011년 12월 12일
2쇄 발행/2018년 9월 1일
발행인 고정일
발행처 동서문화사
창업 1956. 12. 12. 등록 16-3799
서울 중구 다산로12길6(신당동,4층) ☎546-0331~5 (FAX)545-0331
www.dongsuhbook.com
잘못 만들어진 책은 바꾸어 드립니다.

*

*
사업자등록번호 211-87-75330
ISBN 978-89-497-0699-3 04080
ISBN 978-89-497-0542-2 (세트)